Roger Schall, Paris 1941–42

Marcel Aymé

Der Weg ins Blaue

Roman

Mit Aufsätzen von
Pierre Gripari, Heinz Abosch und David Pryce-Jones

Aus dem Französischen übersetzt von
Cornelia Langendorf

Matthes & Seitz

Pierre Griparis Huldigung an Marcel Aymé, verfaßt 1987, hat Ralph Eue aus dem Französischen übersetzt. Der Aufsatz von *Heinz Abosch* ist zuerst in der Neuen Zürcher Zeitung vom 21. Juni 1988 gedruckt worden. Den Text von *David Pryce-Jones*, im Original 1987 in The Times Literary Supplement erschienen, hat Anna Wheill aus dem Englischen übersetzt.

 Titel der Originalausgabe »Le chemin des écoliers«, © 1946 bei Librairie Gallimard, Paris. Umschlaggestaltung: Willem Wejiers, München, unter Verwendung einer Photographie von Roger Schall: Paris, 1941. Herstellung: Bettina Best, München. Satz: Mühlberger, Augsburg. Druck und Bindung: Auer GmbH, Donauwörth.
ISBN 3-88221-752-9

INHALT

I

Gegen ein Uhr nachts hatte Michaud einen Alptraum, der ihn häufig im Morgengrauen überfiel. Es schien ihm, daß er durch ein ödes Gelände irrte, dessen Horizont die Nacht verschlang, am Rande einer unsichtbaren Stadt, seiner Heimatstadt vielleicht, deren verschwommenes, entstelltes Bild durch sein Gedächtnis geisterte. Nachdem er lange ziellos durch eine graue, ausdruckslose Wüstenei gegangen war, begann er schon, das Gefühl von sich selbst zu verlieren, als vor ihm plötzlich eine Bretterbude auftauchte, aus der dünne Musik vermischt mit Frauenlachen drang. Erleichtert, den Faden seiner Existenz endlich wiederzufinden, trat er sogleich ein, fand aber hinter der Tür nichts als das Ödland und irrte weiter mit dem erneuten Gefühl, sein Bewußtsein zerfetze sich in einem Nebel der Ungewißheit.

Er erwachte am nächsten Morgen erst um sieben Uhr, war sich einen Augenblick unschlüssig, ob ihn die Leber oder das Gewissen drückte, und erinnerte sich plötzlich an seinen Traum. Der Alptraum vom Ödland, der ihn ungefähr einmal im Monat heimsuchte, hinterließ beim Erwachen stets den Eindruck einer Art Urjammers, und den ganzen Vormittag lang blieb ihm ein Nachgeschmack von wozu das alles und gähnender Sinnlosigkeit. Er machte sich daran, die übliche Parade solch bitterer Erwachen Revue passieren zu lassen, eine ziemlich düstere Mischung aus Sorgen, Klagen, Verunsicherungen: der Krieg, die Ernährung, seine Frau in der Klinik, die Last des Berufs, das schwer zu verdienende Geld, die Kinder, die zerschlissene Wäsche, die Kleidung, die Schuhe, die Zigaretten zu fünfzig Francs, die Sekretärin, die Politik, der Klempner, die Ungewißheit im Denken. Von Zeit zu Zeit kam er auf seinen Alptraum zurück und suchte nach einer symbolischen Erklärung, die er sich aber nicht ernstzunehmen erlaubte. Das Ödland war das Leben; die Tür der Bretterbude und die zweifelhafte Musik stellten den Tod dar mit der Verheißung von Paradies und Ruhe; diese Tür durchschritten, fing man das Leben von neuem an, mit denselben öden Aussichten. All das konnte auch die Liebe und ihre Neubeginne bedeuten, was die zweifelhafte Musik erklärt haben würde. Beim Gedanken an diesen grau in grauen Traum fiel Michaud auf, daß es niemals Farben in seinen Träumen gab, sondern alles schwarz-weiß war, wie im Kino. Er fragte sich, ob nur er so trübe Träume habe, und nahm sich vor, in seiner Umgebung Erkundigungen einzuziehen, dachte aber bald nicht mehr daran.

Pierrette, das jüngste seiner drei Kinder, wusch sich im Badezimmer. Er hörte sie mit Fläschchen hantieren und sah ihre Silhouette sich hinter dem Milchglas der Tür bewegen. Als sie fertig war, ging sie die Jalousien im Zimmer der Jungen öffnen. Sie war eine robuste, sonnige

Zwölfjährige. Im Schutz der Dunkelheit durchsuchte sie die Taschen Antoines, dann stieß sie die Eisenjalousien auf, ging von einem Bett zum anderen und gab ihren beiden Brüdern einen Kuß. Frédéric, der ältere, antwortete mit einem Grunzen und drehte sich zur Wand. Antoine dagegen, so verschlafen er auch war, nahm den Kopf seiner Schwester zwischen beide Hände, sagte ihr ein zärtliches Wort, knabberte an ihrem Ohr und schlüpfte unter die Decken zurück.

Nachdem sie das Frühstück vorbereitet hatte, zog Pierrette die Papiere aus dem Ausschnitt, die sie aus Antoines Tasche entwendet hatte: ein leeres, halbzerrissenes Kuvert, das an eine Madame Grandmaison in der rue Durantin adressiert war, und einen Fetzen aus einem Schulheft voller Zahlen und Abkürzungen. Trotz aller Bemühungen gelang es ihr nicht, den Sinn dieser Dokumente zu erfassen und ihre Neugier zu befriedigen. Im Badezimmer fing der Vater zu schreien an, man habe sein Rasiermesser zum Bleistiftspitzen benutzt. Obwohl er seinen Alptraum schon fast vergessen hatte, war er finsterer Laune. Das Badezimmer troff von Feuchtigkeit, die Seife schäumte nicht, das Rasiermesser war schartig, das Leben voller Unebenheiten. Im Spiegel sah er seinen großen Kopf, auf dem bereits graue Borsten wuchsen, mit struppigen Augenbrauen, die blond geblieben waren, und glotzigen, zornigen grauen Augen, deren Ausdruck ihm unintelligent erschien. Sein Blick verweilte bei den Falten und Runzeln der Stirn, bei den Tränensäcken. Er sah sich im Geiste schon mit Hängebacken und einer geäderten, an den Flügeln violetten Nase. Seine Jahrmarktsringerstatur war auch nicht mehr die alte, die Brust rutschte nach unten. Jetzt geht es wirklich bergab, dachte er. Gewöhnlich machte er das trübe Licht des Milchglases verantwortlich und wollte in seinen ausgezehrten Zügen den Widerschein forscher Jugend erkennen, das Feuer eines wachen Geistes. Doch um die Dinge und Menschen, bei sich selbst angefangen, richtig zu beurteilen, muß man sie mit Zorn betrachten, und an diesem Morgen öffnete ihm die schlechte Laune die Augen. Das Altern machte ihm im übrigen nichts aus. Er würde sich noch eine Zeitlang ins Zeug legen, noch ein paar Jahre auf der Drecksgaleere dieser Schweineexistenz rudern, und sobald die Kinder versorgt wären, würde er sich endlich erlauben können, sehr wenig zu verdienen, gerade genug, um allein in einer Mansarde zu leben und Memoiren zu lesen, was seine Leidenschaft war. Plötzlich fiel Michaud ein, daß er bei der Gestaltung seiner Zukunft seine Frau vergessen hatte, und er mußte zugeben, daß ihm das nicht zum ersten Mal passierte. Ein nettes Gefühl, das da seine schlechte Laune ausbrütete. Und diese untadelige Frau, die seit vorgestern in der Klinik lag, um sich eine Geschwulst entfernen zu lassen, dachte sicher weniger an ihre Operation als an die Schwierigkeiten, die ihre Abwesenheit der Familie bereiten mußte. Beim Aufstehen und ungewaschen ist man wirklich der, der man ist, sagte sich Michaud, und tagsüber sieht das Vieh auch nicht viel besser aus. Nichts als ohnmächtig-wütendes Klagen über versäumte Gelegenheiten, die heimlichen Revolten gar nicht gerechnet, oder die ausgetüftelten Gemeinheiten, die nicht einmal ehrliche Gewissensbisse hervorrufen. Und was bedeutet das schon? Die kleinen, verschwiegenen Infamien wie all die anderen sind ja nur unser bescheidener Beitrag zum Konzert der großen Niedertracht, der der Menschen, der Völker, der Herden. Und mit dieser Welt ist es aus, sie wird verrecken, sie ist schon dabei, sie windet sich im Grauen. Unter einem düsteren Himmel, schwer von Entsetzen und stumpfsinniger Resignation, hört man sie ihren Todeskampf herausschreien, ihr selbstmörderisches Wüten röcheln, im Rhythmus ihres hysterischen »De profundis« schluchzen, und der Gedanke ist nur beruhigend, daß sich die Menschheit hoffnungslos verurteilt hat. Soll sie verrekken, schnaubte Michaud, und wenn ich je einen erwische, der seine Bleistifte mit meinem Rasiermesser spitzt, dann klebe ich ihm eine.

Am Küchentisch beobachtete der Vater seine Jungen mißtrauisch, als ob das schartige Rasiermesser auf die Stirn des Schuldigen geschrieben sein müßte. Antoine, der hübsche Sechzehnjährige, hatte ein verschwiegenes, sanft-verschlossenes Gesicht, hinter dem sich anscheinend geheimnisvolle Sorgen verbargen, seine dunklen, langwimprigen Augen jedoch und seine feinen Züge spiegelten eine empfindsame, ernsthaftte Seele, die den Verdacht solch frevelhaften Leichtsinns ausschloß. Frédéric dagegen, der sich schon jeden zweiten Tag rasierte, war mit dem Messer zu vertraut, um sich nicht bei der bloßen Vorstellung eines solchen Attentats zu empören. Außerdem war er gleichfalls ernsthaft und nahm sich selbst sehr ernst, so daß er den Seinen damit auf die Nerven ging. Als guter Mathematiker übertrieb er seine natürliche Veranlagung zur Gewichtigkeit und spielte sich, Pierrette zufolge, als Gelehrter auf. Sein Vater war oft versucht, ihn herunterzuputzen, da ihm selbst aber die einfachste Mathematik verschlossen blieb, imponierte ihm dieser algebraische Kopf.

Pierrette schenkte ein, und der Vater stieß einen überraschten Freudenruf aus, denn es gab echte Schokolade. Frédéric ließ ungern von einem tiefsinnigen Gedanken ab, um sich zu einer höflichen Anerkennung zu bequemen, doch seine Miene erhellte sich sichtlich beim Anblick und beim Duft der Schokolade. Glücklich über die gelungene

Überraschung, lachte Pierrette in kindlicher Freude, den großen Mund zum Halbmond verzogen, und auch der Vater fing zu lachen an, als ihm plötzlich klar wurde, daß sie durchaus in der Lage war, das Rasiermesser zum Bleistiftspitzen entlehnt zu haben.

– Ihr könnt euch bei Antoine für die Schokolade bedanken, sagte sie. Er hat sie gestern abend gebracht.

Damit stellte sie einen Teller Butterbrote auf den Tisch. Das beunruhigte den Vater nun doch, der wieder ernst wurde.

– Butter zum Frühstück, Kinder, ich weiß nicht, was eure Mutter dazu sagen würde. Erst gestern hat sie befürchtet, daß sie uns ausgehen könnte. Und der Schwarzmarkt ist ja schön und gut . . .

– Nein, nein, Papa, keine Sorge. Diese hier hat Antoine gebracht.

Bereits über seine Tasse gebeugt, schien es Antoine nicht eilig zu haben, Freudenbezeugungen entgegenzunehmen. Als er gefragt wurde, hob er schließlich den Kopf und blickte seinen Vater selbstsicher an.

– Ich habe einen Tausch gemacht, erklärte er ruhig. Tiercelin wollte mir einen verbotenen amerikanischen Roman abkaufen. Mir war ein Tausch lieber, und ich habe ein Pfund Butter und eine kleine Tüte Schokoladenpulver dafür bekommen.

Der Name Tiercelin war der Familie allmählich geläufig. Seit einem Monat sprach Antoine häufig von ihm, obwohl er normalerweise über seine Freundschaftsbeziehungen eher zurückhaltend war.

– Ich habe noch nie einen amerikanischen Roman gelesen, bemerkte Frédéric mit leicht selbstgefälliger Ironie, aber ich gebe zu, daß sie ihr Gutes haben. Jedenfalls hast du ein Geschäft gemacht.

– Eben nicht, anscheinend war er viel mehr wert. Tiercelin selbst ist sich da so sicher, daß er mich als Entschädigung in den Osterferien mit aufs Land nehmen möchte.

Nichts in Antoines Stimme oder Haltung verriet seine Bangigkeit vor der väterlichen Reaktion, nicht einmal den Wunsch, die Einladung seines Kameraden anzunehmen, aber Pierrette und Frédéric hatten sofort begriffen, daß seine Worte hauptsächlich für den Vater berechnet waren.

– Sicher würden dir vierzehn Tage an der frischen Luft nicht schlechttun, stimmte Michaud zu. Mit deinem Käsegesicht und deinen riesigen Ringen unter den Augen hast du es nötiger als sonst jemand. Andererseits kennen wir diese Leute nicht, das ist ein bißchen störend.

Antoine nahm die Argumente des Vaters auf und entwickelte sie selbst weiter, aber mit hinterhältigen Bemerkungen, die sie zunichte machten. Das Spiel war gewonnen, und es schien höchst unwahrscheinlich, daß die Mutter den Plan durchkreuzen würde. Während er frühstückte, überflog Michaud eine Morgenzeitung und machte laut einige Bemerkungen über die Langsamkeit und Ungewißheit der laufenden militärischen Operationen. Bei diesem Tempo würde das noch zehn Jahre dauern, und man könnte von Glück sagen, wenn ein Separatfrieden die deutsche Besatzung nicht um zehn Jahre verlängerte. Er dozierte für seine Söhne, mit denen er seine Hoffnungen und Befürchtungen gerne geteilt hätte, aber der Krieg, das Unglück des Landes und die Zukunft der Zivilisation waren ihnen offenbar gleichgültig. Wenn sie nicht umhin konnten, eine Meinung zum Tagesgeschehen abzugeben, hielten sie sich nur an die Regeln der Höflichkeit, und ihre Worte brachten nichts Durchdachtes, ja nicht einmal eine Überzeugung zum Ausdruck. Diese Gleichgültigkeit verwirrte Michaud und schüchterte ihn ein. Während er die

Meldungen kommentierte, hatte Pierrette mehr als einen Grund zum Kummer. Die Butterbrote auf dem Teller waren zwölf an der Zahl, das heißt drei pro Kopf, da die Erfordernisse der Rationierung keine großzügigere Zuteilung erlaubten. Normalerweise hielt sich jeder an seine drei Brote, außer bei höchst seltenen Versehen, die der Zerstreutheit zuzuschreiben waren und die niemand beanstandete, denn man hätte sich solcher Proteste geschämt. An diesem Morgen aber war ausnahmsweise Butter auf den Broten. Die Naschhaftigkeit muß wohl der Zerstreutheit Vorschub leisten; jedenfalls hatten die Männer – und darunter verstand Pierrette ihren Vater und ihren älteren Bruder, während Antoine ein etwas in die Länge geschossenes Kind blieb –, die Männer also hatten jeweils vier Brote gegessen, und zwar mit der Selbstverständlichkeit und Seelenruhe, die nur auf vollkommene Harmlosigkeit zurückzuführen sind. Natürlich war ihre Gutgläubigkeit über jeden Verdacht erhaben, vor allem die des Vaters, aber es gibt gewisse unbewußte Vergehen, die einen heimlichen Egoismus ebenso offenkundig werden lassen wie die schlimmste Doppelzüngigkeit. Ein anderer Grund zum Kummer war für Pierrette, daß die Männer, die zu ihren Alltagsproblemen zurückgekehrt waren und ihre ganze Heiterkeit vergessen hatten, nicht mehr zu bemerken schienen, daß es Schokolade zum Frühstück gab, und ein so seltener Glücksfall war für sie bereits die allernatürlichste Sache der Welt. Man konnte auch keinen geräuschvollen Jubel nach jedem Löffel Schokolade von ihnen verlangen, Pierrette sah das schon ein und hätte sich mit einem stillen Entzücken begnügt, aber diese Gleichgültigkeit inmitten der Glückseligkeit, als ob sie ihnen zustände, diese völlige Nichtbeachtung ihres Hochgefühls, ihnen eine Freude zu bereiten, schien ihr an Flegelei zu grenzen.

Sie gelangte zu einer etwas gedemütigten Erkenntnis der Rolle der Frau im Kreise der Familie und fing an, einen Sinn hinter dem zu finden, was ihre Mutter an einem Tag des Überdrusses gesagt hatte: »Man könnte meinen, daß die Männer in der Eisenbahn durchs Leben fahren, unsere Sorgen und Mühen betrachten sie wie durch die Wagentür.«

Gegen acht Uhr verließ Michaud seine Wohnung in der rue Berthe und ging in Gewissensqualen die Treppe der rue Foyatier hinunter, wobei er in seinem Inneren noch zu erwägen suchte, ob das Delikt wirklich bewußt begangen worden war. Die Hand hatte vielleicht dem Magen gehorcht und sich völlig unkontrolliert des vierten Butterbrots bemächtigt. Ein wenig ehrenvoller Reflex, aber immerhin ein Reflex. Es konnte auch sein, daß sein Bewußtsein nur eine jener leisen Warnungen vernommen hatte, die den Willen nicht mobilisieren und einzig dazu da sind, Gewissensbisse vorzubereiten. Letzten Endes glaubte er sich aber zu erinnern, daß das Tier und die Selbstachtung in ihm gestritten hatten und das Tier lauter war. Wieder so eine Infamie, die ungeheuerlichste, die er je begangen hatte. Sich auf Kosten seiner Kinder den Bauch vollzuschlagen, mit vollem Wissen ihr bereits so mager bemessenes Brot zu beschneiden und einen höchst unschuldigen Augenblick der Zerstreutheit vorzuschützen, etwas Niederträchtigeres war nicht denkbar.

Er zündete eine Zigarette an. Fünfzig Francs die Pakkung. Fünfzehnhundert Francs pro Monat. Achtzehntausend Francs pro Jahr. Hélènes Operation würde zwölftausend kosten, vielleicht auch mehr, und er hatte das Geld noch nicht beisammen. Zu Hause beschwerte er sich, daß zuviel ausgegeben werde, und letzte Woche hatte er eine Bitte um Schuhe überhört. Mit achtzehntausend Francs hätte er viel für die Füße der Familie vermocht.

Der Märzmorgen war feucht und kalt wie ein Rückfall in den Winter. Der Himmel lastete auf den Schultern, und auf der anderen Seite der Drahtseilbahn, am Hang des square Saint-Pierre, hingen noch Nebelfetzen im Rasen. Das Sudelwetter ließ die unteren Straßen von Montmartre verrotten. Ein verschnupftes, schäbiges Leben erwachte auf den Gehsteigen zwischen den überlaufenden Abfallkübeln und den schmutzigen Häusern, deren Türen wie Elendslöcher klafften. Die ganze Stadt schien Michaud an Butterbrotgewissensbissen zu laborieren. Als er am square Saint-Pierre vorbeikam, sah er vier deutsche Landser hineingehen, schwerfällige, schweigsame Bauern, die teilnahmslos ihre Touristenpflichten erledigten. Jenseits der Gittertür blieben sie stehen, um das Massiv von Sacré-Coeur zu betrachten, das sich wie ein Käsekuchen über dem verlassenen Park erhob, und da sie dazu hergekommen waren, machten sie sich an die Besteigung. Michaud glaubte, sie beneiden zu müssen. Auch sie hatten sicher eine Familie zu versorgen, aber sie waren nicht mehr dafür verantwortlich. Die Probleme, die in ihrem jeweiligen Heim auftauchten, gingen sie nichts mehr an. Gott kümmerte sich darum, während sie in den Straßen von Paris oder Quimperlé herumlungerten, Wache standen, ihre Gewehre putzten, und die Schwierigkeiten der Familie, die Kinderschuhe, die Butterbrote, die Geschwulste waren ihre Ziehharmonika am Abend, die tägliche, den Lieben in der Ferne gewidmete Viertelstunde, die sich durchschlugen, wie sie konnten. Der Himmel Frankreichs mußte ihnen leicht vorkommen, diesen vier Feldgrauen[1].

1. Die vier deutschen Soldaten hießen: Arnold, Eisenhart, Heinecken und Schulz. Der erste fiel an der russischen Front. Der zweite wurde auf der Krim verwundet, kehrte an beiden Beinen amputiert nach Hause zurück und starb, vergiftet von seiner Frau. Heinecken, ein sanfter, ernsthafter Mann,

Michaud gelangte fast nie in die rue de Maubeuge, wo sich sein Büro befand, ohne den Druck der Ereignisse zu spüren, die sie verwandelt hatten. Vor dem Einmarsch war hier das Viertel der schwierigen, mühsamen Geschäfte gewesen, jener, die sich nicht mit zwei Telephonaten oder einem Zigarettenaustausch erledigen lassen, sondern Maßnahmen gestandener Männer erfordern, Beziehungen, zähes Feilschen. Das örtliche Gewerbe und die Nähe des Nordbahnhofs unterhielten von morgens bis abends einen überbordenden Autoverkehr und ein Hin und Her zeit- und geldbewußter Fußgänger, unter denen keine Bummler waren. Michaud hatte nie die geringste Sympathie für das zwischen die Bauten des Barons Haussmann eingezwängte Gewoge der überquellenden Straßen empfunden. Für ihn war es das Gewoge der Jagd nach Geld und des sauren Broterwerbs, zu dem er selbst verurteilt war. Außerdem hatte er sich nie an die Farbe des Viertels gewöhnen können: durch ein Rauchglas betrachteter Stein. Seit der Besatzung jedoch war diese ganze Gegend

wurde der Bewachung eines KZs zugeteilt. Er tötete nur auf Befehl seiner Vorgesetzten, bis auf einmal, als er sich hinreißen ließ, einen Greis zu Tode zu prügeln. Im März 1945 wurde er zu einer Fronteinheit versetzt und befindet sich jetzt in Belgien in Gefangenschaft. Schulz starb in Paris in einer Straße des quartier Amérique, am ersten oder zweiten Tag des Aufstands im August 1944. Die Umstände seines Todes wurden mir von einem Schuster berichtet, der Zeuge davon war. Von seiner Einheit getrennt, die das Viertel tags zuvor geräumt hatte, landete Schulz in einem kleinen Café, aus dem er betrunken herauskam. Ohne Waffen, ohne Helm, ohne Jacke, hatte er nur noch sein Hemd, seine Hose und seine Stiefel an. Die Passanten begannen, ihn zu umringen. Schwankend und singend ging er weiter, ohne die Menge zu beachten. Unter den Fenstern des Schusters wurde er erschossen und in wenigen Augenblicken in Stücke gerissen. Die Frauen und Kinder wüteten dabei besonders, wie der Zeuge präzisiert. Man wetteiferte darum, einen Finger abzuschneiden, ein Ohr, ein Stück Fleisch. Als sich die Menge zerstreut hatte, blieben von Schulz nur ein paar Blutflecken auf dem Pflaster.

von einer gähnenden Trostlosigkeit. Die Nacktheit der Straßen ließ häßliche Perspektiven sichtbar werden, in denen die Passanten und Menschengrüppchen der Zugluft ausgesetzt schienen. Die wenigen Autos, ein Laster der Wehrmacht, ein paar Offizierswagen oder mit Gasgeneratoren versehene Vehikel jagten vorüber, als ob sie eine verurteilte Stadt fliehen wollten. In den ausgestorbenen Straßen, die ihnen keinen Lebenssaft mehr zuführten, wirkten die riesigen Bürogebäude bereits wie aufgegebene Festungen, und das Viertel erweckte den Eindruck, daß es mit sinkenden Kräften, in einer endlosen Sonntagsdämmerung, sich selbst überlebte. Inmitten all dieser Lethargie träumte Michaud manchmal von den riesigen Städten, die die Jahrhunderte verschlungen hatten, von den stolzen Babylons, aus denen das Leben vertrieben worden war und schließlich den eingestürzten Palästen das Feld überließ.

II

Die Büros der »Pariser Immobilienverwaltungsgesellschaft« waren in zwei Zimmern und einem Vorplatz im sechsten Stock untergebracht, unter dem Dach. 1932 gegründet mit einem Kapital von zwölftausend Francs, die Pierre Michaud und sein Teilhaber Etienne Lolivier voll einbezahlt hatten, verwaltete sie 1939 elf Mietshäuser. Vor dem Krieg ermöglichte das Unternehmen den beiden Partnern ein anständiges Auskommen. Neben dem Anteil an den Mieteinnahmen, der nicht das Beste an dem Geschäft war, genehmigte man sich Prozente an den Reparaturen im Einvernehmen mit den beauftragten Handwerkern. Nachdem Betrügereien in der Branche so ziemlich die Regel waren und sich die Eigentümer im übrigen damit abgefunden hatten, brauchte man keine Gewissensfrage daraus zu machen, wenn es Michaud auch immer etwas peinlich gewesen war, davon zu profitieren. Die Gemeinkosten waren unerheblich, da sich das Personal auf eine Sekretärin und einen Laufburschen beschränkte. Seit dem Exodus von 1940 brachte die Verwaltung jedoch viel weniger ein. Die Mieten waren trotz der Teuerung dieselben geblieben, und einige wurden nicht mehr bezahlt: die der Kriegsgefangenen, der in der nicht besetzten Zone gebliebenen Mieter, der Engländer, der verhafteten oder geflohenen Juden. Die minderbemittelten Eigentümer wollten von Reparaturen nichts hören, die reichen, zum Beispiel die Süd-West-Versicherung, der größte Kunde, hätten ihr Geld viel lieber in Instandsetzungsarbeiten investiert, als es dem Fiskus zu geben, aber Arbeitskräfte und Baumaterial waren knapp. Die beiden Kompagnons hatten deswegen nicht weniger zu tun. Noch nie hatten sie so viel mit der öffentlichen Verwaltung zu schaffen gehabt, mit der Stadt, der Präfektur, der Judenbehörde, der Staatsanwaltschaft, dem Gesundheitsamt, der Statistik, dem Finanzamt, und die Vorschriften, Verordnungen, Auskunftseinholungen, Fragebögen, Register hörten nicht auf. Schließlich waren die jetzt im Vergleich zum Geldwert sehr billig wohnenden Mieter noch nie so nörglig gewesen. Reklamationen wegen Heizung, Aufzug, Wasserhähnen, Kaminen sowie Ermäßigungsanträge, Proteste, Drohungen am laufenden Band.

Michaud grüßte Solange, die Sekretärin, mit rauher und aggressiver Stimme, obwohl sie im Augenblick in seinen Augen keinen anderen Fehler hatte, als ein menschliches Wesen zu sein. Sie antwortete übertrieben liebenswürdig, um ihm zu verstehen zu geben, daß sie wohlerzogener war als er. Sie war ein ziemlich hübsches Ding, etwas verunziert durch allzuviel Nase, aber ansonsten gut gebaut mit schönen Beinen, die sie nicht zu verbergen suchte. Michaud schnitt ihr das Wort ab.

– Ach ja, Sie müssen mir gleich den Bericht in Sachen Barauchet tippen. Sobald er fertig ist, schicken Sie den

Kleinen damit in die Kanzlei Choudieu. Er ist natürlich noch nicht da, hier tut jeder, was ihm paßt. Die Firma ist ein Saustall geworden, aber das wird sich ändern, bei Gott.

Eusèbe, der Laufbursche, ein magerer, unterernährter Junge mit stumpfem Blick, kam gerade bei diesen Drohworten herein. Solange, die seinen wirklichen Vornamen Alain für zu vornehm für seine Verhältnisse hielt, hatte ihn Eusèbe getauft, was sich in der Firma einbürgerte. Unwillkürlich wollte sich Michaud auf Eusèbe stürzen, um ihn zu schütteln, doch er begnügte sich damit, an seine Vernunft und das Gute in ihm zu appellieren. Die Zerbrechlichkeit dieses hochgeschossenen, bleichsüchtigen Jungen ließ seinen Zorn schmelzen. Das Unternehmen hatte keine große Freude mit den Diensten des Unglücklichen, dessen Leichtsinn und unterernährte Faulheit ihm ständig Vorwürfe eintrugen. Nicht ohne Mühe gelang es Michaud, ihn auf seinem Posten zu halten, er hatte bei seinem Partner sogar eine Gehaltserhöhung durchgesetzt. Von Zeit zu Zeit gab er ihm 50 Francs aus der eigenen Tasche, und im letzten Herbst hatte er seiner Mutter einen Sack Kartoffeln verschafft. Eusèbe, der ohne einen Schimmer von Glaubwürdigkeit log, entschuldigte seine Verspätung mit einem angeblichen Metrodefekt, aber niemand hörte ihm zu. Im Nebenzimmer schlug sich Lolivier am Telephon herum:

– Ich versichere Ihnen, wenn ich etwas tun könnte... Nein, Madame, sagen Sie nicht... Ich bin ja durchaus bereit, Ihr Klosett anzusehen, aber wozu?... Das ist nicht aufzutreiben, aber ich werde mein möglichstes versuchen.

– Worum geht's? fragte Michaud im Hereinkommen.

– Vierter Stock vorn in der rue Eugène-Carrière. Das Dienstmädchen hat das Klosettbecken zerbrochen.[1]

– Nachdem es auf ihre Kosten geht, brauchen wir es doch nur auszutauschen. Lebidel hat uns ein Dutzend auf die Seite gelegt.

Lolivier, ein untersetzter Mann mit rundem Kopf und Wieselaugen, sah ihn schief an.

– Wenn es nach dir ginge, würden die Leute morgen früh ein neues Klosett haben, und die Sache käme ihnen so selbstverständlich vor, daß wir nicht wagen würden, auch nur einen Sou daran zu verdienen. Ich dagegen lasse sie in ihren Fäkalien marinieren, und in einem Monat sind sie überglücklich, vier- oder fünftausend Francs für ihr Bekken zu bezahlen.

– Ich mache nicht mit, sagte Michaud.

Lolivier blickte flüchtig auf, dann schrieb er weiter, die Nase über die Feder gebeugt.

– Nein, ich mache nicht mit. Ich weiß genau, was du mir sagen wirst: meine Weigerung nimmt sich aus wie ein Anfall von Gewissenhaftigkeit, der nichts an der Linie unseres Unternehmens ändert, und soweit es die Umstände erlauben, werden wir weiterhin die Hauseigentümer betrügen, die uns ihr Vertrauen geschenkt haben.

– Das hätte ich nie gesagt, protestierte Lolivier. Du wählst immer übertriebene Ausdrücke, du läßt dich vom Stil hinreißen. Die Hauseigentümer haben uns ihr Vertrauen nur in gewissen, vertraglich festgelegten Punkten

1. Die Mieter dieser Wohnung, vom Krieg ruiniert und in Geldnöten, denunzierten 1943 einen alten Erbonkel, den sie übrigens sehr gern hatten, bei der Gestapo. Durch Zufall kam ihre Anzeige in den deutschen Büros abhanden, was sie nicht bedauerten, da sich die Lage für sie zum Glücklichen gewandt hatte. Der alte Onkel lebt heute noch, und seine Neffen haben ihn immer noch sehr gern.

geschenkt, und wir haben sie niemals um einen Centime betrogen. Unser Beruf macht uns zu den natürlichen Vermittlern zwischen Hauseigentümern und Handwerkern. Wenn wir eine Provision für die Reparaturarbeiten annehmen, stellen wir damit nur ein gerechtes Gleichgewicht her, ohne den Bereich der Anständigkeit zu verlassen.

Lolivier machte kreisende Bewegungen mit seiner dikken, kurzen Hand, wobei er den kleinen Finger abspreizte. Ein preziöses Lächeln fältelte sein rundes, provinzlerisches Kohlenhändlergesicht mit dem schwarzen Schnurrbartstrich.

– Laß diese Lackaffenmanieren, unterbrach Michaud. Ich habe dir schon hundertmal gesagt, daß du vulgär und blöde wirkst. Das ist übrigens ein Fehler, den ich oft bei Leuten beobachtet habe, die in Holzpantinen nach Paris gekommen sind und ihre Eroberung der Hauptstadt verpatzt haben.

– Du bist auch nicht in Tanzschuhen gekommen, soviel ich weiß?

– Nein, aber ich war viel feiner als du.

Michaud hatte nicht einmal die Vorsichtsmaßnahme eines Lächelns getroffen, das seine Antwort als Scherz hätte hingehen lassen. Lolivier schüttelte den Kopf und schien einzusehen, daß er recht hatte. Die Augen auf dasselbe Tintenfaß geheftet, verharrten sie einen Augenblick in schweigender Erinnerung an den Beginn ihrer Abenteuer in Paris. Um 1920, aus dem Krieg zurück, hatten sie sich in einer Privatschule auf dem linken Seine-Ufer kennengelernt, wo Michaud Latein unterrichtete und nebenher eine Agrégation in Grammatik vorbereitete. Lolivier, dem sein Abgeordneter aus der Auvergne einen Posten als Turnlehrer in derselben Anstalt verschafft hatte, war an der juristischen Fakultät immatrikuliert. Nach seinem zweiten Mißerfolg bei der Agrégation verzichtete Michaud auf das Lehramt. Da er bei einigen Versammlungen kleine rednerische Erfolge hatte verzeichnen können, beschloß er, seine Kräfte in den Dienst der Sozialistischen Partei zu stellen in der Hoffnung, es darin auf ehrenvolle Weise zu einer Stellung zu bringen, die es ihm erlauben würde, der Sache besser zu dienen. Nachdem er jahrelang auf nahezu subalterne Nebenrollen beschränkt geblieben war, kehrte er der Partei schließlich den Rücken und versuchte, sein Glück in der Wirtschaft zu machen. Michaud erzählte seinem Partner oft voll Bitterkeit von diesen verlorenen Jahren, die niemandem genützt hatten und in denen er sich nur mit Mühe über Wasser halten konnte. Lolivier dagegen ließ fast nichts über seine Tätigkeit während dieser Zeit verlauten, in der sie sich so gut wie aus den Augen verloren hatten. Nie hatte er sich wirklich klar über die Verkettung der Ereignisse ausgesprochen, die ihn zum Geschäftsführer eines schäbigen Nachtlokals in der rue de Douai machten, dessen Eigentümer gerade in Konkurs ging, als die beiden einstigen Kollegen ihre Bekanntschaft erneuerten, Ende 1931. Jedenfalls gab es in seinem Leben ein Loch von mehreren Jahren, das sich zwischen 1925 und 1930 situierte und über das er absolutes Stillschweigen bewahrte. Michaud vermutete bisweilen, wenn er es auch nicht glauben wollte, daß er dunklen Geschäften nachgegangen sein mußte.

– Mit dir ist es immer dasselbe, seufzte Lolivier. Du fühlst dich verpflichtet, die Moral auf die Spitze zu treiben.

– Überhaupt nicht. Ich halte mich an die Gebräuche meiner Branche. Aber ich lehne es ab, Schwarzmarktgeschäfte zu machen.

– Auch der Schwarzmarkt ist ein Gebrauch der Branche

geworden. Wenn uns ein Bauunternehmer eine Provision für seine Arbeiten einräumt, nimmt er sie von einem Schwarzhandel, zu dem ihn die Materialknappheit zwingt. Also?

– Wir machen keine Geschäfte mit den Mietern. Das Klosettbecken wird zu einem korrekten Preis verkauft, und ich werde mich selbst darum kümmern. Die Verwaltungsgesellschaft wird nie zu einer Brutstätte des Schwarzmarkts werden. Hast du mich verstanden?

Lolivier nickte, daß er verstanden habe, aber während er weiterschrieb, brachte sein kleines Wieselauge deutlich genug zum Ausdruck, daß er für seinen Teil keinen so unüberwindlichen Abscheu vor dem Schwarzmarkt empfand wie sein Partner.

– Du weißt doch, daß ich ein Schwein bin, sagte er nach einer Weile.

– Na und ich? antwortete Michaud, aber mit einem Hauch von Optimismus, der seinen Teilhaber keineswegs tröstete.

Um die Mitte des Vormittags ging Michaud ins erste Zimmer hinüber, in das der Angestellten. Es war bis auf wenige Kleinigkeiten möbliert wie das zweite, und die Partner hatten dort ihre Plätze einander gegenüber an dem großen Schreibtisch aus Zitronenholzimitation, wo sie ihre Post diktierten, um den anderen nicht bei der Arbeit zu stören. Michaud war besserer Laune als bei seiner Ankunft. Auf den Häusern vis-à-vis funkelte ein weißer Sonnenreflex an den Mansardenfenstern und enthüllte ihm eine hellere, festere Welt. Das Leben begann warmzulaufen und zu funktionieren. Er vergaß darüber die Fehlzündungen des frühen Morgens, den mühsamen, unterirdischen Anlauf, der einen an den positiven Aussichten des Vortags zweifeln läßt. Während er der seitlich vor ihm sitzenden

Sekretärin seine Briefe diktierte, betrachtete er ihre Beine, die sie weit nach oben entblößte. Diese vollen Beine von makelloser Form waren ein ziemlich alltägliches Thema für die Scherze der beiden Partner, von denen jeder vorgab, den anderen unlauterer Absichten zu verdächtigen. Wenn sie von den »Beinen der Sirene« sprachen, trieben sie den Humor nicht ungern bis zu jenen groben Obszönitäten von robuster Ausgelassenheit, die die Gespräche unter Männern wie kräftige Windstöße durchfegen, die die Wolken vertreiben und ein Fleckchen Kinderhimmel sichtbar werden lassen. Solange fragte sich, mit welchem Ziel Michaud ihre Beine anstarrte, und ob diese Neugier vielleicht ein Vorspiel bedeutete. Seit langem hatte sie alle Hypothesen bezüglich des einen oder anderen ihrer Chefs in Betracht gezogen und registriert, ohne sich jedoch für eine bestimmte Verhaltensregel entscheiden zu können. Je nach Tag und Laune fühlte sie sich zu einer hochmütigen Absage oder zu Konzessionen aufgelegt, die beiden Partnern entgegenkamen. Der Traum wäre natürlich gewesen, wenn sich einer von ihnen zum Selbstmord aus Liebeskummer hätte hinreißen lassen, aber solche Dinge geschehen nun einmal sehr selten, vor allem bei alten Knackern. Nachdem sie über ein Jahr bei der Immobilienverwaltungsgesellschaft gearbeitet hatte, fing Solange an, den Respekt, den sie im übrigen als ihr zustehend betrachtete, als Kränkung für ihre Beine und die Pracht ihrer fünfundzwanzig Jahre zu empfinden. Diese Zurückhaltung gemahnte sie an ihre Nase, die langgezogen und schwabbelig war.

Michaud war noch mit der Post beschäftigt, als Lolivier hereinkam, um ihm eine Neuigkeit zu erzählen, die ihm gerade eingefallen war und die er tags zuvor aus Vichy über den Vetter eines Kabinettssekretärs bezogen hatte.

Unter der Schirmherrschaft des Präsidenten der türkischen Republik habe in Ankara eine Geheimkonferenz zwischen Göring, Eden und Molotow begonnen. Gewiß war die Information höchst zweifelhaft, um nicht zu sagen absurd, aber es war interessant, so zu tun, als ob man ihr Glauben schenkte. Den Bleistift in der Luft, kalkulierte Solange einen effizienten Blickwinkel für ihre schönen Beine. In einer Ecke des Büros fabrizierte Eusèbe mit traurigen Augen, in denen eine pflanzenartige Sanftmut schwamm, unbrauchbare Briefkuverts, während er von einem Stuhlbein träumte, dessen vergessenes Bild ihm stückweise wieder ins Gedächtnis geschwebt kam. Michaud, der nicht weniger skeptisch war als Lolivier, akzeptierte, die Neuigkeit von der Geheimkonferenz als wahrscheinlich zu betrachten. Sie begannen nun die Trümpfe zu vergleichen, die jeder Delegierte in der Hand hatte, und obwohl sie im wesentlichen nicht übereinstimmten, blieb der Ton der Unterhaltung eine Zeitlang beinahe höflich. Doch in solchen Fällen ging Michaud stets zu einer Untersuchung der moralischen Substanz der Debatte über, die dann stürmisch wurde. Lolivier betrachtete die Moral als das Gesetz der siegreichen Macht. »Die Gegner sagen es uns übrigens rund heraus: die bessere Doktrin wird die wirksamere sein. Inzwischen ist die Moral suspendiert.« Wieder einmal verschärfte sich der Streit. Michaud beschuldigte seinen Partner, sich in einem Primärfatalismus zu suhlen und an den Vereinfachungen eines falsch verstandenen Materialismus zu berauschen. Lolivier warf ihm vor, daß er rede, als ob er noch Lehrer wäre mit der Aufgabe, den Gehirnen junger Bourgeois idealistische Gemeinplätze einzutrichtern. Solange machte ab und zu eine unbestreitbar vernünftige, jedoch aufreizende Zwischenbemerkung: »Mein Onkel Henri hat schon immer gesagt, man diskutiert und ist hinterher nicht weiter als vorher«, oder: »Kriegführen ist idiotisch, es wäre so einfach, sich zu verständigen.« Die beiden Kampfhähne warfen ihr dann einen wütenden Blick zu und nahmen ihre Argumente wieder auf. Lolivier versuchte, bei einem süßlichen Ton zu bleiben, von dem er wußte, daß er unerträglich war, und der auch bald seine volle Wirkung erzielte. Plötzlich riß Michaud seinen Krawattenknoten auf, der ihn würgte, sein Gesicht wurde rot, und er begann zu schnauzen.

– Dreckiger Kohlenhändler, Provinztölpel, bei all deiner bauernschlauen Präpotenz kannst du noch zwanzig Jahre lang Haarspalterei treiben, du wirst es nie über einen Heringsbändiger der Dialektik hinausbringen, einen Bastler mit positivistischen Abschabseln.

– Ich habe es immer schon gesagt, schade, daß du nicht im Lehramt geblieben bist, du hättet sicher die Ehrenlegion bekommen.

– Fahr zur Hölle. Solange, notieren Sie: »Ich freue mich, Ihnen mitteilen zu können, daß Ihr Toilettenbecken nächste Woche ausgewechselt werden kann, vorausgesetzt...« Hör mal, du machst mich lachen. Lolivier, der autarkistische Brandstifter, Lolivier, der auvergnatische Dilettant des opportunistischen Realismus, Lolivier, vom schwarzen Engel des Nietzscheanismus angerührt!

– Jedem seine Bibel des Menschheitsverbesserers, überarbeitet und verbessert durch das Kohlrübenerlebnis.

– Dumm, hinterhältig, hochmütig, du bist alles zugleich. Scher dich zum Teufel. Ich arbeite nämlich. Ich verdiene meinen Lebensunterhalt. Solange, wo waren...

– Beim Klosettbecken, Monsieur Michaud.

– Statt dich hinter hinkenden Argumenten zu verstekken, würdest du besser daran tun, deine Sympathien offen zuzugeben.

– Welche Sympathien? fragte Lolivier.
– Solange, schreiben Sie . . .
– Laß Solange in Ruhe, schmieriger Heuchler, und antworte endlich einmal geradeheraus.
– Jawohl, deine Sympathien für einen gewissen Realismus, der seine Berechtigung . . .
– Kurz, meine Sympathien für den Hitlerismus.
– Das habe *ich* nicht gesagt.
Die beiden Partner waren nähergekommen und warfen sich, Nase an Nase, wilde Blicke zu. Sie explodierten gleichzeitig, brüllten aus vollen Lungen und ohne Atem zu holen, wobei sich ihre Stimmen derartig vermischten, daß Solange und Eusèbe nur ein mehr oder weniger gleichmäßiges Geschrei hörten, in dem manchmal ein klangvolleres Schimpfwort wie Lügner oder Schweinehund dominierte. Ein Klingeln an der Eingangstür brachte sie zum Schweigen und ließ sie sich auf ihre beruflichen Verpflichtungen besinnen. Sie schauten sich noch mit haßerfüllten Augen an, als Eusèbe ihnen mitteilte, daß Madame Lebon Monsieur Michaud zu sprechen wünsche.
– Sie soll einen Augenblick warten.
Michaud zog seine Krawatte zurecht, klopfte seine Jakke ab und fuhr mit den Fingern durch seine borstigen grauen Haare. Unvermittelt wandte er sich an Lolivier und fragte mit rauher, noch gehässiger Stimme:
– Wenn du träumst in der Nacht, siehst du dann die Dinge in Farben?
Lolivier dachte einen Augenblick nach und schüttelte den Kopf.
– Nein, wirklich, ich glaube jedenfalls nicht. Ich erinnere mich deutlich an einen Traum, den ich letzte Nacht hatte. Alles war wie auf einem Photo. Und dazu war das Schwarz-Weiß gar nicht so scharf. Eigentlich sind die Tö-

ne nicht wie auf den Photographien. Ach, ich weiß nicht mehr. Jedenfalls keine Farben.

– Ich erinnere mich auch nicht, in Farben geträumt zu haben. Vor kurzem habe ich sogar von einem Garten voller Blumen geträumt. Es war der Garten meines Vaters. Und ich bin absolut sicher, daß da keine Farben waren.

– Bei mir ist es das Gegenteil, sagte Solange. In meinen Träumen sind immer famose Farben, rot, grün, mauve, alles.

Die beiden Partner blickten sich an. Sie glaubten nicht, daß Farben in den Träumen von Solange waren.

– Beeilen Sie sich mit der Post, sagte Michaud.

III

Der Geschichtslehrer[1] sprach von den Girondins mit einer Sympathie, wie sie seit zwanzig Jahren kaum noch zugegeben wird. In der zweiten Hälfte der Unterrichtsstunde vermochte er nicht mehr, ein Urteil oder eine Kritik zu formulieren, sondern ließ seinem Herzen freien Lauf, das

1. Der Geschichtslehrer Gustave Bon hatte 1925 eine junge Dame namens Irma geheiratet, die von autoritärem Charakter und vifer, aber nicht sehr weitreichender Intelligenz war. Sie hatte ein Gespür für nützliche Tatsachen, großes Mißtrauen gegenüber den Ideen und ein organisatorisches und inquisitorisches Genie, das sie in ihrer Beamtengattinnenexistenz nur mangelhaft zur Geltung bringen konnte. Da sie die Freuden des Ehebruchs nicht verlockten, stellten diese Anlagen eine schwere Belastung für das Leben des Lehrers dar, der die Blumen liebte, die Wiesen, den Sozialismus, Ziehharmonikas, Bubikragen und Lyrikbändchen. Das jahrelange Ertragen ihrer Launenhaftigkeit hatte ihn dazu gebracht, zwei große Evolutionsströme in der Menschheitsgeschichte zu unterscheiden, die er Irmaismus und Gustavismus nannte. 1936 hatte er an den Triumph des Gustavismus geglaubt, im Mai 1940 an den des Irmaismus, im August 1944 an die endgültige Wiederkehr des Gustavismus. Heute ist der Lehrer bedrückt. Er versucht tapfer, nicht am Gustavismus zu verzweifeln.

die Niederlage, die Besatzung und die Ohnmacht der sensiblen Menschen tödlich verletzt hatten. Er entfloh unbehindert in das romanhafte Abenteuer dieser wie ein Haufen Medizinstudenten durcheinanderwimmelnden und -quasselnden Jeunesse dorée. Zu jener Zeit war es nicht nötig zu siegen, um im Tod wie im Leben zu glänzen. Das zwar aufmerksame Publikum ließ sich nicht mitreißen. Die Schüler hörten mit Interesse, aber unbeteiligt zu, etwa so wie bei dem Gejammer eines Hahnreis.

Getreu einer schon alten Gewohnheit folgte Antoine der Geschichtsstunde nicht, sondern las *Tartufe*. Trotzdem vermischte sich die Prosa des Lehrers mit den Versen Molières, und manchmal schien eine Heuchelei Tartufes der sublimen Beredsamkeit eines Vergniaud oder eines Barbaroux zu entsprechen. Der Schüler Antoine Michaud hatte keine Abneigung gegen die Girondins, aber er hielt die historische Wissenschaft für eine widerwärtige Absurdität, die die Lebensfreude der Nachgeborenen verdirbt, indem sie sie des Vergnügens beraubt, das Leben von sich aus zu entdecken. Als ob man die Menschen auf die Freuden der Liebe vorbereitete, indem man ihnen vom Kindergarten an den Mechanismus des Koitus anhand einer mit Vagina-, Prostata- und anderen schmutzigen Bildern illustrierten Fibel beibrachte. Seinem Vater, der natürlich versessen auf Geschichte war (die Alten langweilen sich im Leben), hätte er es nicht zu gestehen gewagt, aber die einzige Geschichte, die er zur Not noch für annehmbar hielt, war die, die in gewissen Mädchenpensionaten unterrichtet wird, bevölkert von Heiligen Ludwigen, Bayards und Sergents Bobillot[1], woneben in seinen Augen alles

1. Jules Bobillot (1860–1885), zeichnete sich in Tonkin durch Heroismus aus. (A. d. Ü.)

übrige nichts als trister Abschaum war, eine Bespeiung der Gegenwart durch die Vergangenheit. Freilich hätte er dieselbe Meinung zu Tartufe haben können. Warum uns dieses Aas vorwerfen, wenn das Leben doch so schön und die Liebe so süß ist? Und allgemeiner, warum sollten wir unser Leben nach den Einsichten alter Honoratioren ausrichten, statt auf eigenen Schwingen zu fliegen? Der Schüler Antoine Michaud fragte sich, was er im Gymnasium zu suchen hatte.

In der ersten Reihe der Schüler wandte Pierre Tiercelin, der beste Freund Antoines, kein Auge von dem Geschichtslehrer. Sehr gut angezogen, ein sehr hübscher Junge, war er stets von reservierter Zurückhaltung und Höflichkeit, was ihm im allgemeinen die feindselige Anerkennung seiner Kameraden eintrug. Man hatte die Abreibung nicht vergessen, die er vor zwei Jahren einem Oberprimaner verpaßte, der ihn am Ausgang des Gymnasiums provozierte. Dem Sohn eines Restaurantbesitzers der rue de La Rochefoucauld hatte der Barkeeper des Untergeschosses in einer Swinganwandlung den Spitznamen Paul angehängt, weil sein Vorname ja Pierre war, und für seinen Freund Antoine Michaud hieß er Paul. Obwohl er für das Sublim-Romantische sowie das Romantische überhaupt ziemlich wenig empfänglich war, hegte Paul Tiercelin keinerlei Vorurteil gegenüber der Geschichte. Das Leben der großen Männer hatte ihn immer interessiert. Ohne sich ablenken zu lassen, folgte er den Ausführungen des Lehrers und empfand für die Girondins dasselbe distanzierte Mitgefühl, das ihm in der väterlichen Bar unbeleckte Söhne aus gutem Hause abnötigten, die der Gefräßigkeit der Mädchen geweiht waren.

Nach der Schule gingen die beiden Freunde ein Stück Weges zusammen. Die oberen Zweige der Bäume verloren sich im niedrigen, nebelweißen Himmel, der die Fahrbahn und die Trottoirs des boulevard de Clichy naß werden ließ. Unter den Passanten schlenderten, von Dirnen belauert, deutsche Soldaten in reseda-, khaki- und auberginefarbenen Uniformen. Gegen Abend bevölkerten sich die Cafés allmählich, und aus verschiedenen Bars drangen, bei voll aufgedrehtem Radio, Schwaden johlender Musik, durchsetzt vom Geschrei und Gelächter der Huren. Auf der Hut vor der Polizei rollten halbverborgene Negerinnen die Hüften und Augäpfel in dem Versuch, rassistische Krieger zu verwirren. Ein alter Herr im Stehkragen, der vielleicht noch die Achtung seiner Hausmeisterin besaß, bettelte, indem er die große Arie der Lakmé sang. Paul beobachtete dieses Treiben der Gehsteige wie ein Turffanatiker die Rennbahn, und dank der in der Bar des Papas gesammelten Erfahrungen entgingen ihm die geheimen Triebfedern nicht.

Die Frauen schauten den eleganten jungen Mann mit Interesse, manchmal mit Nachdruck an, doch Paul nahm die verheißungsvollen Blicke mit vollkommener, ungespielter Gleichgültigkeit entgegen. Von Zeit zu Zeit erkannte er eine Kundin des väterlichen Lokals und begrüßte sie mit einem Lächeln, aber sein hübsches Gesicht blieb ernst. Neben diesem stattlichen Kameraden wirkte Antoine in dem abgetragenen, von seinem Bruder geerbten Überzieher wie ein armer, wenig gepflegter Gymnasiast und zog die Blicke der Passantinnen nicht an. Paul registrierte das beinahe unwillkürlich. Seit langem war ihm klar, daß das Herz der eleganten Frauen nicht für arme Jungen schlägt, und er meinte sogar, daß ihr Geschlechtstrieb so sensibel auf Gesellschaftskategorien reagiere, daß er ihnen als Kompaß durchs Leben diente. Antoine beachtete die Vorübergehenden im übrigen nicht. Eine schwerelose Freude ließ sein Jünglingsgesicht noch jünger erscheinen, und mehrmals warf Paul ihm einen heimlichen Blick zu, weil eine Art innerlichen Lächelns, dessen Widerschein in den Augen seines Gefährten leuchtete, seine Neugier weckte. Als sie zur Ecke der rue Germain-Pilon kamen, blieb Antoine stehen, aber Paul schob ihn weiter und sagte:

– Nein, heute abend nicht.

– Bist du sauer auf Flora?

– Nein, aber weißt du, die Mädchen... Ich habe mir das vorher in der Geschichtsstunde überlegt. Ich habe mir gesagt, ins Bett gehen, sich ausziehen, das kostet Zeit, na und dann, wenn es vorbei ist, hat man wirklich nicht viel geleistet.

Paul schwieg in Erwartung einer Zustimmung seines Kameraden, die nicht kam.

– Ins Bett gehen, das ist vielleicht eine Unterhaltung für Pensionisten, aber wenn man so jung ist wie wir, könnte man seine Zeit besser verwenden.

– Das hat noch nie jemand gehindert, andere Dinge zu tun.

– Eben doch, das hindert einen. Schau dich doch nur selber an. Du hast nur noch das im Kopf. Immer schwimmende Augen. Unter uns gesagt, du siehst so nicht besonders intelligent aus.

Antoine errötete und murmelte:

– Ich liebe sie, daraus habe ich noch nie ein Geheimnis gemacht.

– Mit dem Ergebnis, daß du, der brillante Schüler vom letzten Jahr, ein mittelmäßiger von meiner Sorte geworden bist, und das kurz vor dem Abitur. Für mich sind die Diplome, die Kultur unwichtig. Aber du, du bist ein zartes Bürschchen. Für dich ist es wichtig, deinen Geist vollzustopfen, dir dein Privatmuseum im Kopf einzurichten, das du dann den Kennern zeigen kannst. Damit wirst du im Leben durchkommen, anders nicht.

– Ich wüßte nicht, welchen Beruf du meinen könntest.

– Aber du begreifst, was ich sagen will. Und wegen Yvette versäumst du jetzt, was du am nötigsten brauchst. Glaub mir, mit der Liebe ist es wie mit dem Pfeifenrauchen. Wenn man eine Pfeife zwischen den Zähnen hat, kommt man sich großartig vor. Ich weiß das. Im Sommer habe ich mich eines Abends mit einem intelligenten Typ an der Bar unterhalten, und plötzlich habe ich mich im Spiegel gesehen. Mit dem vorgeschobenen Unterkiefer und den zusammengekniffenen Augen hatte ich das Ohrfeigengesicht eines Kerls, der sich einbildet, daß seine Pfeife die Antwort auf alles ist. Ich habe die Pfeife abgestellt. Und die Mädchen werde ich auch abstellen. Dafür brauche ich mich nicht im Spiegel zu sehen, ich brauche nur dich anzuschauen. Du bildest dir ein, daß du etwas sehr Bedeutendes vollbringst, wenn du mit Yvette schläfst.

– Ich bilde mir überhaupt nichts ein, ich bin einfach glücklich. Ich stelle mir keine Fragen. Aber du, was kannst du so Bedeutendes zu tun haben, daß Flora ein Hindernis wäre?

– Nichts, antwortete Paul, ich muß mich einfach in Form fühlen.

– In Form wozu?

Antoines Frage blieb unbeantwortet. Sie waren bei der Kreuzung der place Blanche angelangt. Bevor sie sich trennten, holte Paul einen Umschlag aus der Tasche und reichte ihn seinem Kameraden.

– Dein Anteil der letzten Woche. Übrigens brauchst du dir nicht einzubilden, daß du ein Geschäftsmann bist, weil du bei diesem Spielchen dreißigtausend Francs im Monat verdienst. Das kann jeder, wenn er erst mal drin ist. Noch so eine Sache, die ich gerne abstellen würde, was mich angeht. Guten Abend.

Antoine stürmte die rue Lepic hinauf. Auf den Bürgersteigen hielten Gendarmen die langen, breiten Kundenkolonnen in Zaum, die vor den Lebensmittelgeschäften Schlange standen. In der rue Durantin betrat er einen dunklen, von Küchen- und Modergerüchen erfüllten Gang und stieg im Halbdunkel in den dritten Stock. Als er klingelte, öffnete schon eine junge Frau, die seinen Schritt auf der Treppe gehört hatte und sich ihm in die Arme warf. Sie waren ungefähr gleich groß, doch für Yvette, die auf ihre sechsundzwanzig zuging, war die Zeit des Wachsens vorbei. Hübsch, mit feinen Gesichtszügen, das Haar nach oben gekämmt und in Kaskaden in den Nacken fallend, wirkte ihre Anmut etwas schlaff, und ihre Gesten wie ihre Blicke schienen ein Bedauern auszudrücken, nicht verweilen zu können. In ihren Augen war ein Schimmer stehenden, trägen Wassers. Eng umschlungen durchquerten sie ein schäbiges Vorzimmer, dessen Wände sich warfen, so daß die verblichene Tapete absprang, und gelangten in einen hellen, kleinen, cremefarbenen Raum, der von der modernen Möblierung her an ein Boudoir erinnerte, durch den Überfluß an Spiegeln und Chrom aber an ein Badezimmer, in dem das Silber des Schwarzmarkts glänzte. Yvette zog den Jungen aufs Sofa und nahm mit schmachtendem Blick seinen Kopf zwischen ihre Hände. Eifrig antwortete er auf die hundert Fragen, die sie ihm jeden Abend stellte: ob er sie liebe, ob er sie noch genauso liebe wie zu Beginn des Jahres, ob er nachmittags an sie gedacht habe.

Von ihren eigenen Worten erregt, sah Yvette einen Funken Wahnsinn in den weitaufgerissenen Augen des Jungen aufglimmen, der im übrigen nicht vergaß, daß es sich um ein Spiel oder zumindest um eine Tändelei handelte.

– Ich kann nur eine halbe Stunde bleiben. Ich gehe Mama in der Klinik besuchen. Hast du deinem Mann geschrieben?

Yvette lächelte in geheuchelter Zerknirschung, aber Antoine lachte nicht.

– Hör mal, Yvette, dein Brief sollte schon seit mehr als acht Tagen weg sein. Du bist wirklich unvernünftig. Der arme Mensch lebt nur für deine Briefe, denk doch, was das Leben eines Gefangenen sein muß. Das ist schon traurig genug.

– Warum sagst du das?

– Weil es wahr ist.

– Aber wenn mein Mann nicht in Gefangenschaft wäre, hätte ich dich nie kennengelernt. Siehst du, mein Schatz. Ein Glück, daß er in Gefangenschaft ist. Ein Glück auch, daß der Krieg gekommen ist und wir besiegt worden sind. Alles ein Glück, nicht wahr?

– Hör auf, ich will, daß du heute schreibst.

Antoine war von der Sanftheit eines Mädchens und von der Autorität eines Mannes.

– Gut, ich werde ihm schreiben. Aber ich weiß doch nicht, was. Setzt mir den Brief auf, Antoine.

– Du spinnst wohl. Ich kann doch nicht, gerade ich . . .

– Du liebst mich nicht.

– Außerdem habe ich dir schon gesagt, daß ich es eilig habe. Stell dir vor, daß ich noch nicht einmal Zeit hatte, meine Französischaufgabe für morgen zu machen.

– Warum bittest du nicht Coutelier, sie dir zu machen? Ich hole ihn nachher. Und da fällt mir ein, er könnte geradesogut meinen Brief schreiben.

– Nein, protestierte Antoine, nein und nochmals nein. Ich werde ihm schreiben.

Er setzte sich an einen kleinen Eckschreibtisch, der beim Fenster stand, und sammelte sich einen Augenblick lang. Bäuchlings auf dem Sofa ausgestreckt, betrachtete ihn Yvette.

– Schau mir nicht zu. Sonst kann ich nicht schreiben.

Er verschob seinen Stuhl, um ihr die Aussicht auf das Papier zu verdecken und begann: »Ich habe Deinen lieben Brief vom soundsovieltesten erhalten, und mein Herz klopfte heftig, als ich ihn öffnete. Ich habe immer noch die Hoffnung, daß Du mir Deine baldige Rückkehr ankündigst, das hilft mir zu leben, während ich die schon so zahlreichen Tage unserer Trennung zähle. Noch heute nacht habe ich geträumt, daß ich mich in Dein Stalag einschmuggelte und Du mich auf der Schwelle Deiner Baracke erwartetest. Wie glücklich war ich, Jean, und wie traurig, als ich nach diesem schönen Traum erwachte. Aber das ist nicht schlimm, denn ich bin sicher, daß die Wirklichkeit eines Tages noch schöner sein wird und wir für immer zusammen sein können, wie wir es im Geiste ja immer waren.«

Er schrieb ohne Hemmungen und Gewissensbisse, ganz als ob er eine Stilübung anfertigte, und sein Bewußtsein war von Aufrichtigkeit und Sympathie erfüllt.

– Ist Chou noch nicht nach Hause gekommen? fragte er, ohne die Feder abzusetzen.

– Doch, aber ich habe sie zum Einkaufen geschickt.

– Hat sie ihr Vesper bekommen?

– Ich weiß nicht . . . nein. Da ist sie. Ich werde ihr zu essen geben.

Ein kleines Mädchen kam herein, hübsch wie Yvette, aber mit lebhaftem, offenem Glanz in den Augen.

– Chou, sagte ihre Mutter, ich habe dir doch verboten, hereinzukommen ohne zu klopfen. Wie oft...

Antoine hatte sich umgewandt und streckte die Arme aus. Chou warf sich hinein, und sie begannen zu lachen und zu spielen.

– Laß Antoine, sagte Yvette. Er schreibt an Papa.

– Warum?

– Komm essen.

Antoine schrieb weiter: »Chou ist wirklich ein braves kleines Mädchen mit viel Herz und einer wachen Intelligenz für ihre sechs Jahre. Du kannst stolz auf sie sein. Wir beide sprechen sehr oft von Dir.«

Chou kam aus der Küche mit einem dicken Butterbrot in jeder Hand.

– Eins ist für dich.

– Das ist nett von dir, Chou, aber du kannst meinen Teil haben. Du weißt doch, daß ich nie ein Vesper esse.

Chou erriet, daß er Lust darauf hatte und hielt ihm beharrlich die Brote unter die Nase. Es kostete Antoine eine gewaltige Willensanstrengung, nicht nachzugeben. Was das Essen anging, wollte er nicht von den Möglichkeiten profitieren, die ihm die dreißig- oder fünfunddreißig Francs monatlich boten, die er am Schwarzmarkt verdiente, und er untersagte sich, irgend etwas außerhalb zu essen, das er seiner Familie voraus gehabt hätte. Der Kampf war oft schwer, aber bis jetzt hatte er sich an seine Linie gehalten, außer gezwungenermaßen, und er erlebte dieselben Heißhungeranfälle wie seine Geschwister. Yvette brachte einen weißhaarigen Mann mit steifem Kragen und dem Bändchen der Ehrenlegion herein.

– Herr Schulrat, sagte Antoine nach der Begrüßung und den Höflichkeitsfloskeln, ich muß morgen nachmittag einen Aufsatz abgeben und habe keine Zeit dazu.

Wenn Sie mir vier Seiten machen können, schreibe ich sie heute abend ab.

Monsieur Coutelier, Volksschulrat im Ruhestand, fühlte bei diesem Vorschlag, wie sich sein erzieherisches Gewissen aufbäumte, und das gewollt liebenswürdige Lächeln erlosch auf seinem Gesicht. Für den Augenblick vergaß er völlig seine vier Enkel, für die er durch die Kriegsereignisse ganz allein sorgen mußte – die Mutter war beim Exodus von 1940 umgekommen und der Vater, ein Jude, in Drancy interniert. Da er als Einkommen nur seine Beamtenrente hatte und ihm sein hohes Alter nicht erlaubte, eine regelmäßig bezahlte Tätigkeit zu finden, verdiente er ein bißchen Geld, indem er sich den Nachbarn und einigen Kaufleuten im Viertel nützlich machte, er bekam Trinkgelder, machte Besorgungen, stellte sich vor einer Ladentür oder einem Rathausschalter an, klebte Lebensmittelmarken für einen Krämer der rue Lepic und bewachte manchmal eine Hausmeistersloge. Bewundernswert in seiner Aufopferung, bescheinigte er sich selbst antike Größe und lebte im ständigen Gedanken an den komischen Kontrast zwischen den niedrigen Arbeiten, zu denen er sich herablassen mußte, und seiner erhabenen Schulratsweisheit.

– Monsieur, antwortete er mit jener eisigen Stimme, die die Volksschullehrer 1920 zum Schwitzen gebracht hatte, Sie verlangen da einen sehr schlechten Dienst von mir.

Antoine errötete und entschuldigte sich mit der Krankheit seiner Mutter. Er verhedderte sich aber, worauf Yvette abschnitt:

– Zweihundert Francs, Monsieur Coutelier.

– Glauben Sie, Madame . . .

– Dreihundert.

Bei diesen Worten stellte sich der Schulrat lebhaft den Zustand vor, in dem er am selben Morgen die kurzen Hosen seiner beiden Enkelsöhne erblickt hatte. Ganz abgesehen vom Verschleiß des Stoffes, der schon alarmierend an sich war, bedeckten sie kaum die halben Schenkel.

– Ausnahmsweise, der Umstände wegen... Worum geht es?

– Das Thema lautet: Erklären Sie, wie in uns die Idee des Vaterlandes entsteht und wächst, und warum sie uns nicht etwa von der Liebe zur gesamten Menschheit entfernt, sondern ganz natürlich dazu führt.

– Ein schönes Thema. Ein wunderbares Thema. Das Vaterland. Die Menschheit. Einzig Frankreich besitzt das Geheimnis dieser Schwingungen. Und deshalb ist es ewig, Monsieur.

– Das versteht sich von selbst, sagte Antoine. Schreiben Sie bitte keinen zu langen Aufsatz. Ich habe sehr wenig Zeit, um ihn zu kopieren.

– Wenn es sein muß, werde ich mich auf das Wesentliche beschränken, aber es gibt viel darüber zu sagen.

– Wenn Sie nichts dagegen haben, Herr Schulrat, werde ich Sie gleich bezahlen.

Er zog das Geld aus der Tasche, das Tiercelin ihm gegeben hatte. Beim Anblick des Tausenderbündels in den Pfoten eines Bengels witterte der Alte verdächtige Geschäfte zwischen der jungen Frau und Antoine. Seiner Meinung nach war der Junge nicht alt genug für eine Komplicenschaft unter Geliebten, aber alle beide konnten Rädchen in einer Schwarzmarktorganisation sein. Darin erblickte er eine halbwegs ehrenhafte Erklärung für die eleganten Toiletten Yvettes und den kostspieligen Flitter ihres Boudoirs. In seinen Augen stellte der Schwarzmarkt ein durch das Gesetz von Angebot und Nachfrage beherrschtes Phänomen dar, fast ein heroisches Überleben der freien Marktwirtschaft, die der Tyrannei des Faschismus eine Schlappe zufügte. Seine Illegalität konnte man ihm nicht ernstlich vorwerfen in einer Zeit, in der alle Verbote mehr oder weniger den Stempel der Besatzungsmacht trugen. Er konnte sich jedoch die Bemerkung nicht verkneifen:

– Sie sind sehr jung für den Umgang mit so großen Summen.

Antoine fand nichts zu erwidern, er war beschämt und verwirrt wie ein Kind, das ein Erwachsener beim Rauchen ertappt. Yvette nahm ihm drei Hunderter aus der Hand und reichte sie dem Schulrat:

– Hier ist Ihr Honorar. Aber sag mal, Antoine, könntest du nicht diesen armen Mann beschäftigen, der seinen Lebensunterhalt verdienen muß? Er könnte Kaffee oder Zigaretten an den Mann bringen.

Sie legte die Arme um Antoines Hals und küßte ihn ostentativ auf den Mund.

– Nicht wahr, Liebling, du versuchst ihn zu beschäftigen?

– Madame, sagte der Alte rasch, ich bin Ihnen dankbar für Ihre Güte, aber ich fühle mich wenig geeignet dafür und fürchte, Ihren Herrn Sohn zu enttäuschen.

Er verbeugte sich und ging zur Tür, die Yvette hinter ihm zuschlug. Von Verlegenheit überwältigt, ließ sich Antoine aufs Sofa sinken. Die Verwunderung des alten Mannes über die Tausenderscheine kam ihm völlig gerechtfertigt vor. Er selbst dachte nie ohne innere Zerrissenheit an die Ungeheuerlichkeit seines Verdiensts. Nicht daß er etwa Skrupel gehabt hätte, Schwarzmarktgeschäfte zu machen, aber er hatte in seiner Familie gelernt, überflüssiges Geld als Ursünde zu betrachten, und die Zehntausende mühelos verdienter Francs, die Yvette in kindlichem Leichtsinn ausgab, schienen ihm eine Beleidigung für die täglichen Plagen und Sorgen seiner Eltern. Sogar sein Wunsch, ein Mittel zur Verbesserung der Familienmahlzeiten zu finden, war nicht frei von gewissen Unschlüssigkeiten und der Furcht, daß dieser fromme Betrug letztlich doch ein Verrat sei.

– Was ist los mit dir? Ich habe dich geärgert. Bist du mir böse, weil ich den Alten zurechtgewiesen habe? Er ist selber schuld. Er hätte nur taktvoller zu sein brauchen. Es fehlte nicht viel, und er hätte dich beschuldigt, das Geld gestohlen zu haben.

– Er hat sich gewundert, mich mit so viel Geld in Händen zu sehen. Und das ist tatsächlich verwunderlich. Dabei wußte er noch nicht einmal, daß ich diese achttausendfünfhundert Francs in einer Woche verdient habe. Dafür braucht mein Vater einen ganzen Monat. Und mit viel mehr Mühe als ich.

– Bedauerlich für ihn, aber das geht Coutelier nichts an.

– Er hätte nicht davon reden können. Wenn er diplomatischer und weniger anständig wäre, hätte er nichts gesagt. Und jetzt, wo du ihm zu verstehen gegeben hast, was wir füreinander sind, kann er sich noch ein bißchen mehr wundern.

– Das Gesicht des Alten, als er uns Schnabel an Schnabel gesehen hat!

Bei der Erinnerung fing Yvette an zu lachen. Selbst Antoine mußte mitlachen, trotz seiner Melancholie und Unruhe, doch der Ausdruck ernster Traurigkeit kehrte fast sofort in sein Jünglingsgesicht zurück. Wenn er an den Zwischenfall und die Bemerkung des Alten zurückdachte, kam ihm der Gedanke, daß er die Liebe Yvettes so leicht gewonnen hatte wie das Schwarzmarktgeld, das in dem

Abenteuer eine vielleicht wichtigere Rolle gespielt hatte und noch immer spielte, als man auf den ersten Blick meinen konnte. Antoine zweifelte nicht an den Gefühlen der jungen Frau, aber er erinnerte sich an eine Bemerkung Tiercelins, daß die Gefühle der Frauen, sogar die spontansten, so gut wie immer durch Vernunftgründe bestimmt würden und Geld zum Sex-Appeal des Mannes gehöre. Wie gewöhnlich hatte Tiercelin damit eine innere Überzeugung ausgesprochen, denn er suchte nie, sich wichtig zu machen. Selbst wenn man davon ausging, daß sich seine Erfahrungen auf ein bestimmtes Milieu beschränkten, so blieb doch die Tatsache, daß Antoine Yvette gerade in diesem Milieu begegnet war, in der Bar des *Pomme d'Adam*. Im übrigen bedeutete, wie ihm soeben klar geworden war, die sogar glückliche Intimität eines Paares nicht notwendig tiefere Übereinstimmung oder sehr zahlreiche Berührungspunkte.

– Du bist traurig, mein Schatz, ich möchte wissen, warum.

Mit zugeschnürter Kehle gab Antoine keine Antwort aus Angst, etwas von den Gedanken zu verraten, die ihn bedrückten. Er hatte sein Bündel Tausender aufs Sofa gelegt und schaute es feindselig an. Yvette setzte sich neben ihn, nahm seinen Kopf in ihre Hände und suchte seinen Blick. Er widerstand regungslos und hielt die Lider gesenkt. Schließlich sträubte er sich nicht mehr, und als sich ihre Blicke begegnet waren, erklärte sie mit veränderter Stimme und einer Begeisterung, die ihr Gesicht entflammte:

– Antoine, ich will nicht mehr, daß du Schwarzmarktgeschäfte machst. Das ist vorbei, schwöre es mir. Morgen gehe ich Arbeit suchen. Der Schulrat hat recht, du bist zu jung, um dich mit Geld und Geschäften abzugeben. Eher als dich weitermachen zu lassen, würde ich dich lieber nicht mehr sehen, Liebling. Aber ich werde arbeiten, und wir werden glücklicher sein. Zwischen uns wird es nicht mehr dieses Geld geben, das uns Angst macht und das alles verdirbt. Wenn du wüßtest, wie böse ich mir bin, weil ich dir das nicht früher gesagt habe!

Beschämt wegen der argwöhnischen Gedanken, denen er nachgehangen hatte, aber beruhigt und glücklich, fühlte sich Antoine von neuem in den sanften Nebel der Liebe gehüllt, den die unfreundliche Wirklichkeit einen Augenblick zerrissen hatte und in dem jetzt zwei Wesen und zwei Willen zu verschmelzen schienen. Er warf sich vor, ungeheuerliche Albernheiten gewälzt zu haben und zerfloß in den Armen Yvettes, die ihre Tränen mit den seinen vermischte. Chou kam herein, wieder ohne anzuklopfen. Es war nicht das erste Mal, daß sie ihre Mutter Antoine umhalsen und knutschen sah. Ihr selbst machte es Freude, ihm um den Hals zu fallen und ihn zu kitzeln, doch für eine Frau fand sie das ein dummes Spiel. Als sie näher kam, um ihre Spiele zu verfolgen, machten sie sich los und wandten ihr langsam verblödete Gesichter voll tierischem Ernst mit trüben Blicken zu. Etwas erschreckt starrte sie Chou mit offenem Mund und verblüffter Miene an, so daß sie alle drei aus demselben Schlaf zu erwachen schienen. Yvette lächelte belustigt. Antoine erinnerte sich laut, daß es schon spät war, und suchte, durch den Blick der Kleinen peinlich berührt, umständlich seine Bücher und den Überzieher zusammen.

– Liebling, ich habe vergessen, dir zu sagen, daß Marco vorhin angerufen hat, ob du noch englische Zigaretten hast.

– Keine einzige, aber sicher morgen. Siebzig Francs. Hat er auch nicht nach Schokolade gefragt?

– Ich habe ihn daraufhin angesprochen, aber er hat sofort von etwas anderem geredet. Das kommt mir komisch vor. Ich frage mich, ob Pauls Barmann dir nicht Kunden abspenstig macht. Du solltest Paul sagen, daß er dir die Ware gibt. Sie braucht nicht viel Platz, wir können sie in Chous Zimmer unterbringen.

– Das wäre ein Risiko für uns beide. Selbst wenn es einige Nachteile hat, mache ich lieber nur die Vermittlung. Das ist einfacher und sicherer.

– Aber du verdienst nicht so viel dabei. Überleg es dir, bitte.

Auf der Straße lächelte Antoine noch über die reizende Inkonsequenz Yvettes. Ohne zu wissen, wie er darauf kam, dachte er an eine gewisse Sorte Lügner, deren Lügen jeweils eine Verkettung echter Aufrichtigkeitsanfälle darstellen. Unter seinen Klassenkameraden gab es einen Schüler, der diese Art treuherzigen Lügens laufend praktizierte, und er hatte in seinem Fall sehr schnell klargesehen.

Pierrette und Frédéric waren bei ihrer Mutter. In verlegenem Schweigen saßen sie an ihrem Bett, sahen sie leiden und sich gegen die Schmerzen im Unterleib aufbäumen. Bleich, mit verzerrtem Gesicht, die Augen tief in die bläulich umschatteten Höhlen eingesunken, wandte Hélène Michaud ihren beiden Kindern bisweilen einen von Zärtlichkeit und Liebe schimmernden Blick zu, den der Schmerz sogleich trübte. Pierrette bemühte sich, ihr ein mitleidendes, aber diskret optimistisches Gesicht zu zeigen, das ihre Zuneigung zum Ausdruck bringen und die Mutter zugleich über ihren Zustand beruhigen sollte. Frédéric, der sich kaum darauf verstand, seine Miene zurechtzulegen, saß mit ausdruckslosem Gesicht da und fand die Zeit recht lang, empfand aber genau wie seine Schwester

Gewissensbisse, weil dieses ihm doch so nahe Leiden keinen stärkeren Widerhall in ihm weckte. Die Ankunft Antoines war eine Erleichterung für die beiden. Zwischen seiner Mutter und ihm gab es eine besondere Vertrautheit aufgrund einer Herzens- und Geistesverwandtschaft, eines Gefühls für Nuancen, das sie sich auf einen Blick hin verstehen und gemeinsam leiden ließ, wenn in ihrer Gegenwart ein ungeschicktes Wort fiel oder sich jemand daneben benahm. Seit Antoine ins Jünglingsalter gekommen war, ging ihr gegenseitiges Vertrauen bis zu einer Art Komplicenschaft für das Wohl der Familie, doch dieses stillschweigende Einvernehmen hatte nie etwas Abgekartetes und schien sich von selbst zu ergeben. In dem verhaltenen Spiel dieses Austauschs war er der bei weitem Scharfblickendere. So hatte Hélène Michaud fast nichts von der Verliebtheit ihres Sohnes erraten, während er seit langem begriffen hatte, aus welchen Unvereinbarkeiten die heimliche Uneinigkeit entsprang, die unter dem Anschein der Harmonie zwischen seinen Eltern bestand. Antoine besaß ein feines Einfühlungsvermögen in die Menschen, das durch seine aufmerksame Zuneigung noch verstärkt wurde, wenn es um die Seinigen ging. Er war der erste, der den Ernst des Leidens ahnte, das seine Mutter zu verbergen suchte, und der einzige, der, von seinem Zartgefühl geleitet, seinen Fortschritt auf ihrem Gesicht verfolgt hatte. Es war auch auf sein Drängen hin, daß sie sich zu einer Behandlung und schließlich zur Klinik bereitfand. Hélène Michaud wußte die Gaben dieses etwas bevorzugten Sohnes besser zu schätzen als jeder andere, manchmal jedoch war sie beunruhigt über seine frühreife Nachsicht und seine allzu vernünftige Hinnahme der Wirklichkeit, was ihr mit der Liebe zu handfesten moralischen Werten wenig vereinbar schien. Und sie nahm es ihrem Mann übel, ihn von jeder religiösen Praxis abgebracht zu haben, zusammen mit ihren anderen Kindern.

Antoine setzte sich zu seiner Mutter, und es gelang ihm, sie ein wenig von ihren Schmerzen abzulenken, indem er sie am Leben der Familie teilnehmen ließ. Er bemühte sich weniger, sie über das Funktionieren des Haushalts zu beruhigen, als ihr vielmehr vor Augen zu führen, wie nachteilig ihre Abwesenheit war, denn er wußte wohl, daß sie im Innersten und trotz ihrer Unruhe, die Ihrigen auf sich gestellt zu sehen, am meisten Angst davor hatte, daß sich ihre Anwesenheit als keineswegs unentbehrlich herausstellen könnte. In seinem Bericht über die häuslichen Schwierigkeiten vergaß er nicht, die Initiativen Pierrettes, Frédérics und des Vaters hervorzuheben und jeden in einem günstigen Licht erscheinen zu lassen. Ihm war ständig daran gelegen, Eintracht und Harmonie im Inneren der Familie zu erhalten, und es gelang ihm ausgezeichnet, die Eitelkeit jedes einzelnen zu beschwichtigen und die Egoismen gebührend zu verschleiern. Seit er da war, gab sich Hélène trotz ihrer Schmerzen der süßen Freude hin, sich mit so viel Inbrunst nach Hause gerufen zu wissen. Als Antoine beim Mittagessen ankam, erwähnte Pierrette einen alten, angeschlagenen Teller, und die Erinnerung an diesen vertrauten Gegenstand rührte die Mutter so sehr, daß sie in Tränen ausbrach. Die bestürzten Kinder, die an eine düstere Vorahnung glaubten, beugten ihre tränenüberströmten Gesichter über das der Kranken. Frédéric, von wenig sensiblem Naturell, wurde von der Erschütterung so überrascht, daß er zu schluchzen begann wie ein Saxophon, worauf Pierrette von Panik ergriffen wurde und ebenfalls schluchzend nach ihrer Mutter rief, die sie umschlungen hielt.

– Hört auf! beschwor sie Antoine, ihr seid dämlich.

Michaud, der gerade in die Klinik gekommen war, hörte das Schluchzkonzert hinter Hélènes Tür. Fahl vor Angst trat er ein und sah seine Kinder auf das Bett der Mutter geworfen, die sie ihm verbargen.

– Was ist los? rief er mit zitternder Stimme.

Hélène schob Pierrette beiseite, wandte ihm ihr noch tränennasses Gesicht zu und erklärte ihm, wie sie von einer übertriebenen Rührung überfallen worden sei. Frédéric, der sich nicht gleich hatte beruhigen können, war aufgestanden und weinte noch mit zuckenden Schultern. Michauds Angst wandelte sich in Zorn, der sich gegen seinen Ältesten richtete. Er nannte ihn einen alten Esel und befahl: »Raus hier, und nimm deine Schwester mit.« Antoine blieb noch einen Augenblick allein mit seinen Eltern. Michaud betrachtete seine Frau mit zärtlicher, mitleidsvoller Fürsorglichkeit, fragte, ob sie sehr leide, ob sie es warm genug habe und schüttelte ihr Kissen zurecht. Hélène war dankbar und zeigte es ihm auch. Aber dieser innige Moment konnte die Entfernung weder überbrücken noch verbergen, die sie immer voneinander getrennt hatte. Antoine hatte sich oft gefragt, warum seine Eltern, wenn sie vom gewöhnlichsten Gegenstand sprachen, nie dieselbe Sache zu meinen schienen. Es war ein bißchen, als ob der eine kurz- und der andere weitsichtig wäre. Für Michaud stellten Familie, Ehe, Arbeit, Essen nichts als Einrichtungen oder Elemente weiter Komplexe dar, die seinem Bewußtsein stets mehr oder weniger gegenwärtig waren und die er unablässig umbaute und abwandelte. In diesem beweglichen Universum gab es für nichts einen endgültigen Platz, und die Ordnung und der Wert der Dinge änderte sich je nach der Willkür seines Denkens. In einer ehelichen Gemeinschaft ist das entnervend. Michaud lebte darüberhinaus in der Sehnsucht nach einem Glück, dessen Verwirklichung nicht leicht vorstellbar war und dessen ihrem Wesen nach veränderliche Voraussetzungen von den Schwankungen seiner Phantasie abhingen. Für Hélène entfaltete sich das Universum vom häuslichen Herd aus, und das Glück stellte eine wohlbewehrte Festung dar, deren Belagerung sie mit geduldiger Entschlossenheit, ohne unvernünftige Hoffnungen unternahm, wobei sie nur bedauerte, daß sich der Gatte fast gar nicht daran beteiligte.

Während er den dicken, sanften, starken und großzügigen Mann betrachtete, die Frau mit dem abgezehrten Gesicht unter dem fast weißen Haar, auch sie stark und begierig, die Ihrigen zu beschenken, dachte Antoine wieder einmal an den unüberwindlichen Graben, der auf immer zwischen zwei Menschen bestand, die sich doch zärtlich liebten. Eigentlich spürte er diesen grundsätzlichen Mißklang eher, ohne sein Wesen bestimmen zu können, und stellte nur gegebenenfalls seine Äußerungen fest. Seit er jedoch Yvette kannte, hatte sich ihm allmählich eine Erklärung aufgedrängt, die den Vorteil der Einfachheit hatte. Er entdeckte, daß sein Vater ein Mann war und seine Mutter eine Frau, beide von solider, aufrechter Natur, die nicht zu jenen Gatten gehörten, von denen jeder dem anderen auf halbem Weg entgegenkommt, um in der goldenen Mitte seine Ruhe zu haben.

– Hat dir Antoine von dem Kameraden erzählt, der ihn aufs Land eingeladen hat? fragte Michaud.

– Nein, noch nicht, sagte Antoine. Tiercelin, ein Klassenkamerad, möchte, daß ich in den Osterferien ein paar Tage mit ihm nach Burgund fahre.

– Das wäre gut, meinte Hélène. Du hast es bestimmt nötig. Du hast abgenommen, finde ich.

– Ich muß euch etwas fragen, sagte Michaud lächelnd. Wenn ihr träumt, seht ihr die Dinge dann farbig?

IV

Michaud fühlte sich immer etwas unbehaglich, wenn er das stattliche Gebäude in der rue de Prony besuchte, dessen Verwaltung sein Büro 1940 übernommen hatte. Schon wenn er in der marmor- und spiegelglänzenden Eingangshalle den dicken, beigen Teppich betrat, der den Auftakt zum Treppenhaus bildete, kam er sich wie ein Teilnehmer der Wohlhabenheit vor. Die einst an Melonen und die eisige Korrektheit des Eigentümers gewöhnten Hausleute empfingen den nachlässig gekleideten Verwalter, der nicht das Format eines Immobilienverwalters der plaine Monceau hatte, mit hochmütigem Wohlwollen.

– Guten Tag, sagte Michaud, der absichtlich den Hut aufbehielt. Sind die Arbeiter gekommen?

– Oh ja, seufzte der Hausmeister. Ihre Arbeiter sind gekommen.

– Ich habe es bemerkt, sagte die Hausmeisterin bitter. Es ist ihnen gelungen, die große Treppe zu verschmutzen.

Die beiden saßen an einem Ebenholztisch, sie strickend und er in einem dicken medizinischen Lexikon lesend, das auf einer Seite voller farbiger, lebensechter Gedärme aufgeschlagen war, die beinahe zu dampfen schienen. Die Loge, die der Eigentümer möbliert und jedem Gegenstand seinen endgültigen Platz zugewiesen hatte, glich den Kabinen eines Überseedampfers. Die Hausleute hatten rosige Gesichter und waren gepflegt gekleidet, jedoch nicht eleganter als es ihrem Stand geziemte. Michaud erkundigte sich, ob die Arbeiten ordentlich gemacht worden seien.

– Von sauberer Arbeit keine Rede, betonte der Hausmeister. Ich will ja nichts Schlechtes von Ihrem Baumeister sagen, aber man merkt, daß er an Häuser wie dieses hier nicht gewöhnt ist. Der Baumeister von Monsieur Puget, das war etwas ganz anderes. Seine Leute haben wie Chirurgen gearbeitet. Übrigens habe ich von Monsieur Puget gehört. Er läßt Ihnen sagen, daß Sie die Zentralheizung überprüfen sollen.

– Hat er vor, bald nach Paris zurückzukehren?

Das Paar schaute Michaud vorwurfsvoll an.

– Nein, Monsieur Puget kehrt nicht vor Kriegsende nach Paris zurück. Er will keinen Kontakt mit den Deutschen. Bei ihm geht die Ehre über alles. Selbst wenn er seine Häuser liebt, würde er es nie ertragen, auf demselben Trottoir wie ein Feind zu gehen.[1]

1. Puget sollte erst Anfang 1943 nach Paris zurückkehren. Die Promiskuität mit den Deutschen quälte ihn weniger als gedacht. Seit der Befreiung – und in steigendem Maße – sehnt er die Besatzungszeit oder zumindest deren Verheißung von Ordnung und Sicherheit zurück, an deren Verwirklichung sie durch die Niederlage verhindert wurde. Alles in allem kann er sich nichts Schlimmeres vorstellen als den Aufstieg des Kommunismus, die Verstaatlichungen und die Verarmungsgefahr, die die Mieter der Luxuswohnungen bedroht. Er hofft immerhin, daß ein starker Mann Ordnung und Sicherheit sowie den Wohlstand wiederherstellen wird und daß es bald zum Krieg zwischen den Vereinigten Staaten und Sowjetrußland kommt. Seine Hausmeister sind derselben Meinung.

Nun ergriff auch die Hausmeisterin das Wort, um den Patriotismus Monsieur Pugets zu rühmen. Weil er sein Vaterland über alles liebe, habe er seine Fähigkeiten und seine Energie in den Dienst seiner Mitbürger gestellt. Der Landwirtschaftsminister in Vichy habe ihn mit einer Mission in der Dordogne betraut. Michaud entschwand nach oben, und der Hausmeister kehrte zu seinem medizinischen Lexikon zurück. Er hatte das Werk bei dem Kapitel über die Fortpflanzungsorgane begonnen, und die Gedärme, deren Nützlichkeit er wohl zugab, schienen ihm daneben von geringerem Interesse.

– Einen komischen Hausverwalter haben wir da, sagte er nach einem Gähnen. Ich verstehe Monsieur Puget nicht. Hast du den fadenscheinigen Überzieher gesehen?

– Beinahe hätte ich ihn zur Hintertreppe geschickt. Und er hat weder Manieren noch Konversation. Ah, wenn ich an Monsieur Puget denke! Wir hätten stundenlang mit ihm geplaudert.

– Das kannst du doch nicht vergleichen. Monsieur Puget ist aus demselben Milieu wie seine Mieter. Wohnhäuser in Paris, Güter in der Provinz und Familiengrab in Passy. Bei Michaud möchte ich gern wissen, wo er begraben wird.

Michaud machte sich keine Sorgen um seine Grabstätte. Als er die Reparatur eines Badezimmers im ersten Stock begutachten wollte, hatte er den Mieter beim Rasieren angetroffen. Monsieur de Monboquin, Exkavallerieoberst im Ruhestand seit 1930, hatte sich liebenswürdig entschuldigt und setzte seine Entbartung fort, als seine Frau auftauchte, die das Dienstmädchen von der Anwesenheit des Hausverwalters verständigt hatte.

– Wie, Emile, Sie rasieren sich? rief sie mit bebender Stimme.

Der Oberst, ein zierliches Männchen, zuckte erschreckt zusammen, und als er dem Blick Madame de Monboquins im Spiegel begegnete, senkte er die Augen.

– Sie haben mich erschreckt, sagte er sanft, ich hätte mich beinahe geschnitten.

– Sie rasieren sich. Sie bleiben also bei Ihrem Vorhaben, heute abend auszugehen. Sie, ein Oberst der französischen Armee. Sehen Sie mich an!

Monsieur de Monboquin wandte ihr sein eingeseiftes Gesicht zu und hielt eine Sekunde lang mit vor Erregung flatternden Augenlidern dem strengen Blick der Gattin stand.

– Hören Sie, Bertrande, seien Sie vernünftig. Wozu all dieser Lärm um eine Angelegenheit ... eine Angelegenheit ...

– Eine Angelegenheit? Eine Niederträchtigkeit, wollen Sie sagen.

– Sie sind ungerecht, meine Liebe. Ich sehe nicht ein, warum die Archäologie eine Niederträchtigkeit sein soll. Die keltisch-ligurische Kultur ...

– Emile, schnitt Madame de Monboquin ab, seien Sie doch kein Heuchler. Es geht um eine Niederträchtigkeit, nicht um die Archäologie.

Michaud kürzte seine Inspektion ab, grüßte die Mieter und wandte sich zum Gehen.

– Monsieur, bleiben Sie bitte noch einen Augenblick, bat die Obristin. Ich möchte, daß Sie Zeuge sind.

– Aber bitte, Bertrande, protestierte der kleine Alte. Diese Angelegenheit interessiert Monsieur nicht.

– Ganz im Gegenteil, diese Angelegenheit muß Monsieur interessieren, wie sie alle guten Franzosen interessieren muß.

Aus Rücksicht gegenüber dem unglücklichen Obristen gab Michaud vor, sich zurückziehen zu wollen, doch die Neugier hielt ihn zurück. Madame de Monboquin erklärte den Sachverhalt. Ihr Mann hatte sich schon einmal entehrt, als er unter dem Stiefel der Deutschen ein kleines Werk veröffentlichte, in dem eine Reihe Betrachtungen zu den Spuren einer blühenden keltisch-ligurischen Kultur im Euretal ihren Niederschlag fanden. Er glaubte, sich mit dem Inhalt des Buches entschuldigen zu können, der mit dem Zeitgeschehen nichts zu tun hatte und dem Feind keinerlei Vorteil bot. Nichtsdestoweniger war das Buch mit Genehmigung der Deutschen erschienen und, genaugenommen, weil es ihnen recht war.

– Aber alles, was wir tun: essen, schlafen, ausgehen, können wir nur so lange, wie es ihnen recht ist, wandte der Oberst ein.

– Man könnte meinen, daß Sie sich darüber freuen.

Der Oberst war nicht so weit gegangen, Geld vom Feind anzunehmen, aber gewisse kollaborationistische Blätter hatten das Werk bei seinem Erscheinen erwähnt, was ihm zu Kopf gestiegen war.

– Keine Widerrede, Emile, ich weiß, was ich sage – zu Kopf gestiegen, berauscht vor Stolz und Freude.

Aber das war noch lange nicht alles. Sein Autorenfieber artete in Delirium aus, seit ihn das Deutsche Institut zu einem Vortrag über Archäologie eingeladen hatte. Anstatt diese Einladung als Beleidigung zu empfinden, empfand er sie als Ehre.

– Ganz und gar nicht. Ich gebe einem Hang zur Neugier nach, der nichts Unpassendes hat. Die Wissenschaft ist eine internationale Angelegenheit.

– Wenn Sie etwas mehr Herz als Verstand hätten,

würden Sie nicht Wohlwollen und Komplimente vom Feind erbetteln.

– Ich wundere mich, Sie so reden zu hören. Vor noch gar nicht langer Zeit fanden Sie es durchaus angebracht, daß Ihr Vorfahre, Monsieur de Saint-Préleau, ein alter Soldat wie ich, bei der Invasion Frankreichs durch die Kaiserlichen an die Tafel des Prinzen Eugen geladen wurde. Ich füge hinzu, daß Sie stolz darauf waren.

– Das war im 17. Jahrhundert, erwiderte Madame de Monboquin, deren Stärke nicht die Geschichte war. Es herrschten andere Bräuche.

– Ist die Ehre nur ein Brauch?

– Anstatt herumzustreiten, würden Sie besser daran tun, an unseren Sohn zu denken. Denn das Beste wissen Sie gar nicht, Monsieur. Mein Mann hat einen Sohn bei de Gaulle. Was sagen Sie nun?

Michaud war verlegen. Grundsätzlich fühlte er sich mit der Gattin einverstanden, doch die Hilflosigkeit des Obersten rührte ihn, und er wünschte, daß sein Vorhaben gelinge. Zu einer Antwort gedrängt, siegte seine Überzeugung.

– Vielleicht sind die jungen Leute um de Gaulle weniger formalistisch als wir, wenn sie auch kaum den Eindruck machen. Und im Grunde geht es nicht nur um Formalismus. Prinz Eugen konnte mit dem Vorfahren Madame de Monboquins tafeln. Es war eine Höflichkeitsgeste ohne jeden Propagandazweck.

– Woher wissen Sie das? warf der Oberst ein. Die Propaganda ist keine Erfindung unserer Zeit.

– Jedenfalls war sie weder eine Kriegswaffe noch eine Regierungsmethode. Früher war der Zufall im Frieden wie im Krieg wichtiger als der Mensch. Eine Armee mußte mehr mit den Unbilden der Witterung und den Krankheiten rechnen als mit dem Gegner. Die Diplomatie hing vom Schicksal eines Kuriers ab. Die Regierungen reagierten auf die Ereignisse erst lange, nachdem sie stattgefunden hatten, und legten nur den Rahmen der Verhaltensweise fest, allgemeine Richtlinien, zwischen denen sich das Individuum bewegte ...

Im Vergleich zu diesem Früher ließ sich Michaud dazu hinreißen, eine harte, streng buchhalterischen Gesetzen unterworfene Welt auszumalen, in der das Handeln jedes einzelnen, seine Worte, seine Gedanken, seine Mahlzeiten in Zahlen umgesetzt wurden, die eine riesige Addition ergaben, deren Summe das Ergebnis einer Politik oder den Ausgang einer Schlacht ausmachte.

– Als Oberst im Ruhestand, Offizier der Ehrenlegion und Archäologe ist Ihre Person mit einem gewissen Propagandakoeffizienten behaftet, der der Sache Hitlers nützt, wenn Sie der Einladung des Deutschen Instituts Folge leisten.

Monsieur de Monboquin schien vom Gewicht dieser unerbittlichen Worte erdrückt. Mit halbfertigem Bart hatte er sein Rasiermesser hingelegt und senkte niedergeschlagen den Kopf, die Arme hängend, den Körper schlaff.

– Sie haben sicher recht, murmelte er.

– Endlich sehen Sie Ihre Torheit ein, Emile. Zum Glück, aber es mußte ein Gewitzterer kommen als ich, um Sie mit der Nase darauf zu stoßen.

Monsieur de Monboquin wischte sich das Gesicht mit einem feuchten Tuch ab.

– Sie sind nur auf einer Seite rasiert. Rasieren Sie sich fertig. Es ist noch kein Grund, weil Sie nicht zu den Deutschen gehen ...

Doch der Oberst wandte sich zu Michaud, nachdem er

die rasierte Wange gepudert hatte, grüßte ihn mit einem Kopfnicken und verließ das Badezimmer.

– Ich bin sicher, daß er sich niederlegt. Seit den Beschränkungen hat er einen sehr schwierigen Charakter. Mir allein wäre es nicht leichtgefallen, ihn am Hingehen zu hindern, vielleicht wäre es mir nicht gelungen. Ihr Einschreiten hat ihn gerettet und wahrscheinlich endgültig kuriert.

– Ich habe Gewissensbisse, gab Michaud zu. Schließlich hätte er zu diesem Vortrag gehen können, ohne irgend jemandem Unrecht zu tun, und was den Ehrenstandpunkt angeht, jeder für sich. Ich frage mich, wie ich dazu kam, solche Eseleien von mir zu geben. Sie waren gegen meine Ansichten, gegen meine tiefsten Überzeugungen. Wenn die Welt so geworden wäre, wie ich sie Ihrem Gatten beschrieben habe, hätte der Ausgang des Krieges überhaupt keine Bedeutung, genauso wenig wie der Sieg einer politischen Partei.

Madame de Monboquin betrachtete mit belustigtem Mißtrauen den dicken, herzlichen, wenig gepflegten Mann, der den Ideen ausgeliefert war, die in seinem großen Schädel kochten, ganz das Bild des gutmütigen – und deshalb nicht weniger gefährlichen – Revolutionärs, wie sie es aus guten Büchern kannte. Michaud, der ihre Anwesenheit ein wenig vergaß, spann seine Gedanken weiter.

– Weil ich nämlich eine solche Welt nicht will, bin ich Gaullist. Ich glaube an die Freiheit. Ich bin für de Gaulle, damit jeder die Freiheit hat, gegen ihn zu sein, damit der Oberst ins Deutsche Institut gehen darf, damit jeder wählen kann, ob er für die Engländer ist oder für die Deutschen oder... Ach was, besann sich Michaud, ich sage schon wieder eine Ungeheuerlichkeit. Ich sage schon wieder etwas, was ich nicht denke. Statt um jeden Preis alles erklären zu wollen, würde man besser bei einer gewissen Empfindung der Dinge bleiben, sogar einer vagen, das ist noch am wahrsten.

– Ich bin ganz Ihrer Meinung. Ich als sehr intuitiver Mensch verstehe mich besser im Schweigen als im Gespräch.

Michaud ärgerte sich wieder über sich selbst. Die Zustimmung Madame de Monboquins schien seine eigenen Worte zu verurteilen.

– Bei einer gesicherten Vermögenslage riskiert man nichts, wenn man seine Gefühle ausdrücken will, sagte er übellaunig.

Er überließ es der Obristin, diese doppeldeutige Bemerkung zu verdauen und verabschiedete sich brüsk, um nicht Gefahr zu laufen, die Hand etwas von oben herab gereicht zu bekommen. Als er zu Fuß in den fünften Stock hinaufstieg, machte er sich zunächst Vorwürfe, die Zeit für den Broterwerb mit feinen und dazu belanglosen Leuten verloren zu haben, gab dann zu, daß der Oberst diese beleidigende Bezeichnung nicht verdiente und bedauerte, daß er nicht in der Lage gewesen war, für ihn Partei gegen die alte Hexe zu ergreifen. Während er die Stufen erklomm, wurde er vom Aufzug überholt. Eine junge Schönheit[1], hochgewachsen, blond, den Körper mit Klamotten der Haute Couture angetan, stand kerzengerade

1. An einem Dezembertag 1943 begegnete die junge Frau in einem Geschäft der Champs-Elysées einem einflußreichen Beamten der französischen Gestapo, der ihr vorschlug, mit ihm zu schlafen. Als er einen Korb bekam, ließ er sie verhaften und in einen Raum bringen, wo er sie vergewaltigte und ihres Schmucks beraubte. Nach vierzehn Tagen gab er sie an seine Untergebenen ab, und nach einem Monat ließ er sie umbringen. Die Leiche wurde in die Seine geworfen, nachdem man sie des bequemeren Transports halber in mehrere Stücke zerschnitten hatte.

und unbeweglich darin. Der vorübergleitende Aufzug zog ihre Silhouette in die Länge, die sich in den oberen Stockwerken verlor, während Michaud innehielt, um den Hauch eines vornehmen Parfums einzusaugen. Einen Augenblick wurde er vom Verlangen nach Luxus überfallen, nach Überfluß und glanzvollen Vergnügungen, er träumte ein vom Krieg vergessenes Leben im Kielwasser der schönen jungen Frau. Er kam übrigens gleich wieder zu sich, liebte seine Mühen, seine Sorgen, seine Ungewißheiten und bedachte bewegt, daß die Wärme seines Heims der finanziellen Unsicherheit vielleicht einiges verdankte. Nach seinem Aufstieg verschnaufte er wohlgelaunt im fünften Stock und läutete.

– Oh! Freund, ich bin so glücklich, ich dachte an Sie vor nicht zehn Minuten.

Madame Lebon begrüßte Michaud mit wohlklingender Stimme und dem singenden Akzent des Donau-Karpatenraums. Sie war eine kleine Dreißigerin mit schwarzem, etwas fettigem Haar, das glatt und glänzend herabhing und ihr ein Montparnasse-Aussehen anno 1925 verlieh. Aus der Tasche ihres viel zu großen Pelzmantels, der sie bis zu den Knöcheln umhüllte, zog sie einen Geldbeutel und entnahm ihm einen winzigen Zigarettenstummel, der in einer Falte des Futters deponiert war.

– Warum sind Sie Donnerstag nicht mich besuchen gekommen, Pierre Michaud? Freunde, sie sind gekommen. Ich liebe es, wenn Sie sie kennen. Wissen Sie, ich habe eine so schöne Freude, daß Sie sind da, dicht bei mir, Pierre.

Diese Worte waren keine bloßen Höflichkeitsformeln, Michaud wußte das. Lina brachte ihm eine vertrauensvolle Sympathie entgegen, die ihn mehr bewegte, als es der anachronistische Charme dieser Montparnasse-Gestalt allein schon vermocht hätte. An ihrer Kippe saugend, fragte sie nach seiner Frau, die sie bei ihrem Vornamen Hélène nannte, ohne sie je gesehen zu haben. Sie radebrechte das Französische mit völliger Unbekümmertheit, wobei sie syntaktische Abkürzungen gebrauchte und ihren Wortschatz mit Argotausdrücken anreicherte, deren Grobheit von ihrem ausländischen Akzent gemildert wurde.

– Kommen Sie in den Salon, Pierre. Nein, sagen Sie nicht eilig haben, ich bin so wütig, wenn Sie nicht bleiben.

Trotz der Unordnung, die Lina darin unterhielt, wirkte der Salon ziemlich luxuriös. Die Bilder an den Wänden waren ein Vermögen wert.

– Was mache ich, sagen Sie, mit der Wohnung? Warschau, was denken Sie von ihm? Die Wohnung auf meinen Namen schreiben, und Jahre vergehen, und nichts mehr schicken zum Zahlen. Ich, wo finde ich das Geld? Zwei Mieten zurück.

– Ich werde mein Möglichstes tun, um die Frist zu verlängern, aber ich bin nicht allein, und außerdem sind Lolivier und ich nur die Verwalter.

– Ich weiß, Pierre. Ich sehe Sie heute, das ist schon das vierte Mal, und immer so nett.

– Warum nicht einen Teil der Möbel verkaufen? Warschau hat ein wertvolles Mobiliar. Verkaufen Sie ein Viertel davon, um ihm die anderen drei Viertel zu erhalten, dann hat er immer noch ein gutes Geschäft gemacht. Sind Sie Jüdin?

– Meine Mutter ein bißchen, das sage ich nur Ihnen, und mein Vater glaube ich auch ein bißchen. Aber ich, mir ist egal. Ich bin Madame Lebon.

– Ich habe Sie danach gefragt, um mir eine Vorstellung über Ihre Stellung Warschau gegenüber zu machen. Wenn Sie Jüdin sind . . .

– Sie wollen sagen, er wird mir machen keine Schwierigkeiten. Ihr anderen, ihr glaubt, die Juden sind immer Lämmer mit den Juden. Außerdem, ich muß sagen, ich habe schon ein bißchen verkauft. Kleinigkeiten, Sonderlichkeiten, wissen Sie, vierzigtausend Francs.

– Machen Sie weiter so, Sie sind auf dem richtigen Weg.

– Und wenn ich nicht bezahle?

Michaud machte eine vage Handbewegung und blieb zurückhaltend. Er konnte Lina nicht sagen, daß ihm Monsieur Puget, der Eigentümer, hatte mitteilen lassen, er möge jeden beliebigen Vorwand nützen, um sie aus der Wohnung zu entfernen. Monsieur Puget schien zu befürchten, daß ihm ihr Judentum, falls es herauskäme, Schwierigkeiten bereiten könnte; außerdem war er der Ansicht, diese etwas unsaubere und eher sonderbare Frau schade dem Ansehen seines Mietshauses. Nachdem er wenig darauf bedacht war, sich mit Warschau zu überwerfen, wäre es ihm am liebsten gewesen, wenn es die Verwaltungsgesellschaft übernommen hätte, die Angelegenheit zu regeln, als ob er nichts davon wüßte. Da er selbst sich in der südlichen Zone aufhielt, bot ihm dies eine bequeme Ausflucht.

– Und wenn ich nicht bezahle? beharrte Lina.

– Ich rate Ihnen, zu bezahlen. Wenn Sie Ihre Miete nicht bezahlen, setzen Sie sich allen möglichen Unannehmlichkeiten aus, und ich kann dann nicht viel für Sie tun.

Lina begriff, daß er auf eine Bedrohung anspielte, die ihm allein bekannt war.

– Ich gebe Ihnen Geld nachher. Sie haben recht, Pierre, verlassener Hund muß erwarten Prügel.

Sie fing zu weinen an und barg ihr Gesicht in den kleinen, schmutzigen Händen. Als er versuchte, sie zu trösten, vertraute sie ihm mit von Schluchzern unterbrochener Stimme ihre Ängste an und erzählte ihm schließlich ihre Irrfahrten. Sie war eine entfernte Verwandte Warschaus, der sie aus einem polnischen Ghetto hatte kommen lassen und sie in einem seiner Antiquitätengeschäfte in der Vorstadt Saint-Honoré unterbrachte. Da er es übernommen hatte, sie lebenstüchtig zu machen, ging er hart mit ihr um und terrorisierte sie zu ihrem Besten. Die jungen Vettern Warschau, vollendete Pariser und vollendete Kenner in allen Angelegenheiten, sahen diese arme Verwandte ziemlich schief an, die fromm geblieben und ganz vom Ghetto der Vorväter durchdrungen war. Sie fanden, daß sie in der Familie unangenehm auffiel. In den jüdischen Kreisen von Paris fühlte sich Lina im übrigen fremder als unter den Christen. Sich über Warschaus Empörung hinwegsetzend, hatte sie einen Maler namens Lebon geheiratet, der für den Antiquitätenhändler Fälschungen des 18. Jahrhunderts im Genre von Greuze und Boucher herstellte. Lina sprach zärtlich von diesem sanften, anständigen – etwas läppischen, wie sie präzisierte – Jungen, der lange Pfeifen und Bohème-Scherze liebte. Über ein Jahr zog er mit ihr in den Bierlokalen von Montparnasse herum, dann wurde er eines Tages von einem Lastwagen überfahren, als er aus der *Coupole* kam (arme Visage alles abgerissen, Pfeifenrohr im Auge, eingebohrt, ich zeige Ihnen Photo, ich habe in meiner Handtasche). Warschau nahm sie wieder unter seine Fittiche, mit derselben Härte wie zuvor. Er hatte sich zur Aufgabe gestellt, ihr die Gepflogenheiten des Handels einzutrichtern und sie mit einem Juden zu verheiraten, aber in diesem letzteren Punkt scheiterte er am Eigensinn Linas, die die Pariser Juden nicht mochte. Endlich gab er das Eheprojekt von selbst auf, da er zu dem Schluß gelangte, es sei besser für sie, Madame Lebon zu heißen als Madame Lévy oder Jacobstein. Warschau sah den Krieg voraus wie auch die

Niederlage Frankreichs, dessen Schwäche er verachtete. Er wettete stets zugunsten Deutschlands, nicht nur als objektiver Beobachter, sondern auch, wie Lina versicherte, weil sein Herz sich für die Anstrengung, die Mühe, den Willen zum Sieg entschied. Er war fest davon überzeugt, daß die menschliche Gerechtigkeit in den Werken sei.

– Er, ich hasse, so hart, kein Mitleid, aber trotzdem ich liebe und ich bewundere. Er denkt so einfach, er ist so stark, immer gerade auf Sache los. Er findet Dummheiten der Franzosen nicht lustig, ich finde nicht. Es gibt doch hübsche. Warschau, er sagt ist für die Frauen. Ich glaube, im Grund er ist wie ich. Er hat Heimweh, Polen und echte Juden dort. Manchmal, wenn ich allein mit ihm bin, hat er jiddisch geredet, und er hat lieber ausgesehen, glücklicher. Seine Frau, seine Kinder, jiddisch reden sie konnten nicht, so pariserisch. Oh ja, Warschau hat Heimweh nach kleines, armes Leben, ganz im Schatten und das guttut wie warmes Wunder. Aber einmal weg, man geht nicht zurück, sogar ein Warschau. Und wenn ich könnte, ich würde nicht wollen, zu pariserisch, Kopf schon kaputt, und ich bin zweiunddreißig. Das Kind, es kehrt nie zurück in den Bauch, der es getragen hat, aber er, er hat vergessen. Ich, ich erinnere, ich denke Familie, und heute ich denke Schmerz. Wenn Sie wissen, Pierre, wenn Sie wissen . . .

Lina teilte Michaud flüsternd gewisse Nachrichten mit, die sie aus Polen hatte. Tausende Juden gleichzeitig ermordet, gehängt, gefoltert, lebendig verbrannt oder verurteilt, Hungers zu sterben, ein Vernichtungsunternehmen, das weder Frauen noch Kinder verschonte.

– Beruhigen Sie sich, Lina, Sie quälen sich ohne jeden Grund. Diese Geschichten von systematischer Vernichtung sind absurd. Im Vierzehnerkrieg hat man auch eine Menge von dieser Art erzählt. Man hat gesagt, daß die

Deutschen den Kindern die Hände abhackten, und man hat schließlich zugeben müssen, daß das völlig erlogen war. Ich brauche Ihnen nicht zu sagen, welche Gefühle ich für die Nazis habe, aber ich würde es für eine Verletzung der primitivsten Ehrlichkeit halten, wenn ich solchen Berichten den geringsten Glauben schenkte. Wenn die Nazis wilde Tiere und sadistische Verrückte wären, wären sie das ebenso in Frankreich wie in Polen, und man muß zugestehen . . .

– Man muß glauben, rief Lina zornig und stampfte mit dem Fuß. Man muß glauben! Aber ihr Franzosen, ihr versteht nicht. Ihr seid in eurem Puppenleben und alles ihr seht klein. Wenn ihr habt Haß, das ist im Kopf mit Gründen zum Erklären. Aber bei uns, weit Osten, in den harten Ländern, der Haß ist im Fleisch, er kümmert sich nicht um die Gründe, er will Blut und Tod und weh tun. Und die Deutschen, sie wollen Tod der Juden und schreien hören, leiden sehen und Lust im Fleisch haben. Ich weiß es, die Frau bin, den Haß ich kenne gut.

Das Gesicht zur Grimasse verzerrt, richtete sie sich in ihrem zu großen Mantel auf.

– Am Ende, Gott ist für uns, und dann Rache, Pierre, Rache. Tod und Folter für Deutsche und für ihre Frauen und ihre Kinder. Mit meinen Händen ich erwürge, ich ausreiße Auge. Rache. Ich auch, ich auch werde haben Lust im Fleisch. Rache.

Verzweifelt und entsetzt hob Michaud die Arme zum Himmel. Er erklärte, daß der Haß das Böse fortpflanze und vervielfältige, daß es keinen guten oder gerechten Haß gebe und daß man mit allen Kräften daran arbeiten müsse, ihn aus der Menschheit auszutilgen. Belustigt von dieser Rede, die ihr so aufrichtig wie unernst vorkam, beruhigte sich Lina schließlich.

– Ein Kind Sie sind, Pierre, so intelligent, aber ein Kind.

Sie suchte in ihrem Geldbeutel nach einem nicht vorhandenen Stummel. Michaud bot ihr eine Zigarette an, die sie anzunehmen zögerte.

– Das ist teuer, und Sie sind nicht sehr reich. Nichts sagen, Pierre. Sie sind nicht jung, nicht reich und schlau auch nicht. Das Sie lernen nie. Ich denke an Sie oft. Ich bin Frau allein, ich habe immer Angst vor Gestapo. Warschau hat lassen richten meine Papiere, aber ich habe Angst trotzdem. Es gibt ja Leute, die wissen, die können sagen. Auf der Straße, ich denke an Polizeikontrollen, ich habe Auslandakzent, vielleicht das Gesicht auch. Finden Sie mich jüdischer Typ? Hier, in zu große Wohnung, mitten in Sachen, die viel kosten, ich fühle mich weit verloren, und ich bin nicht mutig. Wenn der Abend kommt, krampft sich Herz wie Faust, ich höre Gestapo. Immer Gestapo. Und viele Tage ein schwarzes Loch in Gedanken. Aber wenn ich Sie sehe, es ist zu Ende. Sie bringen wieder die Welt, die fortging. Im Vergleich zu Warschau Sie sind ein armer Kerl, armer Tropf, und trotzdem Sie sind stark auf andere Art. Oh ja! Auf andere Art.

Michaud war nicht sicher, ob er sich geschmeichelt fühlen sollte. Sie drückte ihre halb verbrannte Zigarette im Aschenbecher aus und verstaute sie, noch rauchend, in ihrem Geldbeutel.

– Kommen Sie mich besuchen, Pierre, ich brauche Sie so sehr. Oder wenn Sie wollen, ich komme zu Ihnen. Ich möchte kennen Hélène und die Kinder.

– Natürlich, sagte Michaud ohne Begeisterung, kommen Sie. Im Moment ist Hélène aus der Klinik da . . .

– Nein, Pierre, ich glaube es besser, ich komme nicht. Sie haben Angst vor Ihrer Frau.

– Nein, nein, protestierte er, indem er bis über die Ohren errötete. Kommen Sie, wann Sie wollen, Lina. Ich werde mich immer freuen, Sie zu sehen.

Doch der Ermunterung fehlte es an Nachdruck. Er ging die Reparaturen in der Küche und im Badezimmer kontrollieren und verabschiedete sich, ohne die Einladung zu erneuern. Er kehrte später als geplant ins Büro zurück. Lolivier schien ihm das übelzunehmen und machte den Mund nicht auf. Er war etwas neidisch, wenn Michaud seine Zeit anderswo verbrachte. Am späten Nachmittag hob er den Kopf, und als er seinen Partner mit abwesendem Blick sah, gab er sich absichtlich vulgär.

– Na, hast du es deiner Judensau besorgt?

– Ich bitte dich, erspare mir deinen Schwachsinn.

– Also du hast nicht können. Im Ernst, Alter, ich finde sie ein bißchen meschugge, deine Madame Lebon. Eine Visage aus dem vorigen Krieg, keine Titten, ein dicker Hintern und unbedeutende Beine. Sie hat sehr schöne Augen, aber das ist auch ungefähr alles. Naja, nehmen wir an, daß du in ihr eine femme fatale erblickst.

– Sie ist mir schnurzegal, betonte Michaud. Und wenn ich je meine Frau betrügen würde, hätte ich endlose Gewissensbisse hinterher. Was willst du, ich, ich nehme alles ernst. Aber was für eine drollige kleine Person, diese Madame Lebon. Die Erziehung, die Gewohnheiten, die Meinung der anderen, all das scheint sie nicht zu stören in ihrer Beurteilung der Menschen oder Situationen.

– Ich sehe schon, der zynische Typ.

– Überhaupt nicht, sogar im Gegenteil. Sie ist nicht im geringsten zynisch. Auch nicht ironisch. Was mich bei ihr wundert, ist die Gabe, die Wirklichkeit eines Menschen zu erfassen, ohne sich durch sein gesellschaftliches Milieu, seine Funktion, seine Familie, die Umstände der Begegnung oder irgend etwas in dem komplizierten Gebäude beirren zu lassen, in dem wir die Menschen unterbringen, um sie einzuschätzen. Vorhin kam sie zufällig auf dich zu sprechen, und ich habe festgestellt, daß sie, die dich nur einmal fünf Minuten lang gesehen hat, dich besser kennt als ich dich kenne. Ich kann mir vorstellen, daß sich der Bankier, der Verbrecher aus Leidenschaft, der Fälscher, der Hochstapler in einem Gefängnishof, alle im gleichen gestreiften Anzug, vor den Augen ihrer Gefährten so nackt und auf das Wesentliche beschränkt vorkommen, wie ich vor dieser Kleinen.

– Eine Frau, ein Mann.

– Nein, ganz und gar nicht. Ich wurde davon sogar verunsichert. Während sie mit mir redete, hatte ich den Eindruck, ein armer Idiot zu sein, der sich mit einer Idee von den Dingen begnügt, während sie ihre Realität erfaßt. Ich werde darauf zurückkommen. Im Augenblick habe ich noch nicht genügend Distanz, um klar zu sehen. Außerdem muß ich gehen. Antoine fährt Samstag mit einem seiner Schulkameraden in Ferien, und ich muß noch eine Besorgung mit ihm machen. Was für ein Kreuz, diese Kinder.

Als er aufstand, bemerkte Michaud, daß Lolivier bleich geworden war und ihn etwas verstört ansah.

– Was hast du?

– Ich mache mir Sorgen. Vorgestern abend ist mein Sohn durchgebrannt, und heute mittag war er noch nicht zurück.

– Aber was kann denn passiert sein?

– Ich weiß nicht. Ich habe den Eindruck, daß seine Mutter mit ihm unter einer Decke steckt oder zumindest weiß, wo er ist. Es ist immer dasselbe mit ihr, man muß sich auf alles gefaßt machen.

V

Lolivier war nicht erstaunt, seine Frau noch im Bett zu finden. In ihr Kissen gelehnt, telephonierte Josy mit kehliger, affektierter Stimme und lächelte Grimassen in den Hörer. Er nahm an, daß das Gespräch lange dauern könnte und ließ sich auf einen Stuhl fallen.

– Wirklich, meine Liebe, ich war ungeheuerlich enttäuscht. Ketty[1] hält sich noch im *Européen,* aber im *Bobino* schafft sie es nicht mehr. Unter uns, sie war noch nie besonders, und dazu abscheulich mit den Kollegen. Davon

1. Ketty war fast ein Jahr lang die Mätresse eines deutschen Offiziers. Nach der Befreiung wurde sie geschoren und verhaftet. Vor der Untersuchungskommission sagte sie auf die Frage, warum sie die Mätresse eines Deutschen gewesen sei: »Weil er phantastisch ausgesehen hat und mich zum Orgasmus gebracht hat. Ihr mit euren Arschgesichtern würdet mich nicht zum Orgasmus bringen.« Ich habe diese Antwort von einem Zeugen. Während der ganzen Besatzungszeit träumte die Frau Loliviers davon, mit einem deutschen Offizier zu schlafen, es gelang ihr aber nie. Seit der Befreiung setzt sie sich energisch dafür ein, daß alle Kollegen, die sich kompromittierten, ausgeschlossen werden.

kann ich ein Lied singen. 29, im *Empire,* hat sie mich vom Plakat getrickst. Georgius hat es mir gesagt ...

Das Kinn in die Hand gestützt, betrachtete Lolivier die unsaubere, vulgäre Vogelscheuchengestalt auf dem Kissen unter den Photographien an der Wand, die an dreißig Jahre ihres Varietélebens erinnerten, dreißig Jahre dritter Garnitur, streitsüchtiger Hoffnungen, gescheiterter Versuche, vergeblicher Intrigen, neiderfüllten Wütens und der Klagen über die Ungerechtigkeit des Schicksals und der Direktoren, ganz zu schweigen von den Bettpartien mit Hinz und Kunz, die meistens eigennützig und immer nutzlos waren. Die gefiederten Nacktphotos bezeugten, daß sie ein recht hübsches Ding gewesen war, gut gebaut mit gefälligem Gesicht, aber weder die anmutige Leichtigkeit der Gesten besaß noch die Vollendung der Formen oder die Lebhaftigkeit des Ausdrucks, welche die Aufmerksamkeit eines Schauspieldirektors oder eines Frauenliebhabers wecken. Das einst hübsche Ding, das die Fünfzig überschritten und noch nicht auf Karriereambitionen verzichtet hatte, war nun ein abgezehrtes Frauenzimmer, dem die sieben Todsünden sowie andere, an die die Kirche vielleicht nicht gedacht hat, ins faltige, gefurchte Gesicht geschrieben standen. Trotz ihrer Magerkeit war sie mit Fettwulsten geschlagen, insbesondere unter dem Kinn und an den beiden Kiefergelenken. Was den Körper angeht, kein Hintern, dürre Beine und Oberschenkel, dafür einen Spitzbauch und schwere, wäßrige, vagabundierende Brüste. Josy ähnelte ihren Jugendbildern nur noch durch eine gewisse Vulgarität, die mit dem Alter und den Enttäuschungen aggressiv geworden war. Auf seinem Stuhl notierte Lolivier diese Veränderungen und Konstanten mit ruhiger Bitterkeit wie ein Häftling, der sich an seine Lage gewöhnt hat und daran ist, zu resignieren.

– Ich bereite eine phantastische Nummer vor, eine Pantomime, die Sensation machen wird. Ich habe Couture schon davon erzählt. Er war hingerissen. Er hat gesagt: Meine Kleine, so eine Idee ist Gold wert, ich engagiere dich auf der Stelle. Ich habe ihm geantwortet: Mein lieber Bob, das ist nett von dir, aber ich, ich habe meine Berufsehre, und ich arbeite nicht mit Bluff. Reden wir wieder darüber, wenn meine Nummer perfekt ist ... Moment bitte, bleib am Apparat.

Josy wandte sich mit fragendem Kinn zu ihrem Mann.

– Ist Tony noch immer nicht zurück? fragte er.

– Oh doch, antwortete sie zänkisch. Er ist am Vormittag nach Hause gekommen. Du wirst ihn doch nicht schon wieder anbrüllen? Ich meine, daß ein Junge mit neunzehn Jahren ...

Lolivier ging nicht darauf ein und verließ das Schlafzimmer.

– Entschuldige, meine Liebe, das war mein Mann. Schon wieder Ärger, es hört nie auf mit ihm. Wenn du wüßtest, meine gute Pépé, was es bedeutet für eine Künstlerin, mit einem Mann zu leben, der keine Ahnung hat. Manchmal ...

Nachdem er in mehreren Zimmern gesucht hatte, fand Lolivier seinen Sohn in der Küche. Er saß auf der Ecke des Tisches, einen Fuß auf dem Boden, den anderen baumelnd, aß ein Sandwich und sah seinen Vater mit verschlagenem, furchtsamen Blick an, den er schnell abwandte. Lolivier, der sich an die Tür gelehnt hatte, blieb einen Augenblick unbeweglich stehen, um seine Miene zurechtzulegen und um gegen eine Aufwallung von Zärtlichkeit und gegen die Freude anzukämpfen, diesen verachteten Sohn wiederzusehen, den zu verlieren er gefürchtet hatte. Er verschlang ihn mit den Augen. Tony hatte die breiten Schultern des Vaters, aber einen kleinen Kopf, eine niedrige Stirn, ein fliehendes Kinn und tiefliegende Augen, deren Blick flackerte, wenn er dem eines anderen begegnete. Nichts an ihm erinnerte an seine Mutter. Er hatte nichts von ihrer Vulgarität, weder in den Zügen noch in der Stimme. Sein beunruhigendes Gesicht schien der Abguß eines unförmigen schlechten Gewissens und blieb sonderbar verschlossen, ohne anderen Widerschein eines inneren Lebens als die dumpfen Lichter, die bisweilen in seinen dunklen Augen tanzten. Geblendet von seiner Zuneigung hatte der Vater nie die geringste Anomalie in diesem Degeneriertengesicht bemerkt und lange Zeit gehofft, daß sich Benehmen und Charakter des Sohnes schließlich seinem so charmanten Äußeren angleichen würden.

– Wo warst du in diesen drei Tagen? fragte er ruhig.

– Ich war bei einem Freund in Vincennes. Ich habe mehrmals versucht, in deinem Büro anzurufen, aber es war dauernd besetzt.

– Du lügst. Als du Montag abend um zehn Uhr weggegangen bist, hast du fünfhundert Francs aus meiner Brieftasche genommen. Die hast du nicht gebraucht, um zu einem Freund zu gehen.

Tony senkte den Kopf, teils als Geständnis, teils um keine Antwort geben zu müssen. Der Vater fragte nicht weiter und sammelte sich einen Augenblick, bevor er ihm die Leviten lesen wollte. Er hob den Deckel vom Kochtopf, den die Putzfrau für das Mittagessen aufs Gas gestellt hatte, bevor sie ging. Ein fetter Geruch von kombiniertem Kohl und Aas entströmte dem dampfenden Gemisch, er entdeckte eine weißliche Wurst, die auf der Gemüseschicht hüpfte.

– Du wirst bald neunzehn, du tust nichts, und du willst

nichts tun. Reden wir nicht von der Schule. Die wohlwollendsten Lehrer haben es schon lange mit dir aufgegeben. Du hast nicht einmal eine gute Rechtschreibung. Das ist aber nicht das Schlimmste. Seit drei Jahren tust du nichts und verbringst deine Zeit damit, den Mädchen nachzulaufen und in Kneipen herumzuhängen. Und was für Mädchen, was für Kneipen! Mit dem Ergebnis, daß du schon mit siebzehn Syphilis hattest. Deine Mutter war schwach genug, dir Geld zu geben für deine Vergnügungen, aber das Wenige, das sie dir zur Verfügung stellen konnte, war dir nicht genug. Du hast angefangen, deine Eltern zu bestehlen, und wenn du kein Geld zu stehlen gefunden hast, hast du die Wäsche, das Besteck, alles, was du im Haus zu Geld machen konntest, verklopft. Ich habe mich damit begnügt, dir Prügel zu verpassen. Ich habe immer gehofft, daß deine Fehler vorübergehend wären und dich deine Neigung für die Musik retten würde.

Tony sah auf, sein Blick wurde weicher und ließ ein flüchtiges Reuegefühl erkennen. Er hatte einen feinen Sinn für Musik, ein sicheres Gehör und spielte Klavier mit einer Sensibilität und Ausdrucksweise, die seine Lehrer übereinstimmend als vielversprechend bezeichneten. Seine musikalischen Studien, ungefähr die einzigen, die er ernsthaft betrieben hatte, waren allmählich erschlafft. Seit einem Jahr spielte er ohne Lehrer und nur zu seiner Unterhaltung. Lolivier glaubte, eine empfindliche Saite berührt zu haben. Um der Gemütsbewegung Zeit zur Entfaltung zu lassen, legte er eine Pause ein und machte ein paar Schritte in der Küche. Die Nase ans Fenster gedrückt, beobachtete er das Hin und Her der Passsanten in der rue Ramey und stellte sich vor, wie er selbst, untersetzt und eilig, einen der alltäglichen Pfade seiner Existenz verfolgte und dabei eine Dampfwolke von Sorgen in den feuchten

Aprilmittag blies. Das Bild dieser schwerfälligen Silhouette, gebeugt unter der Last ihrer Drangsale und so allein zwischen den anderen Fußgängern, ließ ihn seufzen. Er kehrte sich zu seinem Sohn herum und sagte mild:

– Mein armes Kind, du wirst es eines Tages erfahren, aber ich möchte, daß du es jetzt schon weißt. Im Leben ...

Tony hatte sich nicht gerührt. Der Vater unterbrach sich überrascht und mit bösen Ahnungen, als er auf dem Tisch einen Zeisigkäfig gewahrte. Tony hatte ihn hinter dem Rücken verborgen, als der Vater die Küche betrat, und dachte jetzt nicht mehr daran. In dem Käfig kauerte eine weiße Maus, steckte ihre spitze Schnauze durch die Gitterstäbe und ließ den Blick ihrer sanften rosa Augen durch die Küche schweifen. Der Anblick des Tieres weckte in Lolivier sofort zwei Erinnerungen. Die eine, noch ganz frische, betraf einen belanglosen Gegenstand: kurz zuvor, als er den Deckel des Kochtopfs aufhob, hatte er ein glattes Holzstück auf dem Herd neben dem Kochtopf registriert, dessen Form an einen Werkzeuggriff erinnerte. Die andere reichte zu einem Stück Geflügel zurück, das ein Bauer zu Beginn des vorigen Herbstes ins Haus geliefert hatte. Tony, der sich zum Abstechen erboten hatte, ließ es sich angelegen sein, das Tier lebendig zu rupfen und ihm mit einem glühenden Eisen die Augen auszustechen. Lolivier streckte den Arm zum Herd aus nach dem Griff der Ahle, deren Stahl sich unter dem Kochtopf befand. Die Spitze des Werkzeugs war rotglühend von der Gasflamme. Tony schaute mit glitzernden Augen über die Schulter, ein krampfhaftes Lachen entblößte seine Zähne. Fahl betrachtete Lolivier das Ungeheuer mit mehr Zorn als Entsetzen, denn er hatte noch nie im geringsten daran gedacht, daß sein Sohn degeneriert sein könnte, und er hielt ihn für voll verantwortlich. Er warf das Werkzeug auf den

Fliesenboden, packte Tony beim Kragen und bei den Haaren, stieß ihn zur Wand und hielt ihn dort einen Moment lang fest.

– Dreckiges Biest! Ich habe es dir doch verboten! Du hast mir versprochen, daß du es nicht wieder tust, Bestie! Das Tier hat dir nichts getan.

Er schlug seinen Kopf gegen die Wand. Tony brach in ein Gebrüll von berechneter Heftigkeit aus. Wie er vorhergesehen hatte, ließ ihn sein Vater los, was er zur Flucht nutzte. Lolivier hörte seine Schritte im Vorraum hallen, dann das Öffnen und Zuknallen der Eingangstür, während die Mutter aus dem Schlafzimmer schrie. Er setzte sich zitternd auf einen Stuhl und nahm den Käfig auf die Knie. Die zuerst verängstigte weiße Maus wandte sich ihm zu und sah ihn halb an den Stäben aufgerichtet mit einem Zutrauen an, das ihn rührte. Angesichts der Zartheit und Unschuld des kleinen Tiers erschien ihm die Grausamkeit seines Sohnes noch unverständlicher und wie in ein düsteres Geheimnis gehüllt. Erstmals kam ihm der Gedanke, daß Tony vielleicht nicht ganz verantwortlich für sein Handeln sei, aber statt einer physiologischen Belastung die Schuld daran zu geben, dachte er verworren an eine teuflische Macht, die seinen Willen brach. Er, der der Religion und metaphysischen Werten gegenüber gleichgültig war, glaubte plötzlich die Existenz eines bösen Prinzips zu gewahren, eine Art intelligenten Krebsgeschwürs mit eigenen Absichten und Mitteln, das seine Verderbnis mit methodischer Schläue in den Menschen wie in den Ideen und Institutionen vorantrieb. Dieser Gedanken überdrüssig, nahm er den Käfig auf und hob ihn vorsichtig zu seinem Gesicht empor. Die weiße Maus zog sich verschüchtert in die Mitte ihres Gefängnisses zurück, blickte ihn dabei aber weiter mit einem Ausdruck wohltuender Sanftmut an. Die Pfoten und der Schwanz des Tieres flößten ihm zwar noch Widerwillen ein, der aber sehr schnell einem Gefühl zärtlicher Fürsorge wich. Er steckte die Spitze des kleinen Fingers durch die Stäbe, und die weiße Maus näherte sich in mehreren Etappen, um sie mit der Schnauze zu berühren. Als er sie freundschaftlich anlächelte, kam seine Frau in die Küche, in Morgenrock und Lockenwickeln und mit einem Ungestüm, das eine stürmische Szene erwarten ließ. Lolivier nahm sich vor, ruhig zu bleiben.

– Was hast du dem Kleinen schon wieder angetan, daß er davon ist und die Türe zugeknallt hat? fragte sie bedrohlich.

– Ich habe ihm zwei-, dreimal den Kopf an die Wand geschlagen. Als ich hereinkam, wollte er gerade die Augen dieses Tierchens ausbrennen.

– Du wirst doch nicht etwa sagen wollen, daß du ihn wegen einer Maus mißhandelt hast!

– Oh doch, oh doch, antwortete Lolivier mit einem Anflug von gar nicht lustiger Ironie. Wegen einer Maus.

Josy merkte die Absicht. Sie konnte die Ironie eines Mannes nicht ertragen, den sie stets als ihr weit unterlegen betrachtet hatte.

– Deinen Dreh habe ich schon lange kapiert, erwiderte sie. Deine Mausgeschichten, das ist immer das gleiche. In Wirklichkeit nimmst du es uns übel, Tony und mir, daß wir Künstler sind. Du rächst dich wie du kannst, weil du nichts als ein aufgeblasener Aktenmensch bist, ein winziger Kleinkrämer mit nicht mehr Geist, als ich Dreck unter dem Fingernagel habe.

– Bestenfalls könnte ich noch eifersüchtig auf Tony sein und ihn um seine musikalische Begabung beneiden, aber ich fürchte nur eines, nämlich, daß er sie vor die Hunde gehen läßt. Bei dir dagegen möchte ich wirklich wissen, worauf ich eifersüchtig sein könnte. Wenn du auch nur einen Schatten von Empfindung verdienen würdest, könnte ich Mitleid mit dir haben, aber darüber bin ich hinaus.

– Hör auf, sonst kriege ich einen Lachkrampf. Mit deiner Primitivlingsmentalität kannst du meine Künstlernatur sowieso nicht verstehen.

– Über deine Künstlernatur steht meine Meinung schon lange fest. Es ist übrigens genau die gleiche wie die der Varietédirektoren.

Loliviers Hieb saß. Das Gesicht seiner Frau wurde puterrot, die Tränensäcke und schlaffen Hautwülste strafften sich wie von Gift gebläht. Sie machte einen Schritt nach vorn und krächzte mit heiserer Megärenstimme unter seiner Nase, doch das Effektvolle, der pathetische Tonfall verrieten noch das Gewerbsmäßige.

– Deine Meinungen kannst du dir an den Hut stecken. Die Meinungen eines Kommis brauche ich nicht, denn ich, ich habe dreißig Jahre Karriere hinter mir, verstehst du, und meine Freunde heißen Maurice Chevalier, Josephine Baker, Georgius, Damia, und die deinen sind alle Ladenschwengel, Krämerseelen ohne Ideal. Deine Meinungen kannst du für sie behalten. Meine Freunde und ich, wir haben unsere eigenen Ideen. Wir reden unter uns, und die Meinungen der Ladenschwengel nehmen wir nicht einmal zur Kenntnis. Und ich muß dir noch eines sagen . . .

Über dieses gewohnte Thema, bei dem ihre Eitelkeit auf ihre Rechnung kam, war Josy unerschöpflich, und ihre eigenen Worte beflügelten ihren Zorn. Lolivier hörte nur noch zerstreut zu. Beim Anblick des Gesichts seiner Gattin fragte er sich, ob es stichhaltig sei, die moralische Verworfenheit durch das Wirken einer dämonischen Macht zu erklären. Hier stimmte die Abscheulichkeit der Gefühle so vollkommen mit dem Äußeren der Person überein, daß sie deren natürlicher Ausfluß schien.

– Du wirst so häßlich, sagte er, daß mich dein Gesicht anwidert. Man sieht die Laster darauf wimmeln wie die Würmer auf dem Mist.

Josy war so verblüfft, daß sie mehrere Sekunden brauchte, bis sie ein Schimpfwort fand. Er selbst staunte über seinen Ausbruch. Bis jetzt hatte ihn eine gewisse Achtung vor Menschenwesen, selbst wenn es sich um seine Frau handelte, an der Äußerung allzu brutaler Wahrheiten gehindert. Diese hier war ihm aber ohne die geringste Hemmung über die Lippen gekommen. Im Nachhinein hatte er sogar den Eindruck, freier zu atmen. Mit einer gelassenen Bewegung schob er seine Frau beiseite und widmete seine ganze Aufmerksamkeit wieder der weißen Maus, die ihm erfreut darüber schien. Josy nannte ihn einen gemeinen Hund, ergriff den Käfig mit beiden Händen und versuchte, ihn ihm zu entreißen.

– Das ist nicht dein Käfig, er gehört Tony!

– Laß los, befahl Lolivier.

Sie hörte die Drohung in seinem Ton nicht. Als sie ihre Anstrengungen verdoppelte, um den Käfig an sich zu bringen, ließ sie ein Kinnhaken nachgeben und zum Spülbecken zurückweichen. Er stellte den Käfig auf den Tisch, kehrte zu seiner Frau zurück und streckte sie mit einem weiteren Fausthieb auf die Fliesen. Auf dem Rücken liegend, blutete Josy aus der Nase und stieß spitze Schreie aus. Ihr Morgenrock war aufgegangen, und ihr rosa Nachthemd spannte sich um ihren ausgezehrten Körper mit den schwabbelnden Wülsten. Eine Wut- und Schmerzgrimasse verzerrte ihr vom Nasenbluten besudeltes Gesicht. Er bearbeitete ihre Weichen und Glieder mit rohen Fußtritten, bis sich ihre Schreie zu unterwürfigem Wimmern gemildert hatten. Dann kehrte er zur weißen Maus zurück, pfiff mehrmals leise zwei Töne und trommelte mit den Fingern auf das Gitter. Er hatte den Eindruck, daß das Tier seine Annäherungsversuche mit neuem Eifer und dankbarem Blick entgegennahm. Wenn er sich auch allmählich daran gewöhnte, verunsicherten ihn die Pfoten und der Schwanz doch noch, und bei der Vorstellung einer Berührung bekam er eine Gänsehaut. Trotz dieser Restbangigkeit erkühnte er sich, die Käfigtür zu öffnen und seine Hand hineingleiten zu lassen. Die weiße Maus zog sich etwas zurück, schien aber nicht erschreckt. Mit klopfendem Herzen bewegte Lolivier die Hand langsam und vorsichtig vorwärts. Schließlich überwand er seine Erregung und berührte den Kopf und den Rücken des Tiers, das sich mit der Fingerkuppe streicheln ließ. Josys Stöhnen war verstummt. Er wandte den Kopf und sah sie zu dem spitzen Werkzeug kriechen, das beinahe zum Folterinstrument geworden wäre. Er machte den Käfig zu, versetzte ihr einen Fußtritt in die Rippen, der ihr noch einen Schrei entriß, und räumte die Ahle in die Tischschublade.

– Etienne, schluchzte sie, ich sterbe. Ich verzeihe dir.

Statt jeder Antwort packte er sie beim Arm, stellte sie auf die Füße und stieß sie vor sich her ins Schlafzimmer. Bevor sie sich ins Bett legte, hatte sie einen Anfall von Rührung und schlang die Arme um seinen Hals.

– Etienne, mein Schatz, ich bin so traurig. In den ganzen zwanzig Jahren, die wir verheiratet sind, hast du nie die Hand gegen dein Frauchen erhoben.

Er machte sich etwas grob los und half ihr ins Bett. Durch sein Schweigen beunruhigt, nannte sie ihn mehrmals mein Liebling und mein Häschen mit honigsüßer Stimme, in der Wut und tödlicher Haß zitterten, konnte ihm aber kein Wort entlocken.

Obwohl er schnell gegessen hatte, kam Lolivier mit Verspätung ins Büro, weil er noch lange mit der Maus spielte. Michaud saß schon hinter seinem Schreibtisch. Im anderen Zimmer tippte Solange, wobei sie hinterhältig die Richtung beobachtete, die Eusèbes Blicke nahmen. Seit einigen Tagen zeigte der Junge ein schüchternes Interesse für die Beine der Sekretärin und betrachtete sie verstohlen. Die Furcht, ertappt zu werden, trieb ihm dabei manchmal etwas Blut in die hohlen, fahlen Wangen. Entzückt vom Erwachen dieser unzüchtigen Neugier tat Solange alles, um ihn darin zu bestärken und berechnete die für Eusèbe vorteilhftesten Blickwinkel unter dem Vorbehalt, ihre ganze Entrüstung zu zeigen, wenn die Lüsternheit des Jungen offenkundig würde. Es passierte ihr mehrmals täglich, ihren Bleistift fallen zu lassen, doch Eusèbe war noch nicht gewitzt genug, ihn aufzuheben.

Solange fiel eine Veränderung in Loliviers Aussehen auf. Es war etwas anderes als der Ausdruck vorübergehender Unruhe, sie konnte ihre Intuition aber nicht genauer präzisieren. Auch hätte sie gern gewußt, was das umfangreiche Paket enthielt, das er behutsam trug, doch er sagte nichts.

– Monsieur Lolivier, Ihr Sohn war eben zu Besuch.

– Was hat er gewollt?

– Aber Sie haben ihn doch selbst geschickt! Er sollte eine Unterlage holen, die Sie auf Ihrem Schreibtisch vergessen hatten.

– Gut, aber wenn er wieder in meiner Abwesenheit kommt, lassen Sie ihn unter keinen Umständen hinein.

Lolivier verließ Solange unbefriedigt und ging ins Nebenzimmer. Michaud hatte gerade den Anruf eines Mieters bekommen, der sich beklagte, daß sein Nachbar im Stock über ihm fast jeden Tag bis fünf Uhr morgens tanzte, und zwar mit zahlreichen, lärmenden Gästen. Der Kläger hatte sich außerdem über dieses so unangemessene Verhalten empört, das eine Beleidigung für das Unglück Frankreichs darstelle, und diesen Mangel an Stolz in säuerlich-heuchlerischem Ton gegeißelt, der einen unangenehmen Eindruck bei Michaud hinterlassen hatte. Nachdem Lolivier sein Paket auf einem Stuhl abgestellt hatte, nahm er einen Schlüsselbund aus einer der Schreibtischschubladen und öffnete damit eine andere, bei der er den Schlüssel zweimal herumdrehen mußte.

– Genau, was ich mir gedacht hatte, sagte er nach der Inspektion. Tony ist in meiner Abwesenheit ins Büro gekommen und hat die Kasse ausgeräumt. Zum Glück waren nur zwölfhundert Francs drin.

– Bist du sicher? fragte Michaud, um das Schweigen zu überbrücken.

– Ich weiß nicht, ob du jemals in einem Hundezwinger warst. Für mich gibt es nichts Angenehmeres, nichts Erholsameres. Nicht allein das Vergnügen, die jungen Hunde in ihren Käfigen spielen und herumstolpern zu sehen, eine Pfote oder eine Schnauze zu streicheln, sondern auch die Freude an den Leuten, die sie betrachten. Sie haben entspannte Mienen, leuchtende Augen voller Liebe, sie lächeln ohne Hintergedanken. Man kann einen Augenblick bezweifeln, daß es je Schweinekerle und Egoisten auf der Welt gegeben hat. Man fühlt sich selbst gütig und sanft. Vor sieben oder acht Jahren, im Jahr seiner Erstkommunion, habe ich den Jungen in einen Zwinger im quartier de l'Opéra geführt. Wir sind vor einem Welpenwurf stehengeblieben, der vielleicht einen oder zwei Monate alt war.

Sie haben mit einem Eifer in ihrem Käfig gespielt, der alle Besucher anzog. Ich mußte lachen, wie sie übereinandergerollt sind, sich piepsend beknabbert oder zu tollen aufgehört haben, um zu uns zu kommen. Gleichzeitig habe ich Tony beobachtet, um mich am Ausbruch seiner Freude zu ergötzen. Aber er hat nicht gelacht, er ist düster geblieben. Als ich mich dann über den Käfig gebeugt habe, um die Hunde zu streicheln, entschloß er sich auch dazu. Er hat angefangen zu lachen und sich zu vergnügen, bis ich ihn am Arm gepackt und zur Tür gezogen habe. Er hatte die armen Tiere mit einer Nadel gestochen.

Lolivier sprach mit völliger Ruhe und sogar Gleichgültigkeit, als ob es sich um den Sohn eines anderen und nicht den seinen gehandelt hätte.

– Letztes Jahr, fuhr er fort, überraschte ich ihn, als er gerade ein Huhn geblendet und zuvor lebendig gerupft hatte. Vorhin schließlich, als ich nach Hause gekommen bin, wollte er gerade einer weißen Maus die Augen ausbrennen. Sag mal, du kennst doch Tony, du hast ihn oft gesehen, mit ihm gesprochen. Was hältst du davon, nach allem, was ich dir erzähle?

– Was soll ich dazu sagen? Ich kann das nicht recht beurteilen.

Michaud dachte an seine drei liebenswürdigen Kinder, die gesund an Leib und Seele waren, und fühlte sich so verlegen, wie ein reicher und glücklicher Mensch sein muß, wenn ihn ein Hungerleider fragt, was er von diesem Hundeleben halte.

– Du hast Angst, mir weh zu tun, sagte Lolivier.

– Aber nein, bestimmt nicht, du irrst dich. Außerdem ist das, was du mir von Tony erzählst, nicht beängstigend. In jedem Individuum gibt es solche gefährlichen Triebe, die es im allgemeinen zu beherrschen vermag, die sich aber durch physiologische Zufälligkeiten ohne sein Wissen bis zum Schlimmsten entwickeln können . . .

– Kurz, du meinst, daß er nicht verantwortlich ist?

Michaud ging mit dem größten Vergnügen auf eine Erörterung des Problems der Verantwortlichkeit ein. Er verglich den Menschen mit einem Kochtopf, einem Ministranten, einem Bügeleisen, einer Taschenlampe, einem Automotor und das moralische Gleichgewicht mit dem eines Radfahrers. Der Radfahrer befriedigte ihn am meisten. Wenn das Fahrrad in Ordnung ist, sagte er, ist es unverzeihlich, wenn der Radfahrer alte Leute umstößt oder Hühner überfährt. Wenn aber die Lenkstange nicht mehr funktioniert, die Reifen platt oder die Bremsen defekt sind . . . Andererseits hat der Radfahrer oder seine Eltern, wenn er zu jung ist, Pflichten gegenüber dem Rad.

– Es kommt auch vor, gab Lolivier zu bedenken, daß der Radfahrer bösartig ist und es ihm Spaß macht, alte Leute umzufahren. Das ist sogar meistens der Fall, und das erklärt den Krieg, die Bombardements, den Schwarzmarkt, die Erschießungskommandos, das Verbrechen, das Elend, die Reichen, die Gerichtsvollzieher, die unerträglichen Ehefrauen, die ausgebrannten Augen und die mühselige Arbeit. Die Fahrräder sind in Ordnung, aber die Radfahrer sind bösartig, sie träumen nur davon, ihre Nächsten umzufahren, sie in den Graben zu stoßen. Leuten wie uns, die weder überfahren noch überfahren werden wollen, bleibt nichts anderes übrig, als die Radfahrer, die verkehrsreichen Straßen zu meiden und Fußwege zu nehmen.

Lolivier stand auf und ging zu dem Stuhl, auf den er sein Paket gestellt hatte. Pietätvoll wickelte er den Käfig der weißen Maus aus dem Papier.

– Du hast nicht viel verstanden von meinem Vergleich,

sagte Michaud. Jedenfalls solltest du Tony von einem Spezialisten untersuchen lassen.

– Von was für einem Spezialisten?

Michaud wagte nicht, von einem Psychiater zu sprechen. Im übrigen wartete Lolivier nicht auf seine Antwort. Er kauerte neben dem Stuhl und zerbröselte ein Stück Brot für die weiße Maus. Sie fraß begierig, trottete von Krume zu Krume ohne den Kopf zu heben, ihr affektiertes Schnäuzchen knabberte mit der Eleganz und Anmut einer Zierpuppe, die zu bewundern er nicht müde wurde. Nach beendeter Mahlzeit hatte er den Eindruck, einen Fortschritt in ihrer Freundschaft erzielt zu haben und spielte noch eine Weile mit ihr.

– Hallo, Monsieur Legrand? Hier Michaud, der Hausverwalter. Monsieur Legrand, ich habe gerade den Anruf eines Ihrer Nachbarn bekommen, der sich über den Lärm nachts bei Ihnen bis fünf Uhr morgens beklagt.

– Das ist völlig richtig, antwortete Legrand mit junger, wohlklingender Stimme, die Michaud gefiel. Gestern haben wir wieder die ganze Nacht gesungen und getanzt.

– Genau das wirft Ihnen Ihr Nachbar vor. Es stört sowohl seinen Schlaf als auch seine Würde als Franzose. Diesen letzteren Standpunkt habe ich übrigens nicht zu beurteilen. Meine Aufgabe als Verwalter ist eine ganz andere. Sie besteht darin, unseren Mietern den friedlichen Genuß ihrer Wohnungen zu sichern. Seien Sie daher nicht erstaunt, wenn ich Sie bitte, Ihre Fröhlichkeit in Zukunft etwas zu dämpfen.

– Aber Sie verlangen da etwas Unmögliches von mir! Ich habe gerade eine wundervolle Frau geheiratet und bin wahnsinnig verliebt in sie. Und Clémentine mag Heiterkeit, Lärm, Tanz, Musik, Champagner, Wirbel. Ich selbst, Monsieur, ich selbst weiß nicht mehr, was ich tue, ich verwechsle Tag und Nacht, ich glaube an Gott, ich glaube an Clémentine, ich glaube an alles, ich swinge, ich schreie, ich singe, ich lache, ich danke, ich liebe.

– Meinen Glückwunsch, aber die Mieter...

– Ah, die Mieter! Sie sind entrüstet, nicht wahr? Das ist ihr gutes Recht. Die Armen, ich würde ja gerne Vernunft annehmen, mir sagen, daß Frankreich, die Kriegsgefangenen... aber ich kann nicht. Ich bin nur für Clémentine und für die Freude da. Selbst wenn ich mich bemühe, daran zu denken, scheinen mir Frankreich, Europa, der Krieg und das ganze Elend der Welt so unwichtig und unbedeutend wie ein Körnchen Salz im Atlantik. Die Liebe verschlingt alles, ihr gehört alles. Ich liebe Clémentine! Ich liebe Clémentine! Entschuldigen Sie, daß ich meine Freude, meine Liebe so herausschreie, aber wenn Sie sie kennen würden... Kommen Sie doch heute abend zu uns. Wir tanzen.

– Sehr liebenswürdig von Ihnen, aber ich fürchte, daß ich nicht dazupassen würde. Tanzen Sie ohne mich, aber tanzen Sie vor allem, ohne Ihre Nachbarn zu wecken.

– Ich werde es versuchen... Deinen Mund aufessen, hamm, hamm, deine Augen, deine Brüste, deine Lichtungen... Entschuldigen Sie, ich meinte Clémentine. Ja, ich verspreche Ihnen... Blauer Himmel, Doppeltäubchen...

Leicht verblüfft legte Michaud den Hörer auf. Einen Moment lang stützte er die Ellbogen auf den Tisch und das Kinn in die Handflächen und träumte von Rosengewittern, die über die Straßen hereinbrachen, über die Büros, die Stadt und das Land, über Frankreich und über Europa. Lolivier war zu seinem Platz ihm gegenüber zurückgekehrt und hatte sich in seine Arbeit vertieft. Michaud betrachtete den breiten rosa Schädel seines Partners, der spärlich mit Spinnenfingern bewachsen war, und verfolgte darauf den Faden seiner eigenen Gedanken.

– Geht es deiner Frau gut? fragte Lolivier, der diesen Blick auf seiner Glatze spürte.

– Ich habe gerade mit einem komischen Mieter telephoniert.

Michaud erzählte, wobei er das Delirium Legrands übertrieb, damit die Geschichte besser unter die Schale seines Teilhabers drang, die ihm etwas hart vorkam.

– ... Er hat albern gelacht, den Himmel in Kubikmetern getrunken und Clémentines Schenkel bis auf meine Schreibunterlage geschleudert. Ich mag die Freude, sogar die der anderen, und bin über die Begeisterung Legrands[1] überhaupt nicht entrüstet, aber ich frage mich, ob man inmitten des Elends und der Katastrophen leben kann, ohne Anteil daran zu nehmen, ob es sogar anständig ist, seine Freude über alle Tränen und alles Zähneknirschen hinweg zu verkünden.

– Du wirst läppisch und scheinheilig. Als ob du nicht wie alle anderen versuchen würdest, die Trübseligkeit unserer Zeit zu vergessen. Du bemühst dich, swinging zu erscheinen, aber du bist nicht aus dem Holz eines Legrand und, schlimmer noch, du willst von deinem Flurnachbarn geachtet werden. Das Ergebnis ist erbärmlich. Also wirst du wütend, bist traurig und im Endeffekt eigentlich stolz,

1. Legrands Glück dauerte bis zum Ende der Besatzung. Im August 44, nach dem Abzug der Deutschen, denunzierte ihn sein griesgrämiger Nachbar, weil er mit Kollaborateuren gefeiert habe und präzisierte, daß die Gäste »Lili Marlen« sangen. Legrand wurde in Drancy interniert, wo er acht Monate blieb. Clémentine war des Wartens überdrüssig geworden und einem jungen Oberst der F.F.I. [Forces Françaises de L'Intérieur, Widerstandstruppen, A. d. Ü.] nach Marseille gefolgt.

deine Schwermut den Ereignissen in die Schuhe schieben zu können.

– Du redest einen Stuß zusammen, weil du dir nicht vorstellen kannst, daß andere Empfindungen haben, die du nicht hast. Aber ich, ich leide unter der Niederlage. Ich leide unter den Leiden meines Landes und unter denen, die ihm die Zukunft bringen wird. Ich leide für alles, was mit Füßen getreten wird, die Liebe, die Freiheit, der Geist.

– Du lügst, du Schwein. Du hast ein paar kleine Unannehmlichkeiten: die Verdunkelung, kein Taxi, keine Kohle, schwierige Lebensbedingungen. Schön, du bist traurig, dich ekelt alles an, aber vor dem Krieg warst du schon genauso. Die deutschen Offiziere kannst du nicht riechen, aber die französischen hast du auch nicht riechen können. Ich habe dich in einer Zeit gekannt, wo dir der Name Poincaré ebenso verhaßt war wie heute der von Hitler. Von den Unterdrückern hast du noch nie mit demselben Zorn und Groll geredet, die dich erstickt haben, wenn du von den Pfaffen oder Kommunisten geredet hast. Du leidest wegen der Gefangenen, und dabei hast du noch keine Zeit gefunden, deinem alten Freund Rougemain zu antworten, der dir vor vier Monaten aus seinem Oflag in Sachsen geschrieben hat. Du leidest wegen des Geistes und der Freiheit und vergißt die Zeit, in der du die Knechtschaft und Verblödung bejammert hast, die den Franzosen von den Geldmächten aufgezwungen worden war. Die Niederlage und die Besatzung bieten dir die kleinen Zerstreuungen, die du für dein Gleichgewicht brauchst, indem sie neue Zielscheiben für deine Anfälle von schlechter Laune oder Melancholie abgeben.

– Alles, was du gesagt hast, ist wahr, stimmte Michaud zu. All diesen Zusammenbrüchen, Katastrophen und Schicksalsschlägen habe ich nur lächerliche Reaktionen entgegenzusetzen, ich verkrieche mich nur in den Falten meiner Empfindlichkeit. Wenn ich sage, daß ich wegen der Gefangenen leide, so ist das eine Lüge. Ich denke fünf Minuten am Tag daran, höchstens, und ich wiege mich in einem Gefühl der Melancholie, das mir im übrigen nicht unangenehm ist, weil es mich an meine Würde glauben läßt. Und die meisten Leute sind wie ich. Ihre Vernunft sagt ihnen in etwa das Ausmaß der Katastrophe, aber ihr Herz ermißt es nicht. Gar nicht zu reden vom Alltag, der da ist, der uns weitertreibt. Und die Wurzeln des Lebens sind nur in dem, der es lebt, selbst wenn das Laub noch so üppig ist. Was du sagst, ist also richtig. Meine Leiden sind nichts als eine Fiktion und beschränken sich auf ein paar Grillen, auf ein paar düstere Augenblicke der Melancholie, die viel weniger tragische Ereignisse ebenso sicher hervorrufen würden. Diese Fiktion genügt jedoch, um eine ernsthafte, absolute Wahl zu beweisen, sie kann mich endgültig festlegen. Es gibt Leute, die nicht mehr als ich unter dem Unglück unseres Landes leiden, aber dennoch genügend, um sich verpflichtet zu fühlen, ihr Leben aufs Spiel zu setzen.

– Die Menschen sind in der Lage, für Lappalien zu sterben. Sie können also genauso gut ihre Haut riskieren für etwas, das ihre Intelligenz und ihre Empfindsamkeit an einer Sache reizt, die sie nicht begreifen. Das ist meistens der Fall, und das Risiko, das sie eingehen, macht die Lüge ihnen selbst gegenüber nicht besser.

Michaud wollte widersprechen, doch Lolivier erklärte, daß er genug über Dummheiten gefaselt habe, die ihm scheißegal seien, und ging der weißen Maus Brot zerbröseln.

VI

Antoine gab eifrige Geschäftigkeit vor, um seinen Eltern als nicht verfügbar zu erscheinen. Er hatte das Gefühl, etwas Böses zu tun, und war sich seiner Freude nicht sicher. Als er aufbrechen sollte, kam ihm die Vorstellung, zehn Tage bei Yvette zu verbringen, etwas absurd vor. Er wünschte nicht gerade ein Hindernis in letzter Minute herbei, aber er wäre erleichtert gewesen, auf sein Vorhaben verzichten zu müssen. Manchmal auch, wenn er an das ununterbrochene Zusammensein mit einer Frau dachte, ließ ihn eine Aufwallung von Zärtlichkeit sein Unbehagen vergessen. Seine kleine Schwester Pierrette bemühte sich, ihm nützlich zu sein, was ihr nur allzu gut gelang. Kaum machte er sich auf die Suche nach einem Buch oder einer Sicherheitsnadel, brachte sie sie ihm schon, so daß er mehr als eine halbe Stunde vor der Abreise fertig war und sich ins Zimmer seiner Eltern setzen mußte, da er nicht mehr den geringsten Vorwand hatte, von einem Zimmer ins andere zu laufen.

Michaud saß in einem Sessel neben dem Bett seiner Frau, die am Vormittag aus der Klinik zurückgekehrt war. Die Operation war gelungen, doch sie mußte noch eine Woche lang das Bett hüten. Antoine machte sich allerdings heftige Vorwürfe, seine Mutter in einem Augenblick im Stich zu lassen, in dem sie seine Anwesenheit vielleicht brauchte, die ihr schon in normalen Zeiten eine Stütze und Freude war. Unter den Blicken der versammelten Familie bemühte er sich, ruhig zu erscheinen, aber seine Bewegungen waren fahrig, seine Worte klangen ein bißchen falsch, und seine Augen hatten einen ungewöhnlichen Glanz. Hélène bemerkte die Nervosität ihres Sohnes wohl, schrieb sie aber dem Reisefieber zu. Ihr fiel jedoch eine Verlegenheit in seinem Gebaren auf, die sich nicht allein durch Ungeduld oder Exaltation erklären ließ. Sie kam auf die Idee, daß vielleicht irgendeine Kusine Tiercelins mit von der Partie sein könnte, was sie im übrigen nicht weiter beunruhigte.

– Du hättest Tiercelins Vater besuchen sollen, sagte sie zu Michaud. Das wäre das mindeste gewesen.

– Ich gehe diese Woche einmal am Abend hin. Ich habe sogar gedacht, daß wir ihn zum Essen einladen könnten.

– Ich glaube, er geht nicht viel aus, sagte Antoine. Er kann sein Restaurant nicht gut alleine lassen.

So wie Monsieur Tiercelin war, beunruhigte ihn die Vorstellung, er könne bei seinen Eltern essen ernstlich und schien ihm schockierend.

– Es würde vielleicht genügen, Paul nach den Ferien einzuladen, äußerte Pierrette, die die Bedrängnis ihres Bruders spürte.

Antoine bedachte sie mit einem Blick zärtlicher Dankbarkeit. Pierrette ahnte nichts von der Wahrheit, neigte aber zu der Annahme, daß bei der Reise Liebe mit im Spiel war. Bei Antoines Reizen schien es ihr sogar höchst unwahrscheinlich, daß dem nicht so sei. Mehrere ihrer Schulfreundinnen waren in ihn verliebt, und eine von ihnen, Clémence Robichon[1], hatte ein Sonett im Stil Heredias[2] verfaßt, in dem Antoine Michaud zu Marc Anton wurde, der im *Dupont* an der place Clichy einer leicht zu erratenden Kleopatra begegnete. Frédéric, der tags zuvor einige Gesprächsfetzen zwischen seinem Bruder und Tiercelin aufgefangen hatte, witterte ein etwas handfesteres Abenteuer, blieb aber unter der Realität. Was Michaud anging, so argwöhnte er überhaupt nichts. Die Verwirrung Antoines entging ihm vollkommen. Es fiel ihm wie immer schwer, seine Aufmerksamkeit auf den Bereich der häuslichen Angelegenheiten zu konzentrieren. Sein Denken eilte über sie hinaus oder rückte sie in eine so weite Perspektive, daß sie sich darin verloren. Er machte sich daran, über den Urlaub im allgemeinen zu sprechen, dann untersuchte er die Rolle des Sommerurlaubs für den Ausbruch der Kriege. Er fragte sich, ob das plötzliche Nachlassen der von großen Bevölkerungsgruppen ein ganzes

1. 1943 verliebte sich die vierzehnjährige Clémence Robichon in einen zweiundvierzigjährigen deutschen Soldaten, der nicht weit von ihr in einem Hotel der rue Caulaincourt wohnte, das die Besatzer beschlagnahmt hatten. Er war schlecht gewachsen und sah idiotisch aus. Clémence war so vernarrt in ihn, daß sie ihn eines Abends unter dem Vorwand, nach der Uhrzeit zu fragen, auf der Straße anhielt; er sollte jedoch nie erfahren, welche Leidenschaft er erweckt hatte. Als er Paris verließ, dachte sie an Selbstmord und verliebte sich dann nacheinander in einen Pfarrer, einen Milicien [Mitglied der paramilitärischen Formation Joseph Darnands, die die Deutschen bei der Bekämpfung des Widerstands unterstützte, A. d. Ü.], einen Kneipenwirt und einen Buchhändler, um schließlich im Februar 45 von einem amerikanischen Neger entjungfert zu werden. Heute verlobt mit dem Sohn eines Justizbeamten.

2. José Maria de Heredia, bekannt für seinen markigen, antikisierenden Stil [A. d. Ü.].

Jahr hindurch geleisteten Anstrengung und der Bruch in den Lebensgewohnheiten nicht eine Quelle von Massenpsychosen sei. Solche Abschweifungen gingen Hélène Michaud auf die Nerven. Sie hatte immer den Eindruck, daß der Blick ihres Mannes über die Familie hinwegschweifte und er ihre Anwesenheit überhaupt nicht bemerkte.

– Jedenfalls wüßte ich nicht, was man als Ersatz für den Urlaub erfinden könnte, sagte sie.

– Natürlich. Ich frage mich sogar, ob man den Kindern genügend Ferien läßt. Neulich habe ich mit Lolivier darüber gesprochen, und er regte sich darüber auf, daß die Ferienordnung dieselbe ist für ein achtjähriges Kind und einen großen Burschen von siebzehn Jahren. Ich bin durchaus geneigt, ihm recht zu geben. A propos, ich habe dir noch nicht erzählt, daß der arme Lolivier große Sorgen hat. Heute abend hat er mir leid getan. Stell dir vor, sein Junge, der noch keine achtzehn ist, ist vorgestern zum zweiten Mal zu Hause durchgebrannt und noch nicht zurück. Du kannst dir vorstellen, wie unruhig er ist.

– Er wird wohl von den Deutschen verhaftet worden sein.

– Nein, das befürchtet Lolivier nicht. Er scheint an andere Zwielichtigkeiten zu denken. Soviel ich verstanden habe, verkehrt der Junge in ziemlich anrüchigen Kreisen und soll sogar fast liederliche Neigungen haben. Im übrigen habe ich das Gefühl, daß mir Lolivier nicht die ganze Wahrheit gesagt hat, als ob er sich schämen würde.

– Das ist ja furchtbar. Dabei sieht der Kleine gar nicht aus, als ob er einen schlechten Charakter hätte. Er ist höflich, zurückhaltend, aber wohl auch ziemlich verschlagen.

– Ich habe ihn nie ausstehen können, erklärte Frédéric. Und im Gymnasium konnte ihn auch keiner ausstehen. Als er gefeuert worden ist, haben sich alle gefreut, glaube ich. Er hatte nicht einen einzigen Freund.

– Lolivier hat mir vorhin gesagt, daß seine Mutter ihm sehr schadet. Sie ist eine Frau ohne jedes moralische Gefühl. Man kann nicht einmal sagen, daß sie ihm gegenüber schwach ist. Zwischen ihr und ihrem Sohn besteht eine regelrechte Komplicenschaft. Lolivier ist überzeugt, daß sie weiß, wo der Junge ist. Jedenfalls zeigt sie keinerlei Unruhe, was ihn angeht. Dabei ist es ganz klar, daß er mit einem Flittchen davon ist.

– Unglaublich, seufzte Hélène. Wenn man bedenkt, daß das arme Kind versumpft und seine eigene Mutter es in den Abgrund gestoßen hat.

Antoine fühlte, wie er bleich wurde, und wußte nicht, wohin er schauen sollte. Es schien ihm, daß man seine eigene Eskapade kommentierte. Und dabei war das Abenteuer des jungen Lolivier, das normalen Leuten Abscheu und Mitleid einflößte, noch weniger schuldhaft als sein eigenes. Er zumindest hatte das Vertrauen seiner Eltern nicht mißbraucht. Außerdem hatte er die Entschuldigung einer verderbten Mutter, die seinen Wünschen entgegenkam. Antoine dagegen hatte in seiner Familie nichts als gute Lehren erfahren, und zwar nicht solche, die die Moral durch ihre aggressive oder schulmeisterliche oder verzweiflungsvoll resignierte Art gefährden, sondern unbeabsichtigte Lektionen, die sich diskret aus dem Leben zu Hause, den Gesprächen und der Atmosphäre überhaupt ergaben. Seine Mutter, dachte er jetzt, wäre vielleicht vor Schrecken gestorben, wenn sie die Wahrheit erfahren hätte. Die Erwähnung der Sorgen Loliviers reichten allein schon hin, sie schmerzerfüllt aussehen zu lassen. Antoine fragte sich, ob er nicht ein Ungeheuer sei, ein entarteter Sohn ohne Herz und Gewissen.

– Für Jungen dieses Alters, sagte Michaud, gibt es nichts Gefährlicheres als solche Abstecher vom normalen Leben. Wenn sie so ihren Launen folgen, verlieren sie den Geschmack an der Disziplin und an den Anstrengungen, sie gewöhnen sich daran, die bequemen Abhänge des Lebens hinabzurutschen, die nie sehr weit führen. Gar nicht zu reden vom verderblichen Umgang, der sie davon abbringt, das Leben ernstzunehmen. Der kleine Lolivier brauchte den nicht einmal.

Diese ohne jede erzieherische Absicht geäußerten Worte fanden im Herzen Antoines einen schmerzlichen Widerhall. Was ihn anging, war er fast rückhaltlos damit einverstanden. Es war offensichtlich, daß er im Gymnasium fast nichts mehr tat, seit Yvette seine Freundin war. Er hatte keine Zeit, ernsthaft zu arbeiten, und wenn er es zufällig doch tat, hatte er den Kopf anderswo als bei seinen Schularbeiten. Vielleicht würde er beim Abitur durchfallen. Er war tatsächlich schon auf dem Weg in die Verderbnis. Als sein Blick dem des Vaters begegnete, beugte er die Nase hastig über seine Uhr.

– Richtig, es wird Zeit, sagte die Mutter. Du darfst dich nicht verspäten, mein Schatz. Pierre, du mußt ihm noch Geld geben.

Seit einer Woche sah Antoine diesem Augenblick mit Bangigkeit entgegen, in dem er, der Glaubwürdigkeit halber, von seinen Eltern Geld nehmen mußte, das er nicht brauchte und das ihnen vielleicht fehlte. Der Vater zog langsam seine Brieftasche, und sein Gesicht wurde ernst.

– Also, wieviel brauchst du?

– Ich brauche nicht viel. Außer der Reise habe ich keine Kosten. Ich glaube sogar, daß uns Tiercelins Vater mit dem Auto zurückbringt.

Bei früheren Unterhaltungen hatte Antoine diese Rückfahrt im Auto bereits erwähnt, aber der Vater hatte nicht darauf geachtet. Nun, da er die Brieftasche in der Hand hielt, machte das Wort einen unangenehmen Eindruck auf ihn. Er ließ die Existenz von Automobilen gelten, als Teil des wirtschaftlichen Lebens oder als höchst bezeichnenden Ausdruck der modernen Zivilisation, aber als Privatobjekte, die Einzelpersonen gehörten, riefen sie ein Mißtrauen in ihm wach, das er gewöhnlich dem Ausfluß überflüssigen Reichtums und sozialer Ungleichheit vorbehielt.

– Ich freue mich, daß du Ferien machst, sagte er, aber ich fürchte ein bißchen, daß du in ein Milieu gerätst, wo Geld nicht viel zählt. Wie kommt es, daß dieser Monsieur Tiercelin heutzutage ein Auto hat?

– Es ist ein Auto mit Gasgenerator, erwiderte Antoine errötend.

Michaud kannte sich sehr schlecht aus, aber das Wort erweckte in ihm eine Vorstellung von schäbigem, unbequemem Ersatz, was ihn beruhigte.

– Natürlich, wenn er einen Gasgenerator hat, ist das etwas anderes.

– Es ist sehr teuer, ein Auto mit einem Gasgenerator auszurüsten, wandte Frédéric ein.

Er biß sich auf die Zunge, als er die Miene des Vaters wieder argwöhnisch werden sah.

– Ich glaube, du könntest Antoine tausend Francs geben, sagte die Mutter.

– Ich werde sicher nicht die Hälfte davon ausgeben, versicherte Antoine. Fünfhundert Francs sind sogar mehr als genug.

– Es ist trotzdem besser, ein bißchen Geld bei sich zu

haben. Man weiß nie, was passieren kann. Gib ihm tausend Francs.

Michaud öffnete seine Brieftasche und entnahm ihr ein dünnes Bündel Scheine. Hélène und die Kinder verfolgten schweigend seine geringsten Bewegungen. Die Gesichter hatten den traurig-schüchternen Ausdruck, den Geldprobleme immer hervorriefen, wenn sie in der Familie erörtert wurden. Da Michaud das Bündel auf seinen Knien ausbreitete, konnte jeder sehen, daß da sechs Scheine zu tausend Francs waren. Im übrigen wandten sich die Augen sofort ab, als ob sie die Nacktheit des Vaters erblickt hätten. Für Antoine war es der qualvollste Augenblick des Abends. Unwillkürlich glitt sein Blick zu den sechs Tausendern zurück und zählte sie aufs neue. Das letzte Geld, das er Yvette gegeben hatte, kam ihm in den Sinn, eine etwas größere Handvoll Scheine als diese hier, die sie nachlässig in ihre Handtasche gestopft hatte, ohne sich die Mühe zu nehmen, sie zu zählen. Und während der kommenden zehn Tage, in denen sie gemeinsam ausgingen, würden sie in den Bars und Nachtlokalen von Montmartre vielleicht mehr Geld ausgeben, als die Familie für ihren Lebensunterhalt in einem Monat brauchte. Mit einer Langsamkeit, die ihm herzzerreißend schien, löste der Vater einen Schein von dem Bündel und reichte ihn ihm. Er wollte sich noch wehren, eine so bedeutende Summe anzunehmen, aber seine Kehle war wie zugeschnürt, und die Stimme versagte ihm.

– Ich brauche dir nicht ans Herz zu legen, sparsam zu sein, sagte Michaud. Du weißt, wie schwierig das Leben geworden ist. Laß dich nie zu einer unnützen Ausgabe verleiten, ohne zu bedenken, was sie im Bereich des Unentbehrlichen bedeutet. Ich will nichts Ungutes von den Leuten sagen, die mühelos Geld verdienen. Das Glück hat manchmal ein anständiges Gesicht. Aber ich warne dich vor der Versuchung zu glauben, daß das schnell verdiente und schnell ausgegebene Geld denselben Wert haben könnte wie das unsere.

Verkrampft und mit schuldbewußter Miene nahm Antoine den Tausender und steckte ihn in seinen Geldbeutel. Der Anblick dieses leeren Geldbeutels aus schlechter Lederimitation erweichte Michaud. Er fürchtete, etwas salbungsvoll gewesen zu sein und fügte lächelnd hinzu:

– Denk vor allem daran, deine Ferien zu genießen und dich gut zu unterhalten, mein Kind.

Diese gütigen Worte trafen Antoine ins Herz. Er faßte auf der Stelle den Entschluß, auf sein Zusammensein mit Yvette zu verzichten. Etwas später würde er nach Hause zurückkehren und erklären, daß Tiercelin wegen schlechter Nachrichten gezwungen sei, auf die Ferien in Burgund zu verzichten. Er überlegte sich schon, was für ein Gesicht er aufsetzen sollte, doch ein Motorengeräusch ließ ihn plötzlich seine Absichten ändern.

– Ein Flugzeug, sagte Frédéric.

– Ein Deutscher, versicherte Antoine.

Er wurde von Panik ergriffen bei dem Gedanken, daß ihn seine Mutter während eines Fliegeralarms nicht aus dem Haus lassen würde. Unvermittelt packte ihn die Ungeduld, Yvette wiederzusehen und den Seinen fern zu sein. Er vergaß jede Vorsicht, überstürzte den Abschied und küßte seine Mutter flüchtig, ohne Zärtlichkeit. Überrascht warf sie ihm einen ängstlichen Blick zu, den er kaum bemerkte. Pierrette und Frédéric erboten sich, ihn zu Tiercelin zu begleiten, aber er lehnte den Vorschlag gereizt ab, sogar ohne ein Wort des Dankes. In seiner Hast, frei zu sein und die Familie zu vergessen, fiel ihm jede Ablehnung leicht.

Yvette öffnete die Tür und verbarg nur mit Mühe ihre Enttäuschung und schlechte Laune, als sie Malinier erkannte. Einmal im Monat hielt er es für seine Pflicht, die Frau seines Kollegen Grandmaison zu besuchen, den er drei Jahre lang zum Schreibtischnachbarn bei der Versicherungsgesellschaft »Der gute Stern« gehabt hatte und der sich augenblicklich in einem Stalag in Brandenburg befand. Sie verübelte ihm, daß er so wie eine Komturstatue in ihr Leben eindrang, um so mehr, als er grob, schlecht angezogen, zu offensichtlich bedürftig und von einer indiskreten Herzlichkeit war. Der Mensch jagte ihr sogar ein wenig Angst ein. Man konnte sich praktisch nicht mit ihm unterhalten, meist führte er Selbstgespräche von einer verzweifelten Gewaltsamkeit, und seine fiebrigen Augen, seine rauhe Stimme gemahnten an den Wahn eines ekstatischen Mönches. Das Unglück Frankreichs schwebte ihm beständig vor Augen. Er empfand es in Fleisch und Blut und litt darunter wie eine Mutter, die beim Todeskampf ihres Kindes wacht.

– Ich komme gerade aus dem Büro, sagte er, als er Yvette ins Chromboudoir folgte. Ich wollte eigentlich zu Fuß nach Hause gehen, aber es hat zu regnen begonnen. So viele Leute in der Metro! Wenn man denkt, daß man früher problemlos den Autobus genommen hat. Ach! Und wenn es nur das wäre!

Er nahm sich einen Stuhl und legte den Hut auf den Boden. Inmitten all der Spiegel, Chromverzierungen, Flauschsessel, all dieser kostspieligen Einrichtung, die wie ein schwebender Vorwurf wirkte, fühlte sich Yvette nicht sehr behaglich, doch der für Dekor unempfängliche Malinier bemerkte nichts.

– Geht es Elisabeth gut? fragte sie.

– Einigermaßen. Sie sagt immer, sie will Sie besuchen kommen, aber mit den Kindern, dem Essen, dem Anstehen, den Lebensmittelmarken ist sie erledigt. Sie hat auch ihre Herzensaffären. Ich bitte Sie, in unserer Zeit. Die Leute haben Glück, wenn sie noch an so etwas denken können. Ich, ich weiß ... Sagen Sie mal, Sie betrügen doch Grandmaison nicht? Das dürfen Sie nicht, mein Kleines, das dürfen Sie nicht. Das ist nicht anständig, nicht französisch. Oh ich weiß, es ist hart. Ich war auch einmal so alt wie Sie. Es spukt einem im Kopf herum, es spukt unter der Haut herum. Aber was sollen dann erst die Gefangenen sagen, glauben Sie nicht, daß es denen erst dreckig geht? Fern von zu Hause, Kohl fressen und sich sagen, daß man besiegt ist. Jawohl, besiegt.

Yvette, die ihn in seine üblichen Themen abrutschen sah, versuchte, ihn mit Fragen nach den Kindern zurückzuhalten. Malinier hörte schon nicht mehr zu. Ein düsteres Feuer verdichtete sich in seinen Augen, schmerzliche Gewaltsamkeit durchfurchte sein hartes, mageres Gesicht und ließ die Angstwülste hervortreten, die quer über seine Stirn liefen.

– Besiegt, Herrgottnochmal. So weit ist es mit uns gekommen, mit Frankreich. Ich kann es nicht glauben. Wenn ich an Frankreich denke, ein Jammer, dann sehe ich mich wieder als Knirps in der Gemeindeschule, wie ich es in mein Kartenheft gezeichnet habe. Gebaut wie kein Weibsbild auf der Welt, mit seinen hübschen, zarten Formen, seinem Schnäuzchen, das sich übers Meer reckt, seinen Flüssen, blau wie die Adern eines Mädchens, seinen Präfektur- und anderen Städten, den Eisenbahnlinien, die wie Erregungsschauer von Paris ausgehen. Dabei aber solid, keine Bange, fest auf den Beinen. Ich weiß noch, sein Elsaß-Lothringen trug es auf dem Rücken wie ein Soldat den Tornister. Für Elsaß-Lothringen hat es zu meiner Zeit eine punktierte Linie mehr gegeben. Die Schufte da hatten es uns weggenommen. Aber ich, ich habe mir gesagt, Moment mal...

Malinier kicherte und begann halblaut zu singen:

Vous n'aurez pas l'Alsace et la Lorraine
Et malgré tout nous resterons Français...[1]

Chou kam ins Zimmer und ging auf ihn zu, bereit, ihn zu bewundern. Ihre Mutter zog sie an sich und umarmte sie, um das Lachen zu verbergen, das sie nicht mehr unterdrücken konnte. Aber Malinier merkte nichts. Vor Bewegung versagte ihm die Stimme, und er schwieg einen Augenblick, um sich zu sammeln und seinen Speichel hinunterzuschlucken. Immer noch hinter ihrer Tochter versteckt, fragte Yvette mit unsicherer Stimme:

– Hat Elisabeth keine Probleme, Lebensmittel zu bekommen?

– Unglaublich. Wenn man bedenkt, daß sie in Straßburg sind wie in Rennes, in Orléans, Poitiers, in Bayonne. Manchmal sage ich mir, Malinier, du träumst. Ich befühle meine Narben. Hier, auf der Schulter, das ist Nomény. Auf der linken Seite, Les Eparges. Im Hintern, Höhe 304, elf Splitter. Zwei Zehen in Craonne gelassen, und ein Stück Schrott in den Kasten gekriegt. Ich sage das nicht, um zu jammern, auch nicht, weil ich diese Zeit zurückwünsche. Manche aus dem anderen Krieg erzählen, daß wir die Schnauze voll hatten, aber weitergekämpft haben, weil wir gezwungen waren. Das ist nicht wahr, ich beschwöre es. Wir waren wild darauf, wir waren dafür. Wenn ich für ein Stück Erde mehr als drei Viertel meiner

1. Elsaß und Lothringen kriegt ihr nicht, und wir bleiben Franzosen trotz allem [A. d. Ü.].

Abteilung auf dem Boden lassen mußte, habe ich das nie zu teuer bezahlt gefunden. Ein Meter Frankreich ist unbezahlbar. Im November 18, in Metz... Ach was, warum daran denken. Sie sind da. Bei uns, auf unseren Gehsteigen, mitten in Paris und scheinen das ganz normal zu finden. Wenn ich sie in ihren Uniformen sehe, tun mir meine Wunden wieder weh. Nein, aber wo kommen wir denn hin? Ich, Malinier, Leutnant der Reserve, médaille militaire, fünf lobende Erwähnungen, und unter meiner Nase in der avenue de l'Opéra laufen Leute herum, die mir in Mainz die Stiefel geleckt haben. Und dann kommt man mir mit den Pfaffen daher. Es gibt so wenig einen lieben Gott wie Kühe auf dem Mond. Manchmal frage ich mich, ob ich nicht verrückt werde. In der Nacht wälze ich mich in meinem Bett und denke und überlege. Letzte Nacht habe ich mir vorgestellt, daß ich einen Apparat wie ein Radio baue, mit Knöpfen und allem. Ich stelle den Zeiger auf zweitausend, und schon sind zweitausend Fritzen hin, ohne zu kapieren, was los ist. An einem Tag habe ich die ganze Besatzungsarmee vernichtet. Mir ist wirklich das Lachen vergangen, aber als ich an die Schnauzen ihrer Offiziere gedacht habe, habe ich mich in meinem Bett gekringelt. Und dabei – da sehen Sie, wie der Mensch ist – hat es mir doch ein bißchen leid getan. Ich habe mich gefragt, ob es wirklich richtig war, sie umzubringen. Was man auch sagt von diesen Leuten, wortbrüchig, hochmütig, lügnerisch und was immer Sie wollen, aber sie haben auch ihr Gutes.

– Wir brauchen uns über sie nicht zu beklagen, bemerkte Yvette.

– Was ich bei ihnen schätze, ist, daß sie begriffen haben. Disziplin zuerst, hat er gesagt, Hitler, und keine Widerrede. Gefängnis für die Kommunisten und Stacheldraht für die Juden. Und keine Freimaurer mehr, und Schluß mit den Kubisten und dem Gefasel der Dichter. So redet er. Und bei uns macht er es auch gut. Man muß zugeben, was wahr ist. Erst vorgestern haben sie in meinem Haus einen Juden verhaftet, einen Schuft, der Frankreich stückweise verkauft hat wie zu Zeiten Blums und der ganzen Bande. Ein Miststück. Er hatte ein kubistisches Bild im Eßzimmer. Keine Gnade für die Mörder, die Henker Frankreichs. Ja natürlich, Hitler sitzt bei uns. Trotzdem gibt es Sachen, die einem zu denken geben. Wer kämpft denn gegen die kommunistischen Armeen? Die Deutschen doch. Alles, was wir selber gern getan hätten und nicht tun konnten, weil die Verjudeten am Drücker waren, das machen jetzt die Deutschen. Manchmal ertappe ich mich bei dem Gedanken, daß ich gern Deutscher wäre. Dabei ist der Fritz natürlich immer noch der Fritz. Da kommt man nicht drum herum. Die Zeitungen reden von Kollaboration. Und die Ehre, herrgottnochmal? Ich weiß, ich weiß, die Zeitungen sind alle korrupt. Aber der Maréchal ist doch auch für die Kollaboration. Er ist nicht blöd, der Maréchal. Und bei der Ehre kann er wohl auch ein Wörtchen mitreden, kommt mir vor. Und trotzdem, andererseits . . .

In all den Monaten, die er nun schon darüber nachdachte, schwankte Malinier zwischen zwei unmöglich einander anzunähernden Extremen, die ihm nicht einmal eine Alternative ließen. Sein Haß auf die Deutschen und seine Dankbarkeit für die Wohltaten des Hitlerismus waren wie zwei Grenzsteine in seinem Dickschädel verankert. Er pendelte zwischen den beiden, ohne sie aus seinem Denken verbannen oder sie in derselben Perspektive sehen zu können. Elisabeth Malinier, die die Nase voll hatte von seinem ewigen Gefasel, behauptete, er könne nur mit einem Auge denken.

Als Antoine das Boudoir betrat, schäumte Malinier, den Kopf zwischen den Fäusten. Frankreich, das die Kosten für den Kompromißfrieden zahlen mußte, war geteilt, zerstückelt, auf wenige Provinzen reduziert. In diesen engen Raum geflüchtet, verschlang das polyglotte Judengesindel den Lebenssaft Frankreichs und das Mark der Franzosen; die Kommunisten schnitten den Notaren und den letzten Patrioten die Hälse ab, während sich die Freimaurer die Staatsgelder teilten und die Kubisten ihre Staffeleien auf der place de l'Opéra aufstellten. Antoine gab sich kaum Mühe, Interesse für diese Schauerbilder zu zeigen. Die Probleme von Krieg und Frieden waren ihm gleichgültig. Er empfand die Demütigung der Niederlage keineswegs, und das Leben unter deutscher Besatzung schien ihm normal. Die Teuerung und die Ernährungsschwierigkeiten entrüsteten ihn nicht. Wie alle jungen Leute seines Alters hatte er vom Pfund Butter zu vierundzwanzig Sous reden hören, und er hatte das Gefühl, ohne weiter darüber nachzudenken, daß sich die Menschheit auf das Pfund Butter zu zehntausend Francs zubewegte, mit derselben Unausweichlichkeit, die sie seit ihren Anfängen dem universellen, totalen Massaker entgegentrieb.

Es läutete. Chou ging öffnen und brachte den Volksschulrat Coutelier ins Boudoir. Er kam sich nach der Note für den französischen Aufsatz erkundigen, den er vierzehn Tage früher für Antoine geschrieben hatte.

– Was wir bräuchten, sagte Malinier träumerisch, ist eigentlich, daß die Fritzen zuerst Frankreich entlausen, daß sie die Juden beseitigen, die Kommunisten, die Freimaurer, die Kubisten, die Bankiers und die Dichter, naja, das ganze Judenpack und seinen Saustall. Danach sollte man ihnen heimleuchten, und zwar diesmal bis ins Herz von Preußen, bis nach Berlin, jawohl. Dort bräuchten wir dann nur noch zuzuschauen, wie sie das kommunistische Rußland vollends erledigen.

– Monsieur, sagte der Schulrat, der bei der Tür stehengeblieben war, ich habe nicht die Ehre, Sie zu kennen, gestatten Sie mir aber, meine Verwunderung zu äußern, daß ein Patriot solche Ausführungen machen kann. Ich sage Ihnen gleich, daß ich meine Tochter mit einem Israeliten verheiratet habe.

Malinier hatte den Eintritt des Besuchers nicht beachtet. Die Anwesenheit dieses Alten mit der feierlichen Stimme und der Senatorenhaltung überraschte ihn etwas.

– Wie kommt man auch dazu, sagte er einfach.

– Wozu, Monsieur?

– Wie kommt man dazu, seine Tochter mit einem Juden zu verheiraten. Darin haben die Deutschen recht, und ich stimme ihnen bei, und wie.

– Monsieur, Ihre Deutschen haben meine Tochter während des Exodus getötet. Und Ihre Deutschen waren es auch, die meinen Schwiegersohn interniert haben.

– Sagen Sie mal, warum sagen Sie »Ihre Deutschen« zu mir?

– Da Sie ihre Verbrechen billigen, erklären Sie sich folglich mit ihnen solidarisch.

Den Mund von Haß und Verachtung verzerrt, sah der Alte seinen Gesprächspartner mit rotgeäderten Augen an, sein mageres, fahles Gesicht war plötzlich grellrosa angelaufen. Malinier, der offensichtlich die Beherrschung verloren hatte, schluckte mühsam seine Wut hinunter.

– Welche Verbrechen? fragte er. Ist es denn ein Verbrechen, die Juden einzusperren?

– Monsieur, ich werde mir nicht die Mühe nehmen, Ihnen zu antworten. Gewisse Gespräche sind nur unter Franzosen möglich.

– Ganz recht. Ein Franzose, der sein Blut für sein Vaterland vergossen hat, hat nicht mit einem alten, verjudeten Kubisten zu diskutieren. Frankreich den Franzosen, und die Juden ins Ghetto.

Obwohl durch die Bezeichnung Kubist etwas verdutzt, drehte der Schulrat Malinier den Rücken zu und sprach über den französischen Aufsatz, als ob er Luft wäre. Er hatte vierzehn von zwanzig möglichen Punkten bekommen, und der Alte behauptete, der Korrektor habe den tieferen Sinn nicht erfaßt und sich daher in seinem Urteil getäuscht. Er glaubte, die Absichten, die er hineingelegt hatte, zusammenfassen und erklären zu müssen. Yvette und Antoine fanden sich damit ab, ihm zuzuhören, nicht ohne betretene Blicke zu wechseln. Durch eine Ironie des Schicksals interessierte der Vortrag nur Malinier. Was anfänglich als bloße Zusammenfassung gedacht war, nahm bald die Ausmaße einer Rede an.

– Vor der Idee des Vaterlands, erläuterte der Alte, gibt es zunächst das Vaterland selbst, das kein Begriff ist, wie es die Formulierung des Themas glauben machen könnte, sondern eine Wirklichkeit, ein Gebäude möchte ich fast sagen. In der Tat könnte man die Wirklichkeit des Vaterlands nicht besser erklären als durch den Vergleich mit einem Haus, und wenn wir es vergessen hatten, mußte uns unser Unglück daran erinnern: Wenn das Dach geborsten ist, regnet es herein. Früher, vor unserem Mißgeschick, gab es Franzosen, die leichtfertig genug waren zu behaupten, das Vaterland sei eine künstliche, absurde Konstruktion, die ihre Lage, ihre Grenzen, ihre Bedeutung nur Zufälligkeiten und historischen Wechselfällen verdanke, oder aber willkürlichen Entscheidungen im Interesse persönlicher Vorteile. »Widerspricht es nicht dem gesunden Menschenverstand und jeder Logik«, sagten sie, »daß armen Kerlen für die Republik oder für den König von Preußen der Schädel eingeschlagen wird, nur weil sie hundert Meter östlicher oder hundert Meter westlicher geboren sind?« Solche Einwände, die vielleicht von großherziger Menschenliebe bestimmt waren, trugen der Wirklichkeit natürlich keine Rechnung. Was diese Leute dem Vaterland vorwarfen, könnte ein Bauer auch seinem Haus zum Vorwurf machen, nämlich daß sein Bau durch Zufall und Willkür bestimmt wurde, daß es unbequem angelegt sei, daß es besser auf der anderen Straßenseite läge, daß er selbst auch in einem ganz anderen Haus hätte geboren werden können. Nichtsdestoweniger wohnt er gerade in diesem Haus und nicht in dem, das auf der anderen Straßenseite hätte stehen, noch in dem anderen, in dem er geboren werden hätte können. Und es ist seine Pflicht und zu seinem Vorteil, eben dieses Haus gegen die Unbillen der Witterung zu schützen...

Malinier fand gar nicht schlecht, was der gute Mann da sagte, und war sogar beunruhigt, in Grundsatzfragen eine so vollkommene Übereinstimmung der Ideen mit einem Handlanger der Juden und Freimaurer festzustellen, einem Beförderer der Subversion, die Frankreich in die Niederlage getrieben hatte. Er hätte gern an seiner Aufrichtigkeit gezweifelt, aber es gelang ihm nicht. Der gute Glaube des Schulrats schien ihm über jeden Zweifel erhaben.

Zwischen den Knien ihrer Mutter stehend, sperrte Chou den Mund auf bei der Rede Monsieur Couteliers, deren Inhalt ihr undurchdringlich dunkel blieb. Yvette flüsterte ihr etwas ins Ohr, machte Antoine ein heimliches Zeichen und entfernte sich unauffällig ins Schlafzimmer. In der Möblierung des einstigen ehelichen Schlafgemachs hatte sich nichts verändert. Das Messingbett, der Spiegelschrank, die Konsole und die beiden Stühle waren an ihrem jeweiligen Platz geblieben, nur die Tapeten waren vergilbt, die Fensterscheiben fast unsauber, Möbel und Parkett glänzten nicht mehr. In einer Ecke stapelten sich Pakete, Taschen und Gegenstände außer Gebrauch. Der Raum diente gleichzeitig als Rumpelkammer und als Schlafzimmer für Chou. Wenn sie ihn betrat, ließ Yvette Grandmaison ihre Gedanken manchmal zurückschweifen, aber nicht, um sich Gewissensbissen hinzugeben oder den verflossenen Jahren nachzutrauern, sondern um ein gewisses Bild ihrer selbst zu beschwören, das im Rahmen ihres Gattinnendaseins auftauchte. Die Erinnerung an Jean Grandmaison, derzeit Unteroffizier und Gefangener in einem brandenburgischen Stalag, spielte darin nur eine nebensächliche Rolle. Mit distanziertem Interesse sah sich Yvette vor Kriegsausbruch in der Rolle der gewissenhaften Hausfrau, die ihre weiblichen Aufgaben mit lässiger Gewandtheit erfüllte, einer Art trägen Ausdauer, sparsamen Hingabe, einem etwas diabolischen Willen, der sich lustlos um das Wohlergehen der Familie kümmerte, einer Kunst, das Leben zu verschönern, indem sie zweckdienliche Lügen aus einem Mosaik von Wahrheiten zusammensetzte. Hätte der Krieg ihr Leben nicht durcheinandergebracht, wäre es so bis zu Ende in häuslichen Freuden und Sorgen verlaufen, dessen war sich Yvette sicher. Es wunderte sie jedoch nicht, daß sie einen ganz entgegengesetzten Weg eingeschlagen hatte, als sich die Gelegenheit dazu bot. Schon als junges Mädchen hatte sie in sich verschiedene, widersprüchliche Fähigkeiten gespürt und sich im übrigen mit dem Gedanken abgefunden, daß das Leben sie nicht alle würde Wirklichkeit werden lassen. Zur vorbildlichen Gattin geworden, ahnte sie die Möglichkeit dieser anderen Existenzen weiterhin, ohne sie jedoch herbeizusehnen oder zu bedauern. Nachdem sie nacheinander von einem halben Dutzend bescheiden bemittelter Männer ausgehalten worden war, lebte sie jetzt von den Einkünften, die Antoine aus dem Schwarzmarkt schlug. Sie war sich zwar des Bruchs mit der Vergangenheit bewußt und sah voraus, welchen Abstieg sie durch ihre Wahl des bequemsten Weges riskierte, hatte jedoch trotzdem das Gefühl, ein normales Leben zu leben und sich selbst treu geblieben zu sein. Das Fehlen gewisser Skrupel, die Gleichgültigkeit gegenüber weiten Bereichen der Moral, die bei ihr die strenge Beobachtung des Schicklichen und den Ehrenstandpunkt der vollendeten Gattin abgelöst hatten, stellten in ihren Augen keinen Persönlichkeitswandel dar. Die erhabenen Gefühle, der Sinn für Ehre oder Würde, hingen für sie mit einer Lebensweise zusammen, nicht mit dem Grundcharakter des Individuums. Als Antoine ihr nachkam, schmolz die Erinnerung an ihre Betätigung als brave Hausfrau, die sie nur flüchtig gestreift hatte, bereits in der Hitze ihrer Ungeduld. Während er die Tür absperrte, öffnete sie ihren Morgenrock und fragte:

– Ist der Alte immer noch beim Vaterland?

– Ja, immer noch. Wenn ihn nur der andere nicht verprügelt.

Antoines Befürchtungen waren glücklicherweise unbegründet, denn Malinier war nicht in streitlustiger, sondern eher in träumerischer und fast philosophischer Stimmung. Der krasse Widerspruch, den er zwischen der patriotischen Begeisterung des Alten und seiner Ergebenheit den perversen Mächten des Judentums und Marxismus gegenüber feststellte, verwunderte ihn nicht übermäßig. Er selbst wurde ständig zwischen zwei anscheinend unvereinbaren Prinzipien hin und hergerissen. Die vollkommene Redlichkeit, mit der der Schulrat die Liebe zu Frankreich mit dem kubistischen Antifrankreich in Einklang brachte, gab ihm zu denken. Er begann, eine Region des Geistes zu vermuten, in der die Gegensätze, von der Strenge unerbittlicher Logik verschont, eine Einheit bilden, ohne etwas von ihren jeweiligen Postulaten zu verlieren. Er kam nicht auf den Gedanken, es könne sich um einen Trick oder ein verstecktes Nachgeben handeln, sondern betrachtete das Problem dieser Verschmelzung eher unter einem vage ästhetischen Aspekt, den zu formulieren er sich noch nicht in der Lage fühlte. Trotz seiner Feindseligkeit Malinier gegenüber, der mit Chou zusammen seine ganze Zuhörerschaft ausmachte, hatte sich der Schulrat nicht entschließen können, seinen Vortrag abzubrechen, er verlieh ihm jedoch eine tendenziöse Wendung. Seinen Vergleich weiter ausbauend, sprach er von einem braven Bauern, der zahlreiche Kinder im Haus seiner Vorfahren aufzog. Er hatte selbst schon acht und adoptierte noch ein Waisenkind, das ihm genauso lieb war wie die anderen und es ihm mit zärtlicher Zuneigung dankte. Malinier bekundete seine Zustimmung durch Nicken und einsilbige Laute, und der Schulrat, der ein Mißverständnis befürchtete, beharrte auf der Tatsache, daß das Waisenkind nicht wie seine Adoptivgeschwister war.

– Und es hieß Isaak.

– Warum auch nicht? meinte Malinier träumerisch.

– Da sehen Sie! triumphierte der Schulrat.

– In der Tat, ich glaube, ich sehe allmählich klar.

Chou hatte die Geschichte vom braven Bauern interessant gefunden, aber Monsieur Coutelier fing an, von den Deutschen zu reden und wurde wieder unverständlich. Chou hatte noch keine Ahnung davon, was ein feindliches oder auch nur fremdes Land war, und was die Deutschen betraf, gingen ihre Vorstellungen nicht sehr weit. Ein Deutscher war für sie gleichbedeutend mit einem Soldaten, und die Angst oder Abneigung, die viele Leute beim Anblick der grünen Uniform empfanden, erklärte sich unschwer aus dem Beruf des Soldaten, nämlich, seine Mitmenschen zu töten. Wegen dieser berufsmäßigen Bösartigkeit der grünen Männer wagte sie niemandem zu sagen, daß sie die Tochter eines Soldaten sei, eines Deutschen, und selbst ihre Mutter mußte auf diese Verwandtschaft nicht besonders stolz sein, denn sie sprach nur selten von ihm. Chou fragte sich, warum ihr Vater Gefangener war, ob er zuviel getötet hatte oder zuwenig, vor allem aber, warum Gefangener in einem »Brandenburgersalat«, wie sie Brandenburger Stalag verstand. Monsieur Rigoulet[1], der sei drei Monaten am Samstag abend nicht mehr zum Schlafen kam, besaß einen Pyjama mit Brandenburgern[2], und wenn man aus diesen Stoffstücken einen Salat machen konnte, wie sollte man ihn sich von der Größe eines Gefängnisses vorstellen? Dies war im übrigen nur eines der zahlreichen Grenzgeheimnisse, hinter denen die Welt verschwommen und in die Wörter verklebt blieb, ohne Gestalt annehmen zu können.

1. Rigoulet war vor dem Krieg Vertreter gewesen und hatte den Südwesten in Schuhen bereist. Unter der Besatzung bereicherte er sich am Lederhandel, unterhielt Yvette vier Monate lang ziemlich knauserig und verließ sie, um den Traum seines Lebens zu verwirklichen: eine Schauspielerin zur Mätresse zu haben. Denise, seine neue Geliebte, bekehrte ihn zum Faschismus und Antisemitismus. Er selbst bewirkte, durch seine professionelle Beredsamkeit begünstigt, zahlreiche Konversionen. Aufgrund der Denunziation einer eifersüchtigen Frau wurde er Ende 43 zu seiner Verbitterung in ein Lager deportiert. Nach seiner Befreiung im April 45 verstand er es, aus seinem Martyrium Nutzen zu schlagen und erhielt mit Hilfe seiner Lagerbeziehungen eine leitende Stellung in einem Ministerium. Als allzu notorischer Schmiergeldempfänger zum Rücktritt gezwungen, lehnte er die ihm angebotene, lächerliche Entschädigung eines Präfektenpostens ab. Er denkt nun daran, Abgeordneter zu werden.

2. Französisch »brandebourgs« = Rocklitzen [A. d. Ü.].

– Wer weiß, ob der Vater dieser Kleinen, der in einem Brandenburgersalat ist, nicht in einen Winkel einer Creme[1] geschickt wird, um gegen den Bär[2] zu kämpfen? sagte der Schulrat.

Chou wunderte sich über gar nichts. Sie betrachtete Monsieur Malinier und fragte sich, ob ihm die Worte des Alten wirklich verständlicher waren als ihr selbst. Es sah aus, als könne er nicht mehr folgen und denke an etwas anderes. Seine Aufmerksamkeit hatte sich auf einen Aschenbecher konzentriert, und als Yvette ins Zimmer zurückkam, brauchte er einige Zeit, bis er den Blick davon losreißen konnte. Langsam, mit steifem Oberkörper und leerem Blick, als ob er ein Ei auf dem Kopf balancierte, stand er auf, verabschiedete sich zerstreut, sogar ohne den Gefangenen zu erwähnen, und verließ die Wohnung.

Trotz der innerer Sammlung förderlichen Nacht konnte er auf der Straße das zerbrechliche und noch unbestimmte Gebilde nicht aufrechterhalten, das er seit einer viertel Stunde in sich trug. Es war weniger als eine Idee und mehr als eine Ahnung.

Er erinnerte sich, daß er als Kind dieselbe Empfindung gehabt hatte, wenn er drauf und dran war, die Lösung eines Wasserhahnproblems zu finden. Er stolperte über den Gehsteigrand, fluchte zwischen den Zähnen, und die Idee, die er als Verheißung in sich spürte, verflüchtigte sich unwiderruflich. Wegen des Nebels war die Nacht bereits schwarz. Malinier hatte keine Taschenlampe, denn die Batterien waren teuer und schnell verbraucht. Tastend machte er sich auf den Weg zu seiner Wohnung in der rue

1. Französisch »une crume« statt »Ukraine« [A. d. Ü.].
2. Französisch »l'ours« statt »l'URSS« = UdSSR [A. d. Ü.].

de la Condamine. Seine Gedanken verfolgten keine bestimmte Richtung mehr, und er gab sich der Illusion hin, durch eine wohlwollende Welt zu schreiten, in der sich alle Miseren der Gegenwart verflüchtigt hatten. Die Nacht, die sich wie der Mantel Noahs über die Niederlage breitete, schied ihn von der erniedrigenden Wirklichkeit, verschlang die Schatten des Unglücks und verdichtete den Raum derartig, daß der deutsche Sieg darin jeden Widerhall verlor. Es schien ihm, daß die Anwesenheit des Siegers in einer endlosen Nacht so gemildert sein müßte, daß sie bedeutungslos würde. In den oberen Stockwerken der Häuser an der rue Lepic schimmerte dumpfes, bläuliches Licht durch die Luftschutzvorhänge, manchmal ein weißer Lichtstrahl, der die milchige Tönung des Nebels annahm. Dieses gedämpfte Licht, das aus den Wohnungen drang, verwandelte die Stimmung Maliniers. Die Dunkelheit hörte plötzlich auf, wohlwollend zu sein. Er fühlte sich inmitten einer künstlichen Nacht, die vom Sieger gewollt und seinen Plänen dienlich war, einer stinkenden, vom Elend des Besiegten flüsternden Nacht. An der place Blanche wäre er beinahe mit einer Gruppe Soldaten zusammengestoßen, die an der Ecke der rue Lepic standen und mit Mädchen schäkerten, welche ihre Ehre dareinsetzten, deutsch zu sprechen, was Malinier wieder einmal schmerzlich berührte. Obwohl er nie wieder hingegangen war, seit er 1928 die Uniform ausgezogen hatte, betrachtete er die Dirnen als nationales Gut, als eine Kategorie jener Geschöpfe, die den menschlichen Zement des französischen Gemeinwesens ausmachten und die als einfaches Material anzusehen er sich weigerte. Im vorigen Sommer hatte er eines Abends an der place Clichy den Prostituierten ins Gewissen geredet, die auf Deutsche aus waren, und ihnen vorgehalten, daß es nicht anständig sei, mit dem Feind zu schlafen, daß es genügend gute Franzosen dazu gebe. Sein Standpunkt war nicht gebührend gewürdigt worden.

VII

Im Brustton tiefster Überzeugung hatte Yvette mehrfach behauptet, noch nie so vollkommen glücklich gewesen zu sein. Etwas schüchtern hatte Antoine dasselbe gesagt. So jung schien das eine Selbstverständlichkeit. Er konnte in seiner Erinnerung nichts Gleichwertiges mit diesem ersten Abend bei Yvette finden. Die Bedeutung der Augenblicke, die er erlebte, war ihm ständig gegenwärtig. Er hatte das Gefühl der Freiheit voll ausgekostet. Die Trunkenheit der Zweisamkeit hinderte ihn nicht zu bemerken, wie die Zeit verging, die eine neue Dimension annahm, Lust und Schmerz gleichzeitig. Jede verstrichene Minute verstärkte sein Glück durch einen leichten Anflug von Angst, wie er sie aus seiner Kleinkinderzeit kannte. Wenn Yvette aus dem Zimmer ging, war die Stille beinahe erschreckend, die Einrichtung wurde fremd, absurd, und Antoine fragte sich, ob er nicht aufwachen werde. Wenn sie sich unterhielten, auch wenn er selbst gerade sprach, kam es manchmal vor, daß er seine außergewöhnliche Lage plötzlich voll Bestürzung sah und im Bewußtsein, nur ein Kind zu sein, eine Anwandlung von Scham empfand. Yvette erriet solche Umschwünge und Zerrissenheiten und suchte die Familie Michaud zu entfernen, deren Präsenz sie spürte. Sie redete mit feuriger Offenheit und leidenschaftlichen Superlativen. »Ich begreife, daß man vor Liebe sterben kann«, sagte sie. Antoine begriff es auch, war aber nicht sicher, ob er dazu in der Lage sei.

– Antoine, mein Schatz, ich kann mich nicht an den Gedanken gewöhnen, daß du mich verlassen und nach Hause zurückkehren wirst. Ich werde wahnsinnig bei der Vorstellung. Zehn Tage sind so schnell vorbei. Ich will nicht.

– Du weißt doch, daß ich nicht anders kann.

– Sag nicht, daß du nicht kannst. Wenn du mich so lieben würdest wie ich dich liebe, würdest du einen Weg finden, um immer zu bleiben. Das wäre so wundervoll, Liebster.

Es war nur so eine vage Idee. Als sie zu Bett gingen, war Antoine in Unruhe. Er fragte sich, bis wieviel Uhr es passend sei, sich zu lieben. In Büchern und Liedern kommen oft ganze Liebesnächte vor. In einem seriösen, von einer literarischen Jury ausgezeichneten Roman hatte er gelesen, daß ein Paar sich in einer gewissen Nacht mit solchem Feuer liebte, daß die Lust zum Schmerz wurde. Antoine hatte nicht die Absicht, es so weit zu treiben, aber er hätte sich gern nach den feinsten Gepflogenheiten gerichtet. Tiercelin, den er zu diesem Punkt befragte, hatte gesagt: »So wenig wie möglich. Man hat nach mehreren Malen nicht mehr davon als nach dem ersten Mal, und man ermüdet sich unnütz.« Aber auf diesem Gebiet zählte seine Meinung nicht viel. Tiercelin war eine nüchterne Natur, die Überflüssiges verabscheute. Diese erste Nacht jedoch verlief getreu seinen Sparsamkeitsregeln, denn Yvette schlief nach der ersten Umarmung gleich ein. Antoine, der allein zu schlafen gewohnt war, hatte eine unruhige Nacht. Gegen drei Uhr morgens glaubte er verpflichtet zu sein, Yvette zu wecken, um ihr seinen leidenschaftlich guten Willen zu beweisen, aber sie drehte sich zur Wand mit einem Knurren, das ihn nicht weiter beharren ließ.

Am nächsten Tag, einem Sonntag, blieben sie zu Hause. Aus Furcht, einem der Seinen oder einem Freund seiner Eltern zu begegnen, wollte es Antoine möglichst vermeiden, tagsüber auszugehen. Nicht einen Augenblick langweilte er sich oder vermißte seine Familie. Im übrigen sorgte die Anwesenheit Chous, die ihm ihre Anhänglichkeit bewies, für ein beruhigend familiäres Klima. Statt des atemlosen Lebens, der hastigen Ausnützung der Zeit, die er sich gerne ausgemalt hatte, schien sich sein Aufenthalt im Schoße des Liebesnests eher in liebenswürdig-heimeliger Bequemlichkeit abzuspielen. Am meisten erstaunte ihn, Yvette von einer noch unbekannten Seite zu entdekken. Bis jetzt war er immer nur auf einige Stunden gekommen. Während dieser Augenblicke, die ihnen zu kurz vorkamen, gab sich Yvette ganz dem Zusammensein und der Freude hin, der Wunsch zu gefallen belebte ihre Worte und ihr Verhalten, ohne daß sie sich anzustrengen brauchte. Mit etwas Mühe hätte sie sich sicher einen ganzen Tag lang auf diesem Niveau halten können, doch Antoines bereits allzu gewohnte Anwesenheit reizte sie nicht mehr dazu. Sie war entspannt und gab sich natürlich, manchmal ohne jede Vorsicht. Er liebte zu inbrünstig, um seine Meinung von der jungen Frau zu revidieren, war sich aber seines Bildes von Yvette nicht mehr ganz so sicher, wenn er auch gewisse Charakterschwächen auf eine vorübergehende Stimmung schob.

Am Spätvormittag kam Tiercelin vorbei, um Antoine

zu besuchen. Yvette war mit ihrer Toilette beschäftigt. Er fand seinen Kameraden auf dem Sofa des Chromzimmers, in einen Damenmorgenrock gehüllt und damit beschäftigt, für Chou Figuren aus einem Modekatalog auszuschneiden. Nach der Begrüßung redete Antoine von den Freuden der Freiheit und pries den Genuß eines ganz der Liebe gewidmeten Lebens. Tiercelin hörte stehend zu, ohne ihn zu unterbrechen. Seine Miene war kalt und aufmerksam. Als Chou von ihrer Mutter gerufen wurde und das Zimmer verließ, sagte er zu Antoine:

– Es hat mir nie gefallen, daß du deine Ferien hier verbringst, und ich habe dir das auch offen gesagt. Du bist nicht selbständig genug für ein solches Experiment. Du bist ein sensibles, teilnahmsvolles Wesen, vielleicht, weil du noch sehr jung bist. Du gehörst zu denen, die sich von Schmeicheleien, von einer Firlefanzatmosphäre einwickeln lassen und schließlich selbst regelrechte Weiber werden. All das habe ich dir schon gesagt. Aber jetzt, wo ich dich bei Yvette sehe, wird mir noch klarer, daß du eine Dummheit machst. Du siehst jetzt schon wie eine Zierpuppe aus und bist in spätestens drei Tagen zum Schoßhündchen geworden. Wenn du dich selbst sehen könntest, wärst du vielleicht angewidert.

Tiercelin sprach mit scheinbarer Gleichgültigkeit, die Antoine nicht täuschte. Er spürte, daß er traurig und besorgt war.

– Kurz, du hältst mich für einen verweichlichten Kerl, einen Schwächling, dessen Umgang man überwachen muß.

– Nein, ich habe gesagt: ein sensibles Wesen. Du glaubst vielleicht, daß ich dir imponieren will, indem ich den erfahrenen Mann herauskehre, aber ich war von dreizehn an regelmäßig in der Bar meines Vaters und habe dort wirklich Erfahrungen gesammelt, die du noch längst nicht hast. Ich kenne eine Menge kleiner Weibergeschichten, Affären, die ich von Anfang an verfolgt habe. Und einen Fall wie den deinen habe ich vielleicht hundert Mal erlebt. Junge, begabte Kerle, die im Leben etwas anzufangen hatten und blöde in Mätressenwirtschaft und Gelegenheitsarbeiten verlottert sind.

– Wegen der zehn Tage, die ich mit Yvette verbringe, bin ich doch noch nicht verkommen.

– So viel braucht es noch nicht einmal. Wenn du erst zehn Tage so gelebt hast, wird es dir schwerfallen, nach Hause zurückzukehren. Und wenn du dann nicht fürchten würdest, deinen Eltern Kummer zu machen, würdest du ganz einfach beschließen, bei Yvette zu bleiben und dein Geld am Schwarzmarkt zu verdienen. Du würdest dir nicht einmal die Mühe nehmen, im Juli das Abitur zu machen. Du kannst ruhig lachen, ich habe viel gewitztere Burschen als dich erlebt, die sich von einem Leben in Watte und Bidetwasser einfangen ließen, und für oft recht banale Frauen. Ich weiß nicht, ob dir das klar ist, aber Yvette ist keine banale Frau.

– Oh, das weiß ich wohl.

– Was? Was weißt du? Daß Yvette ein göttliches Geschöpf ist? Möglich, aber sicher ist, daß sie wesentlich stärker ist als du. Du weißt, daß du gegen meinen Willen ihr Freund geworden bist, ich war und bin Flora böse, weil sie die Sache hinter meinem Rücken eingefädelt hat. Wenn ich dich schon mit einer Frau verkuppeln hätte wollen, wäre ich nie auf Yvette verfallen. Natürlich ist es trotzdem meine Schuld. Wenn ich nicht so dumm gewesen wäre, dich Geld verdienen zu lassen, wäre nichts passiert.

Antoine wurde puterrot, stand vom Sofa auf und erwiderte mit wütender Stimme, die Paul an ihm nicht kannte:

– Das Geld hat dabei nichts zu suchen, Yvette liebt mich.

– Davon bin ich überzeugt, das heißt aber nicht, daß sie dich geliebt hätte, wenn du ein armer Schlucker gewesen wärst.

– Du kennst sie wirklich schlecht. Vor vierzehn Tagen hat sie mich gebeten, keinen Schwarzmarkt mehr zu machen. Sie war entschlossen, zu arbeiten.

– Du hättest sie beim Wort nehmen sollen. Hat sie inzwischen wieder davon geredet?

– Das hat sie nicht gebraucht, weil ich abgelehnt habe.

Antoine blickte trotzig drein, und sein Gesicht war noch immer gerötet. Paul schaute zum Fenster hinaus, um ihm Zeit zum Abkühlen zu lassen. Seit dem Morgen regnete es Bindfäden. Die Häuser gegenüber sahen krank und frösteld aus. Schon etwas ruhiger geworden, rief sich Antoine die Szene ins Gedächtnis zurück, als ihn Yvette gebeten hatte, den Schwarzmarkthandel aufzugeben. Er sah wieder ihr glühendes, vor Opferfreude leuchtendes Gesicht, das sich über das seine beugte, er hatte noch die bebende Stimme im Ohr, die nach Armut wie nach einer Belohnung verlangte. Aber dieser erhabene Drang zum Guten, diese unwiderstehliche Tugendgier waren schnell erloschen und hatten sich mit einer kaum angedeuteten Weigerung begnügt. Die Gewissensbisse Yvettes waren nur ein Strohfeuer gewesen. Im nächsten Augenblick schon dachte sie nicht mehr daran. Nach der Unterhaltung mit Paul erschienen diese Erinnerungen in einem unfreundlichen Licht. Wenn er darüber nachdachte, wäre es Antoine lieber gewesen, wenn Yvette diese ehrenvollle Erklärung nie abgegeben hätte. Er ging zu Paul ans Fenster und betrachtete den Regen. Das Wasser einer geborstenen Dachrinne plätscherte auf den Gehsteig. Ein paar

Regenschirme hasteten durch die rue Durantin. Im vierten Stock gegenüber beugte sich ein Junge[1] aus dem Fenster und versuchte, auf den Schirm der Hausmeisterin zu spucken. Sein Vater schlich sich auf Zehenspitzen heran, holte ihn am Kragen vom Fenster und verpaßte ihm eine Ohrfeige, was die beiden Freunde zum Lachen brachte.

– Ich habe dir einen Vorschlag zu machen, sagte Paul. Wenn du willst, fahren wir beide morgen früh mit Primos Auto nach Chailley. Wir werden ein Schweinewetter haben. Eine Woche im Regen spazierengehen, auf den Waldwegen von Othe. Abends kommen wir zurück, erledigt, wir wärmen uns die Schienbeine an einem ordentlichen Feuer, essen und gehen schlafen. Im Wald springen jetzt die ersten Knospen auf. Im Regen gibt das einen Geruch, der nahrhaft ist wie Brot. Etwas anderes als die Schönheitscremes. Und wenn du in Paris zurück bist, kannst du noch Monate lang den triefenden Wald schnuppern und den Regen plätschern hören.

1. Der Junge, der zehn Jahre alt war, hieß René Tournon. Anhänglich, zuvorkommend und ein bißchen übermütig, lebte er glücklich mit seinen Eltern und seiner Großmutter. Tournon, der Vater, lud einmal in der Woche drei oder vier Kameraden zu sich ein, Kommunisten und Widerstandskämpfer wie er, mit denen er sich ungezwungen vor der Familie unterhielt. Im September 43 hielt René eines Tages auf dem boulevard de Clichy einen jungen deutschen Offizier an und übergab ihm einen Brief, in dem er seinen Vater und dessen Genossen denunzierte und äußerst sachdienliche Informationen über ihre Tätigkeit lieferte. Wären nicht Schrift und Orthographie gewesen, hätte man glauben können, der Brief sei von einem in politischen Fragen höchst beschlagenen Mann verfaßt worden. Der Offizier, ein österreichischer Oberleutnant, konnte sich nicht entschließen, die Anzeige an die Gestapo weiterzuleiten und zerriß sie am nächsten Tag. Zwei Monate lang lebte der kleine René in ständiger Angst, dennoch blieb sein Gesicht ruhig, und nichts in seinem Benehmen oder Verhalten verriet seine Bangigkeit. Als sein Vater sechs Monate später an einer beidseitigen Lungenentzündung starb, hatte er so großen Kummer, daß seine Gesundheit darunter litt.

Antoine lächelte, wandte den Kopf und warf einen Blick auf das Zimmer mit der Chromeinrichtung. Er fühlte sich wohl hier.

– Du kannst dann echte Briefe an deine Eltern schreiben, sagte Tiercelin noch.

– Ich kann Yvette nicht verlassen.

– Warum?

Antoine brauchte nicht zu antworten. Yvette kam herein. Sie schien glücklich, Paul zu sehen, und küßte ihn mit der zärtlichen Ehrerbietung der Barstammkundinnen für den Sohn des Chefs. Die Eleganz des jungen Tiercelin, seine Selbstsicherheit und seine Zurückhaltung brachten ihm größtes Ansehen ein.

– Ißt du mit uns zu Mittag?

– Ich kann nicht. Ich werde erwartet. Ich bin gekommen, um Antoine zu fragen, ob er eine Woche mit mir auf dem Land verbringen will.

Yvette zeigte zunächst weder Überraschung noch Verstimmung. Antoine bemerkte es nicht ohne Bitterkeit und beeilte sich zu erklären:

– Ich habe Paul schon gesagt, daß ich dich nicht allein lassen will.

Yvette fiel ihm um den Hals und beteuerte, daß sie sehr traurig gewesen wäre, wenn er angenommen hätte.

– Reden wir nicht mehr davon, sagte Paul. Dann eben nächstes Jahr. Sieht man euch heute abend?

– Ja, ich komme mit Antoine in die Bar hinunter. Wird Flora da sein?

– Hoffentlich nicht. Es ist aus zwischen uns seit gestern abend.

Die Neuigkeit von diesem Bruch bestürzte Yvette, und sie wollte wissen, warum und wie es dazu gekommen war. Ganz einfach, antwortete Paul. Er war gestern abend zu Flora gegangen und hatte ihr erklärt, daß er sich für zu jung hielt, um eine Mätresse zu haben.

– Ich bin der Meinung, daß ich mit siebzehn noch mitten im Wachstum bin und mich diese Art Ermüdung in meiner Entwicklung behindert. Deshalb habe ich beschlossen, unsere Rendezvous durch eine halbe Stunde Sport zu ersetzen. Ich habe ihr auch gesagt, daß ich in drei Monaten mein Abitur habe und man nicht ernsthaft arbeiten kann, wenn man sich um eine Frau kümmert. Das ist alles.

– Aber das ist ja Wahnsinn! Du hast nicht überlegt, was du tust. Flora betet dich an, ich bin sicher, daß sie krank wird. Sie könnte daran sterben.

– Das glaube ich nicht, sagte Paul. Ich glaube eher, daß es sie ärgert wegen ihrer Freunde und Bekannten. Man war gewohnt, uns zusammen zu sehen, man wußte, was wir füreinander waren. Nachdem sie viel auf die Meinung der Kellner und Stammgäste gewisser Lokale gibt, wird sie sich vor ihnen genieren. Ich habe ihr geraten, das Viertel zu wechseln.

Obwohl er seit langem über die Gefühle Pauls für Flora und die Mädchen im allgemeinen Bescheid wußte, hörte ihm Antoine mit Verblüffung zu. In seinen Worten war eine Selbstsicherheit, die ihn verwirrte. Von seinen Klassenkameraden, die zumeist seriöse Jungen waren, hätte es keiner gewagt, vor einer Frau zu erklären, daß er sich zu jung für eine Mätresse hielt, und in Wirklichkeit dachte es auch keiner, während Paul dagegen voll Überzeugung sprach, ohne jede Frechheit oder falsche Scham. Andererseits fühlte sich Antoine durch diese Trennung ganz besonders aufs Korn genommen. Außer den angeführten Gründen gab es eine bedrohliche Symmetrie zwischen den beiden Paaren. Er hütete sich vor einem Kommentar, der ihn zur Erwägung seines eigenen Falls gebracht hätte, und betrachtete den Regen in der rue Durantin. Weniger schüchtern hatte Yvette die Anspielung nicht überhört und verteidigte das Recht auf die Liebe. Nichts stand dagegen, daß ein Siebzehnjähriger eine Mätresse hatte, denn in diesem Alter sind ja viele junge Leute schon verheiratet, oft Familienväter. Ihr Vater zum Beispiel war siebzehn, als er ihre Mutter heiratete, eine junge Witwe von fünfundzwanzig. Und wenn man behauptete, man könne mit einer Liebschaft im Kopf nicht ernsthaft arbeiten, mußte man schon schwachsinnig sein. Als weiteres Beispiel in ihrer Familie führte Yvette einen Bruder ihres Vaters an, der sein ganzes Leben nach den schönen Augen einer Gleichgültigen geschmachtet und nichtsdestoweniger das Polytechnikum bestanden hatte[1].

– Und ich werde Antoine gewiß nicht am Lernen hindern, im Gegenteil. Übrigens möchte ich, daß er ab morgen jeden Vormittag von acht bis zwölf arbeitet. Nicht wahr, mein Schatz, einverstanden? Von acht bis zwölf. Ich bin sicher, wenn du hierbleiben würdest, könntest du besser arbeiten als bei dir zu Hause.

– Ganz gewiß, stimmte Antoine zu, ich hätte es hier viel ruhiger.

– Das ist klar. Am Abend, wenn du aus der Schule kommst, würdest du dich da hinsetzen, während ich auf dem Sofa lese oder Einkäufe mache. Niemand würde dich stören, und du würdest keine Zeit mit dem Hin und Her verlieren. Ich habe schon oft daran gedacht, und je mehr ich darüber nachdenke, desto überzeugter bin ich, daß es

1. In Wirklichkeit war Yvettes Vater zweiundvierzig, als er in Auxerre, wo er Postvorsteher war, eine junge Witwe heiratete. Und der Bruder ihres Vaters, ein Gemeindeangestellter in Nevers, hatte sich mit fünfundzwanzig verehelicht.

besser für dich wäre, wenn du nächste Woche nicht nach Hause zurückkehrst.

– Nein, nein, protestierte Paul, du wirst ihm nicht auch noch diesen Floh ins Ohr setzen. Er ist schon so verblödet genug geworden. Sieh ihn dir nur an. Er ist noch keine vierundzwanzig Stunden bei dir und schon wie ein Haustier. Passiv, reaktionslos, mit trübem Blick und nur noch in der Lage, ja und Amen zu deinen Idiotien zu sagen.

– Natürlich, dir wäre es lieber, wenn er den deinen zustimmen würde. Weil du dich wie ein Rüpel mit Flora aufgeführt hast, möchtest du jetzt, daß er es mit mir genauso macht. Aber Antoine hat zum Glück nicht zu spinnen angefangen. Und außerdem ist er groß genug, um zu wissen, was er tut.

– Eben nicht, er ist nicht groß genug. Er ist ein Kind, das man nach seiner Pfeife tanzen lassen kann. Das weißt du so gut wie ich und nützt es aus.

Yvette funkelte giftig, ihre Nasenflügel bebten. Sie beherrschte sich jedoch und brachte ein Lächeln zuwege, das jede Spur von Zorn auf ihrem Gesicht auslöschte.

– Reden wir von etwas anderem, sagte sie. Man will immer das letzte Wort haben, man regt sich auf und beleidigt einander am Ende.

– Außerdem ist es Zeit, daß ich gehe. Auf Wiedersehen.

Antoine begleitete Paul zur Eingangstür und sah ihn fast kleinlaut an, als er ihm die Hand schüttelte.

– Du hast noch den ganzen Nachmittag, um über unsere Reise nachzudenken, sagte Paul. Es reicht, wenn du dich heute abend entscheidest. Abfahrt morgen früh um acht.

– Hör mal, murmelte Antoine, du weißt doch, daß es

nicht geht. Versetz dich in die Lage von Yvette. Seit einem Monat denkt sie an nichts anderes als an die zehn Tage, die wir zusammen verbringen wollen.

– Immerhin hat sie nicht im geringsten protestiert, als ich ihr von dem Plan erzählt habe. Und sie hat nicht einmal verstimmt ausgesehen. Wenn du Yvette besser kennen würdest, würdest du verstehen, daß ihr so ein Einfall ganz natürlich vorkommt. Für sie gibt es an einem Beschluß unter Männern nichts zu mäkeln. Aber du, du beeilst dich, sie daran zu erinnern, daß du ein gehorsamer kleiner Junge bist. In Wahrheit kannst du schon nicht mehr darauf verzichten, an ihrem Rockzipfel zu hängen. Bei der Vorstellung, sie acht Tage lang nicht zu sehen, wird es dir flau in den Beinen, du kannst nicht einmal mehr vernünftig denken. Ich sage dir das nicht, um dich zu ärgern, aber ich schwöre dir, daß du auf einem gefährlichen Weg bist.

– Sobald es um Mädchen geht, übertreibst du alles. Ich liebe Yvette und möchte mit ihr zusammensein, ich bin glücklich, wenn ich ihre Nähe spüre. Das ist nur natürlich, das Gegenteil wäre eher verwunderlich. Du, du weißt nicht, was Liebe ist, du verachtest sie. Aber man ist doch nicht verkommen, weil man eine Frau liebt.

– Auf Wiedersehen. Denk trotzdem über die Reise nach.

– Auf Wiedersehen. Vergiß nicht meinen Brief und das Päckchen für meine Eltern.

– Keine Sorge. Ich habe sie gestern abend Primo gegeben. Deine Eltern bekommen sie am Mittwoch.

Im Chromboudoir beunruhigte sich Yvette über die lange Unterhaltung auf dem Treppenabsatz. Als Antoine zurückkam, fragte sie ihn, worüber sie geredet hatten und warnte ihn vor Pauls Machenschaften, deren Absichten ihr offenkundig schienen. Es gab keinen Zweifel, daß er sie auseinanderbringen wollte, im übrigen bemühte er sich kaum, es zu verbergen. Sie ließ durchblicken, daß er schon immer ziemlich zärtliche Gefühle für sie gehabt habe und diese Zuneigung an seinem Entschluß, mit Flora zu brechen, nicht unbeteiligt gewesen sei. Antoine wollte das nicht glauben, und seine Skepsis reizte Yvette.

– Was immer er sagt, ist für dich das Evangelium. Vor ihm wagst du kaum zu atmen. Ich habe es genau gesehen vorhin, als er uns erklärt hat, warum er sich von Flora trennt. Eigentlich war alles, was er zu ihrem Bruch gesagt hat, gegen uns gerichtet, mit der Absicht, auch uns zu trennen. Ich habe protestiert, diskutiert, und du, statt mich zu unterstützen, hast nicht einmal den Mund aufgemacht. Man hätte meinen können, daß du ihm recht gibst, und schließlich ist es vielleicht so. Jedenfalls war es sehr peinlich für mich. Wie sieht das denn aus, wenn ich allein unsere Liebe verteidige?

Antoine fühlte sich als sehr kleiner Junge. Um eine Antwort verlegen, nahm er Zuflucht zu einer Lüge, die ihm schwerfiel.

– Ich habe nichts gesagt, um Paul nicht aufzubringen. Immerhin ist er es, durch den ich Geld verdiene.

– Das ist wahr. Im Grunde glaube ich, daß du gut daran getan hast. Übrigens habe ich auch daran gedacht und rechtzeitig aufgehört.

Daraufhin lächelte Yvette Antoine komplicenhaft zu, was ihm sehr unangenehm war. Den Nachmittag verbrachte er damit, einen Brief an den Gefangenen zu schreiben, mit Chou zu spielen und mit Yvette oft gleichgültige Meinungen auszutauschen, denen es an Begeisterung und Gehalt fehlte. Trotzdem fühlte er sich vollkommen glücklich. Zwischen sechs und sieben Uhr abends bekamen sie

Besuch von Flora, einer aufsehenerregenden Schönheit von achtundzwanzig Jahren, einen Meter einundsiebzig groß mit Mahagonimähne. Sie zerfloß in Tränen in Yvettes Armen, die sie mein Schatz nannte. Nachdem sie dem Kummer geopfert hatte, öffnete sie ihren Nerz, baute sich in der Mitte des Zimmers auf, die Fäuste in den Hüften, und schnauzte mit männlicher Stimme:

– Hat man da noch Töne! Ein kleiner Bengel, dem ich es beigebracht habe, mit dem ich mir Mühe gegeben habe und der sich Unverschämtheiten erlaubt, der glaubt, mich so mir nichts dir nichts zum Teufel jagen zu können, angeblich wäre er zu jung, eine Frau zu haben. Zu jung! Und mir das ins Gesicht zu sagen, mir, die so voller Gefühl war, die ihn ein Jahr lang ausgeführt hat, die ihn verhätschelt hat, die seine Krawatten ausgesucht hat, und nichts als mein Paulchen hier, mein Paulchen da. Ah, du kannst mir glauben, die heutige Jugend hat vielleicht eine Moral. Wenn ich denke, daß ich ihm zuliebe meinem Fabrikanten aus Paimboeuf[1] den Laufpaß gegeben habe! Einem Mann, der mich angebetet hat wie die Mutter Gottes, eine offene

1. Als der Fabrikant aus Paimboeuf in der Besatzungszeit einmal mit dem Zug nach Hause fuhr, begann er eine Unterhaltung mit zwei Unbekannten, denen er im Schutze seiner Anonymität anvertraute, daß er keineswegs Patriot sei. Die Unbekannten stiegen in Nantes aus und nannten ihn beim Abschied beim Namen. Nach der Befreiung mußte sich der Fabrikant für seine unvorsichtigen Worte im Zug verantworten. Da er sie nicht leugnen konnte, gab er zu, Frankreich nicht zu lieben. »Die Vaterlandsliebe«, sagte er, »ist kein Gefühl, das man erzwingen kann. Ich selbst habe es nie empfunden. Dafür kann ich nichts.« Der Staatsanwalt brachte eine beredte Anklage vor, in der er namentlich ausrief: »Ist es denn möglich, daß ein normales, körperlich und seelisch gesundes Individuum die Vaterlandsliebe nicht in sich vibrieren fühlt? Nein, das ist unmöglich. Durch seine Behauptung, kein Patriot zu sein, wollte der Angeklagte das Elend unserer Gefangenen verhöhnen, das Opfer unserer Gefallenen verspotten ...« Der Rechtsanwalt glaub-

Hand und einen Freitag alle vierzehn Tage, niemals mehr. Ich brauchte nur mit den Fingern schnippen. Aber bei mir heißt es in der Liebe alles oder nichts. Ich habe Paul geliebt, und alles war für Paul. Yvette, du kannst es bezeugen, ich habe ihn nie betrogen, das schwöre ich bei meiner seligen Mutter. Dabei war es nicht das, was ich von ihm bekommen habe. Jetzt kann ich es ruhig sagen. Paul hat mir zwanzigtausend im Monat gegeben. Und, schön, die Verpflegung mit zwei Mahlzeiten bei seinem Alten. Zwanzigtausend Francs im Monat, das habe ich als Mannequin allein mit dem Verkitschen der Modelle verdient. Aber mich hat ja nicht das Geld interessiert. In der Liebe habe ich nur die Liebe gesehen. Und wenn mich der kleine Dreckskerl am Abend ganz allein gelassen hat, dann habe ich sein Foto mit ins Bett genommen, ich bin mit seinem Mäulchen auf meinem Busen eingeschlafen und mit seinem Namen zwischen den Zähnen. Und all das, um mir anhören zu müssen, daß er sich für zu jung hält und sein Abitur vorbereiten will. Hindere ich ihn denn daran? Ich wollte ihn zur Vernunft bringen, aber nichts zu machen. Man ist jung, man überlegt nicht. Immer gleich harte Worte, und das Herz bricht einem. Aber Entschuldigung! Ich lebe. Ich bin auch noch da. Ich werde ihm zeigen, daß ein kleiner Schürzenjäger wie er mit mir nicht tun kann, was ihm paßt. Ich verlange, daß er sich entschuldigt. Ich will ihn zu meinen Füßen schluchzen sehen. Und wenn er mürbe ist, wenn er versucht, mich wieder zu kriegen, dann sage ich ihm: mein Kleiner, das wieder einrenken, damit ist es vorbei.

te leichtes Spiel damit zu haben, den Ankläger an einem Syllogismus festzunageln. Der Paimboeufer Fabrikant wurde übrigens nur zu fünf Jahren Gefängnis und zehn Jahren Verlust der Staatsbürgerrechte verurteilt.

Flora hatte sich derart hineingesteigert, daß Antoine für seinen Freund Paul fürchtete. Er sah ein Affektverbrechen kommen. Yvette bemühte sich nicht besonders aufrichtig, sie zu trösten, und goß Öl ins Feuer, indem sie ungeschickte Bemerkungen entschlüpfen ließ. Flora, deren Groll sich offensichtlich vertiefte, stieß nun verhüllte Drohungen aus, die durch die Heftigkeit des Tons und die Fieberhaftigkeit der Gesten jedoch deutlich genug waren. Vor dem Abendessen, zu dem sie sich von Yvette einladen ließ, ging Antoine ins Eckcafé hinunter, um Paul anzurufen und vor der Gefahr zu warnen. Da sein Freund noch nicht zu Hause war und er es nicht wagte, den Barmann ins Vertrauen zu ziehen, machte er sich seine Zaghaftigkeit während des ganzen Essens zum Vorwurf. Trotz seiner Unruhe entging es ihm nicht, daß die Verlassene seine Anwesenheit überhaupt nicht beachtete und sich ausschließlich an Yvette wandte, als ob er wie Chou zu den Kindern gehört hätte. Diese Einstellung war für ihn um so härter, als er spürte, daß sie unbewußt war. Die Aufmerksamkeit, die sie ihm normalerweise schenkte, war im übrigen wenig aufrichtig. Der schlecht angezogene und schwer vorzeigbare Junge flößte ihr nicht die geringste Achtung ein, und die glückliche Begegnung zwischen den beiden hatte sie hauptsächlich deshalb arrangiert, um sich eine Überlegenheit über Yvette zu sichern. Yvette wußte ungefähr, woran sie in diesem Punkt mit ihr war. So tat ihr Floras Kummer nicht allzu leid. Dennoch machte sie der Ton ihrer Äußerungen allmählich unruhig.

– In der Liebe, sagte Flora, heißt es bei mir alles oder nichts, aber ich bleibe auch nichts schuldig. Paul ist gemein zu mir gewesen. Er hat sich wie ein mieser Schweinehund aufgeführt, aber ich werde es ihm heimzahlen. Schließlich hat er es so gewollt. Ich bringe ihn um.

Die Wut brachte sie außer Atem, ihre Nase wurde spitz, ihre Augen funkelten beängstigend. Als sich Yvette und Antoine bemühten, sie zu beruhigen, wiederholte sie:

– Ich bringe ihn um. Und erstmals von Antoines Anwesenheit Kenntnis nehmend, wandte sie sich zu ihm und fügte schroff hinzu: Und du hältst das Maul.

Er saß neben ihr, und da er kleiner war als sie, mußte er den Kopf heben, um ihr in die Augen zu sehen. Sie überragte ihn nicht nur durch ihre Größe, sondern auch durch ihr Alter und ihre Erfahrung in der Liebe, die ihm unergründlich erschien. Außerdem hatte er die Ringe, die Armbänder, den Nerz, das ganze weibliche Luxusarsenal gegen sich, das er normalerweise verachtete und das ihn aus der Nähe beeindruckte. Bei Floras Anpfiff brachte er es nur fertig, zu erröten und den Kopf zu senken wie ein ertapptes Kind. Yvette war das so peinlich, daß sie sich weigerte, ihm mit einem Blick den Rücken zu stärken. Antoine suchte Trost in dem Lächeln, das ihm Chou über den Tisch sandte, aber es war etwas bitter für ihn. Am Ende der Mahlzeit wurde Flora schweigsam und verfiel in finsteres Brüten, das nichts Gutes ahnen ließ. Nach einem beunruhigten Blickwechsel brachte Yvette ihre Tochter zu Bett, und Antoine folgte ihr, um Kriegsrat zu halten. Vor dem Essen hatte Flora ihnen das Versprechen abgenommen, sie in die Bar der rue de La Rochefoucauld zu begleiten. Sie beschlossen, sie anderswohin abzuschleppen. Während ihrer Beratung deklamierte Chou ein Gebet, das ihr eine alte Dame aus dem ersten Stock beigebracht hatte. Sie betete zu Gott, ihrem gefangenen Vater die Gesundheit und die Hoffnung zu erhalten, dem Maréchal ein langes Leben zu schenken und Frankreich und seinen Verbündeten zum Sieg zu verhelfen. Yvette unterbrach sich, um ihr zuzuhören, vergoß Tränen der Rührung und sagte mit ihr ein Vaterunser auf. Als sie zu Flora zurückkehrten, stand sie vor dem Spiegel und zog sich die Lippen nach. Nachdem sie Yvette von der Änderung in ihren Ausgangsplänen unterrichtet hatte, zeigte sie keinerlei Verärgerung und sagte einfach:

– Ich will euch nicht hindern zu tun, was euch paßt, aber ich gehe ins *Pomme d'Adam*.

Sie war jetzt von der Ruhe, die mit schicksalsschweren Entscheidungen einhergeht. Da sie durch nichts davon abzubringen war, in die Bar des *Pomme d'Adam* zu gehen, war es immer noch besser, sie zu begleiten und ein Drama zu verhindern zu suchen. Auf der Straße war Flora eine Zeitlang entspannt und schien ihren Kummer vergessen zu haben. Es regnete nicht mehr, und vereinzelt tauchten Sterne zwischen den Wolken auf. In der Dunkelheit unterhielten sich die beiden Frauen angeregt, ohne Antoine zu beachten. Obwohl sie an seinem Arm ging, hatte ihn Yvette beinahe vergessen, denn sie redete mit einer Ungezwungenheit, die ihn überraschte und ihm zu denken gab. Die Nacht mußte den beiden Freundinnen wohl die Illusion vermitteln, daß sie allein waren. Sie sprachen über ein Paar aus ihrem Bekanntenkreis, dessen Privatleben sie untersuchten und die schlüpfrigsten Einzelheiten mit derben Worten und genüßlichem Kichern kommentierten. Antoine war über die vulgären Ausdrücke und die Vorliebe für Brutalitäten von seiten Yvettes bestürzt.

Als sie sich der rue de La Rochefoucauld näherten, verstummte Flora und brach ihr Schweigen nur, um ihre Entschlossenheit zu verkünden, mit Paul abzurechnen. Im Restaurant des *Pomme d'Adam,* wo man für fünfhundert Francs, Wein nicht inbegriffen, speiste, waren die Gäste noch beim Entrecôte. Tiercelin Vater, der gerade vom Kartenspiel in einer Kneipe der rue Fontaine zurückkam, unterhielt sich liebenswürdig mit den Stammkunden. Er war ein Mann von fünfundfünfzig Jahren mit sehr akkurat gekämmtem, weißem Haar. Sorgfältig gekleidet, haftete Monsieur Tiercelin die Eleganz des Unterweltmannes an. Seine Freunde nannten ihn Tierce-au-Dix[1] in Anspielung an das Bordell, das seine Schwester im Stadtviertel besaß und das die Hausnummer zehn hatte. Seit fünf Jahren lebte er mit einer kleinen Nutte zusammen, die er seiner Schwester entführt hatte und die sich vorzüglich darauf verstand, das Restaurant in Schwung zu bringen. Als er am Tisch zweier deutscher Offiziere vorbeikam, die mit Mädchen zu Nacht speisten, schenkte ihnen Tierce-au-Dix ein diskretes Kopfnicken und ein kaum angedeutetes Lächeln, das sich breit entfaltete, nachdem sie seinen Gruß erwidert hatten. Antoine und seine beiden Begleiterinnen hielten sich im Restaurant nicht auf, sondern gingen durch eine Seitentür in einen engen Vorraum, in den man von der Straße her durch eine andere Tür gelangte. Eine von einer blauen Birne erleuchtete Treppe führte in die Bar im Untergeschoß. Die Gäste waren noch nicht sehr zahlreich. Paul stand hinter der Theke, wo er den Barmann für ein paar Minuten vertrat. Er gab den Neuankömmlingen die Hand, ohne irgendeine Verwunderung über Floras Anwesenheit zu zeigen.

– Was darf es sein?

Yvette bestellte drei Kognaks. Beim Einschenken riet Paul Antoine, lieber ein Glas Champagner zu nehmen. Aus Ehrgefühl und obwohl er glaubte, Champagner eigentlich lieber zu mögen, ließ sich Antoine einen Kognak geben. Flora schien ihr düsteres Vorhaben aus den Augen verloren zu haben. Sie verfolgte jede Bewegung Pauls mit dem Blick eines geschlagenen Hundes, und als er ihr ein-

1. Wörtlich: Zehnerterz (Kartenspielausdruck) [A. d. Ü.].

gegossen hatte, bedankte sie sich unterwürfig, mit einem devoten Lächeln. Er dagegen behandelte sie, ohne Kälte oder Mißtrauen zur Schau zu tragen, und vermied es auch nicht, gegebenenfalls das Wort an sie zu richten. Als sie jedoch den Mund aufmachte, um eine rührselige Klage von sich zu geben, schnitt er ihr das Wort ab mit einem Blick, der sie sich in ihren Nerz verkriechen ließ.

Während er Flora im Auge behielt, deren Benehmen ihm immer beruhigender erschien, fing Antoine bisweilen die Blicke gewisser Gäste auf, die an ihm mit Befremden hängenblieben. »Ich weiß, was sie so wundert«, dachte er melancholisch und verstimmt. »Sie fragen sich, was um alles in der Welt ein schlecht gekleideter Junge auf einem Barhocker zwischen zwei eleganten Damen zu suchen hat.« Seine Jugend bedrückte ihn immer mehr. Der Spiegel hinter der Theke warf ihm das Bild eines Mädchengesichts zurück, glatt und zart wie ein Pfirsich. Der anmutige Hals war von besonders kränkender Weiblichkeit. Am anderen Ende der Theke begann ein monokelbewehrter Mann von etwa dreißig, ihn mit kalten, vielleicht sogar feindseligen Blicken zu messen. Um sich Haltung zu geben, trank Antoine in einem Zug seinen Kognak aus, dessen Wirkung sich bald bemerkbar machte. Wärme stieg ihm in den Kopf und benebelte ihn einen Moment lang. Als er zu Yvette sagen hörte, daß der Mann mit dem Monokel ein deutscher Offizier in Zivil sei, blickte er mit feucht schimmernden Augen in seine Richtung, und das Monokel[1] lächelte mit nachsichtiger Geringschätzung.

1. Hauptmann von Holberg schrieb eines Tages an seine Schwester Gertrud: »Ich kenne kein Volk auf der Welt, das wie die Franzosen zu Gewissensbissen und zum Grübeln über vollendete Tatsachen neigt (es folgten etwa vierzig Zeilen, in denen diese Tendenz durch Rassenvermischung, den maßgebenden Einfluß der Frau, den Mißbrauch der griechischen und lateini-

Als der Barmann seine Stelle wieder eingenommen hatte, zog sich Paul von der Theke zurück und brachte seine Freunde zu einem Tisch. Antoine gewann sein Gleichgewicht zurück, doch sein Kopf war schwer und seine Augen rot und geschwollen. Inzwischen belebte sich die Bar, die meisten Tische waren besetzt. Von einigen Kartenspielern abgesehen, suchten die Gäste, fast alle Stammkunden, hier eine Clubatmosphäre, Vertraulichkeit oder ganz einfach eine Beischlafgelegenheit, die ihnen die Illusion des Abenteuers ließ. Yvette mußte ständig freundschaftliches Zuwinken beantworten. Als sie das höfliche Lächeln eines Mannes zurückgab, der an ihrem Tisch vorbeikam, warnte sie Paul halblaut:

– Das ist ein Kerl von der Gestapo. Und der andere mit ihm an der Theke wahrscheinlich auch. Bei dem einen jedenfalls ist es sicher.

– Ja, ich weiß, das hat man mir schon gesagt. Für meine Zwecke ist das übrigens gleichgültig.

Yvettes Antwort schockierte Antoine. In seinen Augen war der Patriotismus ein sentimentales Überbleibsel der Geschichte. Vor der Niederlage hatte sein Vater ihm oft erklärt, daß die Vaterländer nur als provisorische Gegebenheiten und mit größter Vorsicht betrachtet werden dürften, denn sie stellten den idealen Nährboden, den blut- und plasmareichen Mutterkuchen dar, in dem die schmarotzerhaften Bourgeoisien wuchsen, gediehen, wucherten, und die französische war nicht die am wenigsten

schen Klassiker etc. erklärt wurde). Wenn ich die überwältigende Überlegenheit unseres Volkes durch eine Gegenüberstellung des Deutschen und des Franzosen verdeutlichen sollte, würde ich von ersterem sagen, daß er von der Gier besessen ist, die ihn vorwärts treibt, von letzterem, daß er von Gewissensbissen besessen ist, die ihn zurückreißen.« Von einer Marinegranate im Juni 44 im Calvados zerfetzt.

gefräßige unter ihnen. Seit der Besatzung jedoch sprach Michaud nicht mehr von den Vaterländern im allgemeinen. Ohne so weit zu gehen, für das französische Vaterland zu schwärmen, beklagte er leidenschaftlich das Unglück des Landes oder verfluchte den Besatzer, Nazideutschland und sogar Deutschland überhaupt. Antoine schenkte dem väterlichen Lamentieren keine große Aufmerksamkeit, in dem er den Anpassungsversuch alter Denk- und Empfindungsgewohnheiten erriet. Dennoch war in ihm unmerklich das Gefühl einer gemeinsamen Notlage erwacht und damit das Bewußtsein vager moralischer Verpflichtungen, die ihm Yvettes Einstellung deutlich werden ließ. Er hatte bereits eine gewisse Verlegenheit empfunden, sich zusammen mit deutschen Offizieren in einer etwas intimen Atmosphäre zu befinden. Der Ort und die späte Stunde schufen zwischen ihnen eine Art Einvernehmlichkeit, die ihn peinlich berührte.

– Woran denkst du? fragte ihn Paul. An unsere Reise in den Othewald? Es ist Zeit, dich zu entscheiden.

Antoine winkte eher gleichgültig als unsicher ab. Sein Blick blieb auf den Nacken der Gestapoagenten geheftet, die an der Bar saßen. Er fragte Paul, der mit den uniformierten Offizieren von weitem einen Gruß ausgetauscht hatte:

– Stört es dich nicht, deutsche Offiziere hier zu haben? Sie scheinen sich wie zu Hause zu fühlen.

– Wenn ich die Kundschaft meines Vaters unter die Lupe nehmen müßte, wäre das endlos. Außerdem habe ich nichts gegen sie. Von allen, die heute abend hier sind, sind sie wahrscheinlich die anständigsten, die, mit denen ich am liebsten umgehen würde. Ich glaube sogar, daß ich ganz gern so wäre wie sie. Ich würde mir natürlich nicht anmaßen, eine Meinung über die Deutschen oder den Hitlerismus abzugeben. Ich habe keine und habe auch gar keine Lust, mir eine zu machen. Sie wäre sicher falsch.

Paul brachte das völlig unaffektiert vor. Offenheit war immer sein größtes Anliegen. Das Halbweltmilieu, in dem er aufgewachsen war, sein nüchterner, unabhängiger Charakter andererseits hatten ihn von jeder Art Vorurteil gegenüber den verschiedenen Kategorien der Menschheit abgebracht. Die sozialen Schichten, der Beruf, die Zugehörigkeit zu einer Rasse, Nation oder politischen Gruppierung bedeuteten für ihn nichts als eine summariche Einteilung des Menschengeschlechts, und eine zu grobe Klassifizierung, um Beachtung zu verdienen. In diesen mehr oder weniger absurden Klassen interessierte er sich nur für die Individuen, für Menschen und Charaktere. Antoine, der nicht hatte kämpfen müssen, um sich aus einer verkommenen Umwelt zu befreien, verstand diese Gleichgültigkeit gewissen Aspekten des Lebens gegenüber nicht, und die Unfähigkeit Pauls, den Menschen auf eine Gruppe auszudehnen, war ihm unbegreiflich. Manchmal warf er ihm vor, keine Phantasie zu haben. An diesem Abend fand er ihn unsensibel, beinahe borniert.

– Deine deutschen Offiziere kennst du ja gar nicht, ehrlich gestanden. Es sind Klischees, sonst nichts.

– Ich könnte sie besser kennen, gab Paul zu, aber vergiß nicht, daß ich Kneipier bin. Wenn ein Kneipier einem Menschen eingeschenkt und ihn trinken sehen hat, weiß er schon, woran er ist. Da ist auch noch die Schnauze des Kerls, da täuscht man sich nicht sehr.

– Man müßte sie mit ihren Leuten sehen, mit ihren Vorgesetzten oder aber zu Hause, in ihren Familien.

– Wenn man dich in deiner Familie sähe, würde man dann erraten, daß du ein netter kleiner Liebhaber bist?

Und wenn man mich in der meinen sähe, würde man dann begreifen ...

Aus Schamhaftigkeit ließ Paul den Satz offen, aber seine Kameraden ergänzten ihn mühelos, wenn auch jeder auf seine Weise. Wenn man ihn in seiner Familie sähe, dachte Antoine, würde man begreifen, daß Paul ein Stoiker ist? Flora dagegen dachte: ein Pfaffe, und Yvette: eine Nervensäge.

– Also kommst du jetzt eine Woche aufs Land oder nicht?

– Ich lasse Antoine völlig freie Hand, bemerkte Yvette, indem sie ihn durchdringend ansah.

– Aber ja, fahr doch, das wird dir guttun, sagte Flora, um sich bei Paul beliebt zu machen.

– Das geht dich nichts an und Yvette übrigens auch nichts.

– Ich habe es mir überlegt. Ich bleibe lieber in Paris. Um wieviel Uhr fährst du?

– Ich fahre nicht, antwortete Paul. Nachdem du hier bleibst, habe ich keinen Grund. Ich wollte es nur deinetwegen tun.

– Das heißt, du wolltest ihn von mir wegbringen? fragte Yvette.

– Ich glaube wirklich, daß es besser für ihn gewesen wäre, antwortete Paul und fügte hinzu, mit einem Blick auf seine Uhr, die zehn Uhr zehn zeigte: Ich gehe hinauf schlafen.

Da seine Freunde protestierten, erklärte er, daß er beschlossen habe, jeden Abend um zehn Uhr schlafen zu gehen. Man würde ihn nicht mehr in den Bars und Nachtlokalen im Viertel herumziehen sehen. Er hatte die Nase voll vom Champagner, vom Swing, von den in schläfriger Ausgelassenheit hingezogenen Nächten, den Nummern nackter Weiber und den Saufkumpanen. Strich darunter, sagte er abschließend.

– Und noch etwas, Escartel ist heute nachmittag losgefahren. Er kommt Donnerstag früh mit Nachschub zurück. Wenn alles gut geht, ist er gegen Mittag beim Kohlenhändler. Wenn du bis dahin etwas brauchst, gehst du einfach zum Saxo im *Myston's* und arrangierst dich mit ihm.

– Ich brauche Schokolade. Etienne hat gestern welche verlangt.

– Etwas anderes, ich habe fünftausend Särge zu verkaufen. Wenn du willst, kann ich dir die Hälfte davon abgeben.

– Särge? Also offen gestanden ... Als ihm Yvette einen Fußtritt unter dem Tisch versetzte, verbesserte sich Antoine: Ich weiß nicht, was das bringen kann.

– Särge gehen anscheinend sehr gut, sagte Yvette.

– Natürlich ist es nicht ganz dasselbe wie Schokolade und Weiberklamotten, aber man sollte es versuchen, glaube ich.

– Und wie soll ich denn Särge anbringen? wollte Antoine wissen.

– Klar, daß man sie nicht einzeln verkaufen kann. Sie müssen en bloc verhökert werden. Du könntest mit Ozurian reden und ihm saftige Prozente versprechen. Selbst wenn du ihm sechzig und mehr überläßt, können hundert- oder zweihunderttausend drin sein. Überleg es dir. Guten Abend.

Taub für das flehende Flüstern Floras stand Paul auf und ging sich von seinem Vater verabschieden, der hinten im Saal Karten spielte. Tiercelin küßte ihn auf die Stirn und lobte ihn, daß er so frühzeitig zu Bett ging. Paul gab den Mitspielern die Hand, von denen einer ihm nachsah und bemerkte:

– Ist schon ein komischer Kauz, dein Bengel. Wenn man dich in seinem Alter gekannt hat wie ich dich gekannt habe, blickt man nicht ganz durch.

– Freilich, er ist ein Intellektueller. Bei ihm arbeitet der Kopf. Denk doch, er steht kurz vor dem Abitur. Ich weiß nicht, ob dir klar ist, was das bedeutet.

– Hä, sagte ein Korse, er hat recht, der Kleine. Wenn wir so eine Bildung gekriegt hätten, was wäre dann nicht alles aus uns geworden?

– Denkste, gab der erste Spieler zurück. Wir hätten es zum Gendarmeriehauptmann gebracht oder zum Klavierlehrer und würden hinter den Kröten herrennen. Erlaube mal, da bin ich nicht neidisch.

– Moment, warf Tiercelin ein, das muß man auseinanderhalten. Paul ist ein Intellektueller, aber er ist nicht verrückt. Er geht aufs Gymnasium, gut, aber er hat auch die Erziehung hier. Ich habe Paul nie auf Mädchen scharfgemacht, aber seht ihr, wie er mit den Weibern umgeht. Ihr könntet euch ein Stück davon abschneiden. Kein langes Gefackel, auch keine Grobheiten, sondern Autorität. Das macht den Mann.

Zahlreiche Gäste standen auf, um vor der Sperrstunde zu Hause zu sein. Gegen drei Viertel elf waren es nur noch fünfzehn, die aber fest entschlossen waren zu bleiben, denn sie bestellten nach, hauptsächlich Champagner. Antoine meinte, es sei Zeit zu gehen, worauf Yvette antwortete:

– Aber nein, mein Schatz. Wir gehen doch nicht, wenn es gerade anfängt, intim zu werden.

Das Wort »intim« tat Antoine wohl. Er blickte voller Hoffnung um sich und stellte sich auf Erleben ein. Auf der Polsterbank ihm gegenüber tauchte Flora aus ihrer Lethargie auf und fand neuerlich Töne tragischen Zorns. Er hörte sie über Paul herziehen mit jener Baßstimme, die ihn vorher erschreckt hatte und die ihm jetzt auf die Nerven ging. Yvette ließ ihre Verwünschungen gleichgültig über sich ergehen, während ihr Blick nachhaltig und sehnsuchtsvoll über die drei Flaschenreihen hinter dem Barmann schweifte. In der Bar jedoch ereignete sich nichts. Die verheißene Intimität kam nicht auf.

– In der Liebe war ich schon immer für alles oder nichts, ich habe mich immer ganz und gar hingegeben, aber was bildet sich der denn ein? Mich so behandeln, ein lausiger Kerl, der von nichts eine Ahnung hat?

Antoine fing an, an seine Familie zu denken, aber ohne Wärme. Pierrette schlief jetzt schon. Über sein Algebralehrbuch gebeugt, verbiß sich Frédéric mit Eselsgeduld in ein Theorem, dann hob er die Augen zur Decke, das Gesicht von einer allmählich erahnten Evidenz verklärt. Neben der Kranken liegend, las der Vater Memoiren, Briefwechsel oder Biographien und kommentierte sie für seine Frau, die mit liebevoller Geduld antwortete, ohne sich für das Thema zu interessieren. Antoine fühlte sich sehr fern von ihnen, bereits in ein anderes Leben versunken, in eine andere Wärme, von der er nicht sicher war, ob sie ihn wärmte, die er aber brauchte. Dieser Bruch, der sich seinem Denken als vollendete Tatsache aufdrängte, erschreckte ihn ein bißchen. Er begriff, was Paul für ihn befürchtete: eine Art Behexung, eine Hingabe seiner selbst an die Gewohnheiten einer lauwarmen, unbedeutenden Existenz, die ihn vom Denken und Vorsorgen befreite. Zuvor hatte er sich gefragt, was er vor einem Glas Champagner in diesem Lokal zu suchen hatte, wo er sich nicht unterhielt. Jetzt wußte er, daß dieser Abend für ihn große Bedeutung hatte, denn er war genau das, was die anderen Abende sein würden. Er stellte zugleich Gegenwart und

Zukunft dar und war so wichtig wie das Chromboudoir, das Sofa, die Sessel, Yvette, Chou, der Schulrat, der Geruch der Toilette, die Briefe an den Gefangenen, der blaue Morgenrock oder die Rolle Klopapier. Während er sich diesen unnützen Feststellungen hingab, hatte sich die Atmosphäre in der Bar verwandelt. Man wechselte Worte von einem Tisch zum anderen. Das Benehmen war ungezwungener, die Unterhaltungen weniger vertraulich. Flora hatte sich zu einem anderen Tisch begeben, um ihrem Groll Luft zu machen. »Zu jung! Ja hat man da noch Töne? Und wenn wir ins Bett gegangen sind, hat er nicht mehr aufgehört...« Leute setzten sich zu Yvette, plauderten in vertrautem Ton mit ihr, nannten sie mein Schätzchen. Männer tätschelten sie kameradschaftlich, zum Spaß, oder spickten ihre Äußerungen mit unanständigen Anspielungen, auf die sie mit gespielter Strenge und lachenden Augen reagierte. Sie selbst stand alle Augenblicke auf, um einen Rundgang in der Bar zu machen, von einer Gruppe zur anderen. Eine Zeitlang unterhielt sie sich an der Bartheke mit dem deutschen Offizier in Zivil und Monokel. Wenn sie von solchen Ausflügen zurückkehrte, brachte sie Klatschgeschichten mit, die ausführlich besprochen wurden. Antoine, der sie als uninteressant beurteilte, hörte sie nichtsdestoweniger mit gierigem Eifer an. Er fühlte sich bereits auf derselben Wellenlänge mit allen Gästen des *Pomme d'Adam* und genoß mit Andacht das widerwärtige Mysterium dieser Intimität, ohne die Nichtigkeit der Äußerungen zu übersehen, ohne aufzuhören, sich zu langweilen. Er wünschte brennend, daran teilzunehmen, und litt darunter, nichts dazu beitragen zu können. Die Gäste schenkten ihm keine Beachtung. Man hielt ihn wahrscheinlich für den kleinen Bruder Yvettes oder den Sohn ihrer Hausmeisterin. Die Leute an seinem Tisch waren nett zu ihm, beehrten ihn bisweilen mit einem Lächeln oder einem freundlichen Wort, schlossen ihn aber von der Unterhaltung aus.

Nach einer Stunde verbreitete sich das Gerücht im Saal, daß Antoine – der Kleine da am Tischende, neben Roger, ja, der ganz junge – der Liebhaber Yvettes sei. Man fing an, ihn zu beachten und mit ihm anzubandeln. Ein hochbedeutender Mann erklärte, er sei lustig, und jedermann stimmte ihm zu. Die Augen schwimmend vor Glück, ließ Antoine entzückt belanglose Gespräche und Vertraulichkeiten über sich ergehen. Als ein zu frischgebackener Eingeweihter wagte er nicht, es den anderen gleichzutun und brannte auf den nächsten Abend, um sich in der Intimität des *Pomme d'Adam* einen Platz zu erobern und an all dieser Bedeutungslosigkeit aktiven Anteil zu nehmen.

Gegen ein Uhr morgens schlug Flora Yvette vor, mit einer Gruppe von Gästen die Nacht in einer Bar der rue de Bruxelles zu beenden. Einer von ihnen kannte das Geheimnis, um dort eingelassen zu werden. Yvette hätte sich beinahe verlocken lassen, aber da sie die Müdigkeit auf Antoines Gesicht bemerkte, hielt sie es für besser, nach Hause zu gehen. Sie fürchtete, daß Paul erfahren könnte, sie seien erst um vier Uhr morgens zu Bett gegangen, und daß er sie verantwortlich dafür machen würde. Sie schenkte Floras Freunden ein bedauerndes Lächeln, unter denen der deutsche Offizier in Zivil war. Mit seinem weiß funkelnden Monokel sah er so gebieterisch aus, daß sie ihm ein besonderes Lächeln widmete, in das sie noch etwas mehr Bedauern legte. Vor dem Aufbruch, während der Offizier den Champagner bezahlte, ging Flora noch zu Tiercelin hinüber, der seine Kartenpartie beendete. Er hörte ihr Geflüster ohne Ungeduld zu zeigen an und wies sie gutmütig ab.

– Hör mal, Mädchen, du liegst wirklich daneben. Es gibt Dinge, die man nicht von einem Vater verlangen kann. Wenn Paul die Nase voll hat, dann heißt das, daß er nicht mehr auf dich steht, und was kann ich da machen? Außerdem will ich dir eines sagen. Um Pauls Mädchen kümmere ich mich nur so weit, wie es meine Pflicht ist, aber nicht mehr. Als ich gesehen habe, daß er in dich verknallt war, habe ich mir gesagt, mal sehen, ist die richtig für ihn? Ich habe über dich mit Leuten geredet, die dich intim kennen. Ich habe erfahren, daß du sauber bist, Benimm und gute Sitten hast, und ich habe meinen Sanktus gegeben. Ich habe getan, was meine Pflicht war. Von da an war es nicht mehr mein Bier.

Als sie aus der Bar kamen und die dunkle rue Fontaine hinaufgingen, hatten Yvette und Antoine das Gefühl, einander nach einer Trennung wiederzufinden. Antoine glaubte sogar, Yvette näher denn je zu sein. Diese leeren, geräuschvollen Stunden, von denen nur die Erinnerung an ein vages Getöse blieb, hatten eine Art geheimes Einverständnis zwischen ihnen geschaffen. Sie gingen eng aneinander gedrückt, frierend und vorsichtig. Paul hatte sie gewarnt, welchen Gefahren sich Antoine aussetzte, wenn er nach der Sperrstunde heimkehrte. Falls er von einer Patrouille geschnappt wurde, konnte sein Vater benachrichtigt werden. Sie unterhielten sich beinahe flüsternd.

– Es war doch nett heute abend in der Bar?

– Es war wirklich toll, stimmte Antoine eifrig zu. Ich war bis jetzt nur zur Aperitifzeit dort, das war etwas ganz anderes. Ich hätte nie gedacht, daß es so famos sein könnte. Vor allem nach elf. Die Leute sind so fabelhaft, so sympathisch, und man fühlt sich so unter sich. Sensationell!

– Und dabei war es heute abend nicht so gut wie unter der Woche. Am Sonntag ist es überall das gleiche, ein Gemisch. Weißt du, Schatz, ich habe an uns gedacht. Ich habe versucht, ein Mittel zu finden, damit du immer bei mir bleibst, damit du nicht in deine Familie zurückkehrst. Und ich habe eines gefunden.

– Du weißt doch, daß es unmöglich ist.

– Warte. Du wirst sehen. Stell dir vor, daß im Lauf der Woche ein Polizist bei euch auftaucht und zu deinem Vater sagt: »Ihr Sohn Antoine wird beschuldigt, für die Engländer zu spionieren. Wir haben Beweise. Sagen Sie uns, wo er sich versteckt.« Am nächsten Tag läßt du dann deinem Vater einen Zettel zukommen: »Mach dir keine Sorgen, ich bin in Sicherheit.«

– Aber der Polizist wäre ein falscher?

– Falsch oder echt. Für fünfhundert oder tausend Francs könnten wir ebensogut einen echten kriegen. Der Dreh ist doch einfach, nicht?

Antoine gab keine Antwort. Er dachte an seine Eltern, seine noch bettlägerige Mutter und fragte sich, wie sie den Schock ertragen würde. Der Trick mit dem falschen Polizisten schien ihm im übrigen leicht zu durchschauen, und er glaubte nicht, daß seine Eltern darauf hereinfallen würden. Aber die Aussicht auf eine Heimkehr kam ihm wie eine Katastrophe vor, wie der Rückfall in eine Krankheit, den zu ertragen er nicht die Kraft haben würde. Er betrachtete den Weg, den er seit gestern zurückgelegt hatte, als eine jähe Abkürzung zwischen Kindheit und Mannesalter, die ihm trübe, endlose Jahre ersparte.

VIII

Michaud nahm die Post von der Hausmeisterin entgegen und blieb einen Augenblick lang im Vorraum, um die Schlagzeilen der Zeitung zu überfliegen. Aus dem Schlafzimmer kam die ungeduldige Stimme seiner Frau, die nach Briefen fragte. Er warf einen Blick auf die Umschläge und erkannte die Schrift Antoines.

– Ein Brief von Antoine, sagte er, als er ins Zimmer trat.

Er ging langsam zum Bett, die Augen auf seine Zeitung geheftet, und blieb in der Mitte des Raumes stehen. Hélène hielt sich zurück, ihn zurechtzuweisen, aber ihre Hände verkrampften sich auf dem Leintuch. Verärgert über die Langsamkeit ihres Mannes, war sie außerdem verletzt, weil er es eiliger hatte, die Zeitung zu lesen als von seinem Sohn zu hören. Endlich gab ihr Michaud die Briefe und setzte seine Lektüre fort, als ob Rußland, der Pazifik und Tripolis wichtiger für ihn wären als seine Kinder. Antoines Brief war vier Seiten lang. Er hatte den Übermut sogar so weit getrieben, noch auf die Ränder zu schreiben.

– Die Reise ist gut gegangen, sagte Hélène, nur daß er bis Monterau im Gang hat stehen müssen.

Michaud schien nichts gehört zu haben. Er war in der libyschen Wüste, in Malta, in New York, in Neuguinea, in Kaluga, am Ilmensee. Obwohl sie erst den halben Brief gelesen hatte, nahm sich Hélène Zeit, im Geiste einige Bemerkungen zu machen. Sie gingen alle von derselben Evidenz aus: Für Michaud war seine Familie nichts als eine menschliche Landschaft unter vielen anderen, ein bezaubernder Winkel, wo sich sein Geist von Zeit zu Zeit ausruhte, nachdem er die Massen in London, Moskau, Pittsburg, Nangking oder an den Ufern des Ganges umfaßt hatte. Für seine Familie galt dasselbe wie für sein Vaterland. Er mochte beide gern, hatte sie aber immer nur aus großer Entfernung gesehen, von Pernanbuk oder Tombuktu aus. Wenn der Mond seiner Phantasie leichter zugänglich wäre, würde er sich vielleicht darauf niederlassen, um die Erde zu betrachten. Im Grunde war er bereits dort. Der liebe Mann, der unfähig war, die Deutschen zu hassen, es sei denn aus Prinzip, und der seine Frau und seine Kinder nur aus einer Herzensverfassung heraus liebte, einer allgemeinen, sehr weiten Verfassung. Er ist nicht wie ich. Ich liebe meine Familie, weil es die meine ist. Ich liebe Frankreich, weil es mein Land ist. Ich hasse die Deutschen, weil sie bei mir zuhause sind. Die Welt fängt bei mir an. Da ist mein Mann, da sind meine Kinder, die Menschen, die wie meine Kinder sprechen. Und was weit weg ist, ist weit weg. Hélène sinnierte einen Moment über das Ehepaar Michaud und lächelte gerührt. Es kam ihr jetzt komisch vor, und selbst Michaud erlangte eine verschwommene Größe. Hier unterbrach sie ihre Betrachtungen und nahm die Lektüre des Briefs wieder auf, der ihre Erwartungen nicht ganz befriedigte.

– Antoine schreibt uns einen komischen Brief. Man könnte meinen, daß er versucht, uns eine Enttäuschung zu verbergen. Ich frage mich, ob er nicht fürchtet, ein bißchen Heimweh zu haben.

– Ein Brief an die Eltern ist immer eine Pflichtübung, wandte Michaud ein, indem er Hélène über die Zeitung anblickte. Ich glaube übrigens nicht, daß es gut ist, die Kinder Briefe schreiben zu lassen. Man bringt ihnen damit nur bei, zu lügen und nichtssagende Dinge zu schreiben, was noch schlimmer ist. Sie schreiben sowieso schon genug in der Schule. Eigentlich sollten die Kinder erst mit fünfzehn schreiben lernen. Schreiben heißt schrumpelig werden, das Leben und die Zukunft abnutzen. Man schreibt zuviel, man liest zuviel, und man redet zuviel. Ich merke das an mir. Am Morgen verschlingt man die Zeitungen. Von neun Uhr morgens bis sechs Uhr abends schreibt man, diktiert Briefe, telephoniert, liest Berichte. Am Abend steckt man die Nase in ein Buch. Und die ganze Zeit das Radio. London, Algier, Moskau, New York, von Paris gar nicht zu reden. An manchen Tagen habe ich den künftigen Sieg schon über. Das Gerede läßt die Hoffnung verwelken. Was die Menschheit nach dem Krieg am dringendsten bräuchte, wäre Schweigen und innere Sammlung. Wenn ich . . .

Beinahe hätte Michaud gesagt: »Wenn ich Kinder hätte«, und er unterbrach sich verlegen. Er wußte nicht mehr, wo ihm der Kopf stand. Hélène hatte inzwischen einen anderen Umschlag geöffnet und sah verstimmt und beunruhigt aus, als ob sie eine schlechte Nachricht erhalten hätte. Je länger sie las, desto älter und fahler wurde ihr Gesicht. Michaud, der kaum noch Interesse für seine Frau hatte, bemerkte die Veränderung ihres Gesichtsausdrucks nicht, machte noch einen Sprung nach Amerika, sprach mit einer gewissen Überschwenglichkeit von Freiheit und Demokratie, wurde plötzlich melancholisch und bedauerte, daß die einem gemütvollen Menschen am teuersten Wörter nur immer eine augenblickliche Bedeutung hätten. Die Eingangstür fiel geräuschvoll ins Schloß und kündete die Rückkehr Pierrettes an, die früh aufgestanden war, um Lebensmittel zu ergattern. Sie kam mit ihrem Einkaufskorb ins Schlafzimmer und begann schon an der Tür, von ihren Nöten zu berichten. Ihre Wangen glänzten wie Äpfel. Michaud mußte bei so viel Jugend lächeln.

– Sie wollte sich vor mich drängen, sie hat mich am Mantelstoff gepackt, aber ich habe mich gewehrt. Die ganze Schlange hat sie angeschrien.

Sie entdeckte die auf dem Bettuch verstreuten Briefe, unterbrach ihren Bericht und sah ihre Mutter an.

– Von Antoine, sagte die Mutter und reichte ihr den Brief. Er ist gut angekommen.

Pierrette errötete und nahm stotternd den Brief. Sie war so verstört, daß sie erst nach einer Weile merkte, daß sie ihn verkehrtherum hielt. Tags zuvor, als sie am frühen Nachmittag mit einer Freundin den boulevard des Capucines entlangging, war sie ihrem Bruder Antoine begegnet. Er spazierte am Arm einer alten Frau über fünfundzwanzig, die ansonsten hübsch und gut angezogen war. Die Alte glotzte ihn mit Fischaugen an, und er lächelte ihr freundlich, eher blöde zu. Eng umschlungen, so daß sich ihre Köpfe berührten oder doch beinahe, sahen sie trotzdem mächtig toll aus. Antoine war schön wie eine Filmschauspielerin. Als er seine Schwester ein paar Schritte vor sich bemerkte, hatte sich sein Gesicht verfinstert, dann hatte er den Blick abgewandt und sein Lächeln und die Unterhaltung wieder aufgenommen. Die Alte hatte nichts gesehen. Pierrette hatte auch nichts zu ihrer Freundin gesagt, aber ihre Knie zitterten. Die ungeheure Lüge von der Reise nach Burgund hatte sie erschüttert, fast entsetzt. Bis dahin war Antoine in ihren Augen eine wesentliche Säule des Familiengebäudes gewesen. Besser als Vater und Mutter spürte er die Harmonieerfordernisse des Familienlebens, auf das er einen wohltuenden Einfluß ausübte. Hätte ihn Pierrette allein auf dem Boulevard gesehen, wäre sie der Meinung gewesen, die Burgundreise sei eine fromme Lüge zum Besten der Familie, doch der Augenschein ließ keinen Zweifel zu. Es handelte sich um eine Liebesgeschichte. Am meisten bestürzte sie, daß er mit einer Frau von fünfundzwanzig, ja vielleicht dreißig Jahren zusammen war. Am Arm dieser Alten entglitt er seiner Schwester in die Welt der Vernunft. Zu Hause wirkte er wie ein Kind, trotz all seiner Klugheit, Klarsicht und Gewandtheit, und Pierrette hatte sich stets auf einer Ebene mit ihm gefühlt. Damit war es aus. Jetzt gab es eine Alte in seinem Leben, eine Alte, bei der er wohnen und schlafen mußte. Vielleicht machte er sogar den Akt. Wenn sie es genau überlegte, was nicht lustig war, machte er ihn sogar sicher. Den Akt hätte Pierrette noch ohne Empörung, zumindest ohne Grausen hingehen lassen, wenn es sich um eine Freundin in ihrem Alter gehandelt hätte, eine Clémence Robichon zum Beispiel. Aber mit einer Alten von siebenundzwanzig war das unanständig und widerlich. Dieses schmutzige alte Weib haßte Pierrette mit allen Kräften. Sie hätte in ihr bemaltes Gesicht spucken mögen ... »Wir haben heute morgen, fast bei der Ankunft, unseren ersten Spaziergang im Othewald gemacht. Es war wirklich sehr schön. Wir hatten den Hund der Bauern mitgenommen, ein braves Tier mit langen roten Haaren, das Finaud heißt. Er sprang bellend um uns herum und flitzte plötzlich zwischen den Bäumen davon. Ich mag den

Wald sehr gern in dieser Jahreszeit, Paul dagegen hat ihn im Sommer lieber. Und die Luft ist so rein, die man atmet! Bei diesem Spaziergang habe ich viel an Euch alle gedacht, und es tat mir besonders leid, meine kleine Pierrette nicht bei mir zu haben ...« Als sie diesen Abschnitt in Antoines Brief gelesen hatte, brach Pierrette in Tränen aus und konnte es ihren Eltern nicht verbergen. Auf deren Fragen antwortete sie:

– Ich weiß nicht. Beim Lesen von Antoines Brief.

Die Eltern gaben sich damit zufrieden. Hélène schenkte diesem Tränenstrom nicht die Aufmerksamkeit, die sie ihm zu einem anderen Zeitpunkt gewidmet hätte. Ihre Gedanken waren mit einer größeren Sorge beschäftigt. Mit einer langsamen Bewegung, die Michaud auffiel, reichte sie ihm ein zusammengefaltetes Blatt. Es war das Trimesterzeugnis, das die Noten und die Plazierung Antoines bei den Prüfungsarbeiten des zweiten Trimesters enthielt sowie die Beurteilung der Lehrer. Michaud bekam einen roten Kopf. Noten und Beurteilungen stimmten überein. Sie zeigten ein plötzliches Nachlassen der Leistungen des Schülers Michaud Antoine. Der Direktor des Gymnasiums brachte seine Überraschung über das unerwartete Abrutschen zum Ausdruck, das er als Absturz bezeichnete.

– Herrgottnochmal! Was ist denn los? Ich verstehe das nicht. Der Junge war immer unter den ersten seiner Klasse, und auf einmal ist er nicht einmal mehr mittelmäßig, fast ein Lümmel von der letzten Bank. Das Rabenaas! Und er hat es auch noch fertiggebracht, in Ferien abzuhauen. Mit solchen Noten. Während seine Geschwister in Paris geblieben sind. Ferien kann er von mir bekommen, und wie! Zweiundzwanzigster in Geschichte. Zweiundzwanzigster! Also wirklich, er will uns verarschen! Warte nur, Bengel. Dir werde ich schon auf die Sprünge helfen.

Bis dahin waren Michauds Kinder alle sehr gute Schüler gewesen, ohne daß er sie hätte antreiben müssen, und gewöhnlich trug er eine gewisse Gleichgültigkeit ihrem schulischen Eifer gegenüber zur Schau, wobei er sich sogar einbildete, die Fortschritte seiner Söhne besser nach ihrem Verhalten und ihren Reaktionen beurteilen zu können, als nach einem ersten oder vierten Platz. Er gefiel sich in der Meinung, daß die höhere Schulbildung von rein konventionellem Wert sei, den eine Minderheit eben wegen dieses konventionellen Charakters anerkannte und vorschrieb. Wenn die bürgerliche Clique ihre Söhne und Rekruten auf solche Weise in überholten Formen erzog, wollte sie sie damit durch ein unauslöschliches Zeichen von der Herde absondern und sie zwingen, sich abzukapseln. Michaud warf sich sogar manchmal vor, seine Kinder auf einen verderblichen Weg gebracht zu haben, und warnte sie gern vor ihren Lehrern und dem gefährlichen Prestige der klassischen Bildung. Die Lektüre von Antoines Trimesterzeugnis erschütterte zwar seine Ansichten über das höhere Schulwesen nicht, relativierte sie jedoch unstreitig. Er fühlte sich auf einmal solidarisch mit Vergil.

– Ich verstehe das nicht, wiederholte er. Was ist denn los?

Aber für Hélène stellte sich die Frage ganz anders als für Michaud.

– Er ist vielleicht nicht ganz gesund, meinte sie. Seit einiger Zeit sieht er ziemlich schlecht aus, finde ich.

– Das ist noch kein Grund. Er hat sich auch nie über irgendetwas beklagt.

– Antoine will uns nicht gern beunruhigen. Auch wenn er nicht gerade krank ist, kann er müde oder deprimiert sein. In seinem Alter muß man das sogar im Auge behalten.

Michaud lehnte die Erklärung seiner Frau ab. Er war noch zu verärgert, um Antoines Schuld zu relativieren und vermutete lieber eine Absicht dahinter. Hélène ließ ihn eine Weile reden, dann bat sie Pierrette, in der Küche einen Kessel Wasser zum Sieden zu bringen. Als das Mädchen das Zimmer verlassen hatte, richtete sie sich etwas in ihrem Kissen auf und winkte Michaud an ihr Bett, als ob sie die Bedeutung unterstreichen wollte, die sie ihrem Gespräch beimaß.

– Ich bin sehr unruhig, sagte sie. Wenn es nur um diese schlechten Noten ginge, wäre es ganz einfach unangenehm, aber mir geht es vor allem um die Ursache. Antoine ist immer ein guter Schüler gewesen. Er war begabter und weniger fleißig als Frédéric, er hat mit einer etwas ungeordneten Leichtigkeit gelernt, wahrscheinlich, weil er sich seiner Fähigkeiten sicher war oder um der Eintönigkeit zu entgehen. Sicher ist zumindest, daß er sich für seine Arbeit interessiert hat und ihm daran gelegen war, glänzend zu bestehen. Ich weiß noch, wie es ihn letztes Jahr gekränkt hat, daß er es bei einer Übersetzung ins Lateinische nur auf den achten Platz gebracht hat.

– Das scheint jetzt seine letzte Sorge zu sein, höhnte Michaud. Zweiundzwanzigster in Geschichte!

– Eben. Damit sich Antoine auf einmal nicht mehr für seine Noten interessiert und die Freude am Lernen verliert, die wir immer an ihm gekannt haben, braucht es einen schwerwiegenden Grund. Eigentlich ist es seine ganze Einstellung, die sich von heute auf morgen verändert hat. Man könnte meinen, daß sich geradezu ein Umsturz in seinem Leben ereignet hat.

Hélène machte eine Pause in der Hoffnung, daß Michaud selbst die Schlußfolgerung ziehen würde. Michaud aber folgerte gar nichts, es sei denn, daß er nicht streng genug mit seinem Sohn gewesen sei und vielleicht zu unrecht nicht an die Wirksamkeit von Fußtritten in den Hintern geglaubt habe.

– Vorhin, setzte sie fort, habe ich mich gefragt, ob hinter dieser Veränderung nicht Müdigkeit, Depression oder Anämie steckt. Du bist nicht dieser Meinung, ich eigentlich auch nicht. Ich bin zu sehr auf die Gesundheit der Kinder bedacht, um nicht zu merken, wenn er krank wäre. Antoine hustet nicht, er hat einen gesunden Appetit, ist gut gelaunt, und wenn er in letzter Zeit etwas schlecht ausgesehen hat, war das noch kein Grund zur Besorgnis. Ich habe diese Miene oft an ihm beobachtet, wenn er abends länger aufgeblieben ist, um eine Prüfungsarbeit vorzubereiten oder um noch im Bett zu lesen. Nein, Antoine ist sicher nicht krank, aber was?

Neuerliches Schweigen. Was? Michaud versuchte zu entwirren, was im Kopf seines Sohnes vorgegangen sein konnte, und einen intellektuellen Vorgang auszutüfteln. Die Versuchung war groß, in diesem Faulheitsanfall eines Abiturkandidaten das Ergebnis eines Trugschlusses zu sehen, eine Art Abgleiten auf einem philosophischen Steilhang, dessen Zugang die Furcht vor väterlichen Ohrfeigen hätte verwehren müssen. Das Schweigen dauerte an. Michaud begann, das Gesprächsthema aus den Augen zu verlieren. In seinem Nachsinnen über den moralischen Wert der Fußtritte in den Hintern gelangte er zu einer Betrachtung über die Inanspruchnahme bewaffneter Macht, den tieferen Sinn der Kriege und die Chancen der Gerechtigkeit. Hélène merkte, daß er auf Abwege geraten war und entschloß sich, das Schweigen zu brechen.

– Du wirst vielleicht denken, daß ich übertreibe oder meine Phantasie mit mir durchgeht, das macht nichts. Je mehr ich darüber nachdenke, desto überzeugter bin ich, daß ein Mädchen dahintersteckt.

Dieser Einfall kam Michaud so närrisch vor, daß er in Gelächter ausbrach. Nach einiger Überlegung fand er ihn nicht mehr so absurd und sogar ziemlich einleuchtend.

– Im Prinzip ist das gar nicht ausgeschlossen. Die Liebe kann einen sehr wohl vorübergehend aus dem Gleichgewicht bringen oder einen Zustand der Gleichgültigkeit hervorrufen, der den Betroffenen den Schwierigkeiten einer Lateinübersetzung gegenüber lähmt. Und ein sechzehnjähriges Kind kann durchaus Liebe im Kopf haben. Trotzdem, bei Antoine glaube ich das nicht. Bei einem Jungen in seinem Alter, der keine Erfahrung darin hat, ist die Liebe noch ein Traum, eine Art verschwommene Bezauberung, sinnlich natürlich, aber ohne die schmerzlichen Wurzeln, die die Erinnerung an den Besitz beim Mann hinterläßt. Die Liebe im allgemeinen ...

– Schau, unterbrach ihn Hélène, wenn ich von einem Mädchen rede, meine ich keine Kinderliebe. Ich könnte mir denken, daß Antoine eine Geliebte hat.

Michaud lachte nochmals auf, mußte aber nach weiterem Überlegen zugeben, daß die Vermutung zu erwägen sei. Schließlich unterliegt ein Sechzehnjähriger dem Gesetz der Gattung, ganz wie ein Erwachsener. Wenn das Organ einmal da ist, will auch die Funktion erfüllt sein, trotz aller Vorschriften und Verbote. Nein, es war nicht ausgeschlossen, daß Antoine eine Geliebte hatte. Dennoch erblickte Michaud darin nur eine rein theoretische Möglichkeit, und sie kamen nicht weiter. Hélène brachte das Problem wieder auf festeren Boden. Sie nahm Antoines Verhalten und Benehmen in den letzten beiden Monaten unter die Lupe und stieß auf Tatsachen, die für die Hypothese Mädchen sprachen. Während dieses zweiten Trimesters hatte er neue Gewohnheiten angenommen, wie um sechs oder sieben nach Hause zu kommen statt um halb fünf Uhr, unter dem Vorwand, mit Tiercelin zu lernen oder eine Ausstellung zu besuchen oder bei einem Kameraden in Aubervilliers ein Pfund Butter um sechzig Francs zu holen. Am Ende hatte sich das so eingebürgert, und seine Verspätung wurde stillschweigend zugestanden.

– Herrgottnochmal! rief er mit gewichtiger Miene aus, wenn ich das gewußt hätte! Aber man sagt mir ja nichts, und wenn das Unheil geschehen ist, wundert man sich...

– Oh doch, du hast es gewußt. Ich habe es dir mehrmals gesagt, und du warst der Meinung, das sei unwichtig.

Einmal, als er erst um acht nach Hause gekommen war, hatte Antoine sogar eine Razzia auf dem Boulevard vorgeschützt, mit anschließender Identitätskontrolle auf dem Kommissariat, und der Vater hatte die Geschichte ziemlich verdächtig gefunden. Im übrigen gab es noch eine Menge anderer Indizien, auf die niemand geachtet hatte und die jetzt einen ziemlich glaubhaften Sinn annahmen. Ganz abgesehen von den fiebrigen Augen, den abwesenden Augen, den wäßrigen Augen und den Ringen unter den Augen war da die Marotte Antoines, den Träger eines Büstenhalters als Lesezeichen für seine Romane zu benutzen. Und die Manie, überallhin, auf seine Bücher, seine Hefte, seine Fließblätter und sogar auf sein Mantelfutter die beiden Initialen Y. H. zu kritzeln, oder Y. G., ich weiß nicht mehr genau. Man mußte wirklich blind sein, um nicht zu merken, daß Antoine eine Geliebte hatte.

– Was willst du unternehmen? fragte Hélène plötzlich.

– Was ich unternehmen will? Keine Ahnung. Was soll ich denn unternehmen? Natürlich können wir Antoine schreiben, daß er nach Hause kommen soll, aber ist das denn nötig? Schließlich ist er auf dem Land nicht schlechter aufgehoben als in Paris. Solange er dort ist, sind wir wenigstens sicher, daß er nicht mit diesem Mädchen zusammen ist.

– Da bin ich nicht so sicher, meinte Hélène. Ich würde eher glauben, daß er mit ihr gefahren ist und seine Reise keinen anderen Zweck hatte, als sie zu begleiten.

– Man muß nicht gleich übertreiben, sagte Michaud. Er ist immerhin bei den Vettern seines Kameraden Tiercelin.

– Im Grunde kennen wir diese Tiercelins ja gar nicht. Wir wissen nicht einmal, ob es sie gibt. Jedenfalls scheint mir am vordringlichsten zu sein, sich bei ihnen zu erkundigen. Ein Restaurant in der rue de La Rochefoucauld, das muß doch leicht zu finden sein. Sie können uns vielleicht helfen herauszubekommen, wer dieses Mädchen ist.

– Vorausgesetzt, daß es existiert, schränkte Michaud etwas mißmutig ein. Gut, ich gehe im Laufe des Tages bei seinem Vater vorbei. Heute vormittag habe ich keine Zeit dazu. Ich bin schon verdammt spät dran. Es ist fast neun Uhr. Ich sause los. Brauchst du nichts?

Er war glücklich, eine Unterhaltung abzubrechen, deren Steuerung ihm ständig entglitten war. Als er im Vorraum den Mantel angezogen hatte, betastete er seine Taschen, fand seine Zigaretten nicht darin und fluchte. Hat mir vielleicht diese Rübe von Frédéric meine Packung geklaut? Er stürzte ins Zimmer der Jungen, ging geradewegs zu Frédérics Tisch und zog mit einer jähen Bewegung die Schublade heraus. Sie war voll bis an den Rand. Michaud schob sicherheitshalber ein paar Hefte durcheinander, aber ergebnislos. Ein rosa Heft von ungewöhnlicher Dicke mit der Aufschrift »Analyse« ganz hinten in der Schublade erweckte vage seine Aufmerksamkeit. Als er den Deckel aufschlug, kamen zwei Stapel gedruckter Zettel zum Vorschein, von denen er wahllos einen herausgriff.

»Arbeiter Frankreichs«, stand auf dem Flugblatt, »der deutsche Faschismus, das Werkzeug und der Verbündete des Großkapitals, hat der Arbeiterklasse einen gnadenlosen Krieg erklärt ...« Dann folgte eine Anklage gegen die Besatzungsmacht und ein Aufruf zur Sabotage und zum Widerstand mit allen Mitteln. Während er zu Ende las, kam Pierrette ins Zimmer, und als sie das Flugblatt in den Händen ihres Vaters sah, blickte sie ihn ängstlich an. Michaud begriff, daß sie von der Sache wußte, und fragte sie aus.

– Frédéric hat mir nie etwas gesagt, antwortete Pierrette, aber neulich habe ich in der Schublade gekramt und die Flugblätter gefunden.

– Erzähle es auf keinen Fall deiner Mutter. Sie würde es nicht überleben, wenn sie davon erfährt.

Pierrette versprach es, Michaud legte den Zettel auf den Stapel zurück und ging ins Büro. Auf der Straße hatte er zunächst einen Anfall von Melancholie beim Gedanken an die Kluft, die sich plötzlich zwischen seinen Söhnen und ihm auftat. Die Aktivitäten Frédérics und die Liebschaften Antoines waren gleichermaßen verwirrend. Unter dem Schlag dieser doppelten Entdeckung fühlte er sich seltsam befremdet und beraubt. Bis dahin hatte er in der Illusion gelebt, ein Familienoberhaupt, ein geistiger Vater zu sein, und dabei war er nie mehr als der Brotverdiener gewesen, dessen Gefasel die Kinder in den Schlaf wiegte. Der eine nahm eine Geliebte, der andere trat der Kommunistischen Partei bei, und keiner der beiden hatte ihn um seine Meinung gefragt. Und warum hätten sie ihn auch fragen sollen? Er, Michaud, hatte nie etwas von sich gegeben, das ihnen auf dem Weg, den sie jeweils beschritten hatten, weiterhelfen konnte. In der Politik war er hauptsächlich von Verbitterung und Mißtrauen erfüllt. Von der Liebe meinte er, man messe ihr im allgemeinen übertriebene Bedeutung zu und spreche zuviel darüber. Er versuchte, sich ein Tête-à-tête zwischen Antoine und seiner Geliebten vorzustellen, mit schmachtenden Blicken und leidenschaftlichen Worten, aber es gelang ihm nicht, seinem Jüngsten die geringste Beredsamkeit in den Mund zu legen. Am meisten erstaunte ihn, daß Frédéric Kommunist war. Er verstand nicht, wie dieser lange Lulatsch, der offensichtlich nur Sinn für Mathematik und Essen hatte, eine Wahl hatte treffen können, die ein so großes Engagement von ihm erforderte. Zuhause interessierte er sich weder für den Krieg noch für soziale Fragen, und wenn jemand auf den Einfall kam, ihn zum Reden zu bringen, antwortete er mit einer Gleichgültigkeit, die keineswegs gespielt schien. Das Elend anderer, Leiden und Ungerechtigkeit ließen ihn kalt. Er war wie gegen Gefühle gepanzert. Dennoch mußte sich sein Herz den Worten eines anderen geöffnet haben, sein Herz und sein Verstand. Ein Mann, der nicht mit der väterlichen Autorität ausgestattet war, hatte ihm von der Ungerechtigkeit gesprochen und ihm geduldig die Gründe auseinandergesetzt, die ihn zum Kommunismus bringen sollten. Und Frédéric hatte Feuer gefangen, er hatte die Argumente des Mannes angehört, sie überdacht, erwogen, beurteilt und sich schließlich überzeugen lassen. Michaud konnte es nicht glauben. Ich weiß wohl, dachte er, daß man seine Kinder nie kennt, aber trotzdem. Im großen und ganzen weiß man ziemlich genau Bescheid, wie jemand empfinden, verstehen und reagieren wird. In einem Charakter gibt es allgemeine Züge und große Linien, die man so leicht erkennen kann wie die Form einer Nase, und das trifft besonders für Frédéric zu. Wenn ich an ihn denke, stehe ich vor einer Anzahl von Evidenzen, die ich nicht leugnen kann, die aber mit der zu seinem Beitritt erforderlichen Gefühls- und Denkentwicklung nicht zu vereinbaren sind. Ist es möglich oder überhaupt wahrscheinlich, daß ihm das Unglück seines Landes zu Herzen gegangen ist? Ich sage nein. Daß er von einer Idee eingenommen worden wäre, deren Stichhaltigkeit und konstruktiven Wert er eingesehen hätte? Ich sage abermals nein. Mit Sicherheit nein. Und dennoch muß es so gewesen sein.

Nach langem Grübeln kam Michaud die Erleuchtung. Er sah im Geiste seine Entdeckung vom Morgen, die beiden in der Schublade verstauten Stöße Flugblätter unter dem Deckel »Analyse«. Frédéric war nicht zu Hause. Wie jeden Tag seit Ferienbeginn war er um halb sieben aufgestanden, angeblich um eine Radtour zu machen. Es lag auf der Hand, daß er Flugblätter verteilte. Michaud stellte sich vor, wie er durch die nördlichen Außenbezirke radelte und bei einem Fabriktor zu dem Zeitpunkt abstieg, wo die Arbeiter eintrafen. Im morgendlichen Halbdunkel verteilte Frédéric im Strom der Ankommenden seine Zettel und dachte vielleicht mit Genugtuung an die noch verschlafene Familie. Diese Vision ließ für Michaud alles klar werden. Sein Sohn hatte sich weder von einer Idee begeistern lassen noch war er von der ergreifenden Darstellung der Miseren der Besatzung oder der sozialen Ungerechtigkeit gerührt worden. Er hatte eine Mission übernommen. Jemand hatte ihm vorgeschlagen, als Mann zu handeln, endlich aus dem demütigenden Zwischenstadium herauszukommen, in dem ihn seine Familie und seine Professoren an der Sorbonne gefangenhielten. Ohne zu überlegen hatte Frédéric die Gelegenheit beim Schopf gepackt, seine verdrossene Jugend abzukürzen, die noch nicht einmal eine Vorbereitung war. Nachdem ihn wachsame Kräfte daraus ferngehalten hatten, tauchte er nun endlich ins Leben ein. Antoine hatte auf seine Weise vielleicht nichts anderes getan.

– Ich bin soeben furchtbar gealtert, teilte Michaud etwas später seinem Partner mit, der ihm gegenüber saß. Abgesehen von meinem Alter, das allmählich doch auch zählt, merke ich, daß ich nicht mehr vorankomme. Unsere Zeit läuft wie mit Siebenmeilenstiefeln, und ich, ich bewege mich nicht, ich habe mich sogar noch nie bewegt. Ich gehöre in die Restauration. Nicht einmal, wenn ich Restauration sage, ist das Schmeichelei. Ich bin vielleicht ganz einfach ein alter Herr unserer Zeit.

Seit zwei Tagen war Lolivier sehr schlechter Laune und wenig geneigt, Herzensergießungen anzuhören. Er gab aggressiv zurück:

– Nimm dich in acht. Du bist ein Versager, und die Tatsache, daß du ein Versager bist, macht dich besonders anfällig für solche Grübeleien. Weil du zwei Söhne hast, die sich dir mehr oder weniger entziehen, zerquälst du dir das Gehirn und redest dir ein, du seist ein alter Knacker. Das ist idiotisch und beweist nur eines, nämlich, daß du wirklich ein Versager bist.

– Aber ich finde überhaupt nicht, daß ich ein Versager bin. Ich habe humanistische Studien absolviert, mein Beruf kann selbständig genannt werden, ich verdiene wesentlich mehr, als wenn ich bestallter Studienrat geworden wäre, und ich gebe meinen Kindern eine bürgerliche Erziehung, denn ich schicke sie aufs Gymnasium. Wo ist da der Versager? Ich bin ein Bourgeois. Kein besonders glänzender, wenn du willst, aber immerhin ein Bourgeois.

– Es genügt nicht, ein humanistisches Studium und einen selbständigen Beruf zu haben, um ein Bourgeois zu sein. Du bist trotzdem einer, und zwar von der schäbigsten und miesepetrigsten Sorte, von der, die ein Gewissen hat und kein Reaktionsvermögen. Du bist nicht der einzige. Übrigens ist mir das scheißegal. Hast du den Anwalt gesprochen gestern?

– Entschuldige, aber es genügt, eine gediegene Bildung zu haben, um auf Lebzeiten ein Bourgeois zu sein, sogar ein Kapitalist. Im Grunde ist ein Junge, der bis zu seinem zwanzigsten oder fünfundzwanzigsten Lebensjahr studiert, ein feines Herrchen, das seine Jugend kapitalisiert, anstatt sie normal, unmittelbar zu nutzen. Um sich Annehmlichkeiten in seinem reifen Alter zu sichern, nimmt er es auf sich, zehn Jahre lang aus dem Leben verbannt zu bleiben und Losungen wie »Video meliora proboque« zu lernen, die die ersten Stufen zur Ehrenlegion sind. Wenn du das nicht gewußt hast, so sind meine beiden Lümmel von selbst daraufgekommen und haben danach gehandelt. Sie haben sich das Beispiel ihres armen alten Vaters zu Herzen genommen, der zehn Jahre seiner Jugend geopfert hat, um das Denken zu lernen, während das damals schon nichts nützte, und sie haben kapiert, daß man zuerst handeln und dann denken muß, wenn man vorankommen will, wenn man mithalten will. Das Studium ...

– Du redest Quatsch, schnitt Lolivier ab, und du weißt, daß du Quatsch redest. Die ganz einfache Wahrheit, und die kennst du genauso gut wie ich, ist, daß man Ingenieure braucht, damit die Fabriken laufen, Architekten, um die Häuser zu bauen, Artillerieoffiziere, um sie in die Luft zu jagen, und Professoren, um ihnen beizubringen, wie man sie in die Luft jagt.

– Habe ich denn das Gegenteil behauptet? Natürlich braucht man Architekten und Artillerieoffiziere. Aber sollten sie ihr Geschäft nicht schon mit fünfzehn oder sechzehn verstehen, statt Jahre damit zu vergeuden, Vergil, Racine, Plato zu büffeln und einen Haufen Mumien, die überhaupt keine Beziehung zu unserer Epoche haben? Aber schon gar keine.

– Halt's Maul, alter, verbitterter Humanist. Es schnürt dir das Herz zu, und deine Stimme bricht, wenn du so fürchterliche Lästerungen von dir gibst. Du brauchst doch nicht gleich den Melancholischen kriegen, hör mal.

– Ich meine es ernst. Ich habe einen hellsichtig-aufrichtigen Moment. Ich versuche, meine Kinder zu verstehen.

– Und? grinste Lolivier, bist du nun zufrieden? Du verstehst sie und pflichtest ihnen bei. Du, der schlaffe Sozialidealist, du bist stolz auf deinen Sohn, der den Hals riskiert für eine Sache, die du im Innersten ebenso haßt wie den Nationalsozialismus, und du wirst nichts tun, um ihn daran zu hindern.

– Ich respektiere seine Wahl, und ich bin stolz auf ihn, ganz richtig.

– Und der andere, der Kleine, der mit einer Nutte durchgebrannt ist, seine Wahl respektierst du hoffentlich auch? Die Liebe ist wie das Heldentum, sie verdient Respekt.

– Du bist blöd, sagte Michaud, du redest dummes Zeug.

– Das ist wahr, gab Lolivier zu, und ich bin um so weniger zu entschuldigen, als ich kein Wort davon glaube. Außerdem, warum beklagst du dich eigentlich? Wenn mein Sohn vor den Fabriktoren Flugblätter verteilen würde, wäre ich im siebenten Himmel, ich würde ihm zu Füßen liegen. Ich würde sicher auch Kommunist und kein lauer, das kannst du mir glauben. Aber dieses Glück werde ich nicht haben.

– Immer noch keine Nachricht?

Lolivier schien die Frage nicht gehört zu haben. Jedenfalls enthob ihn das Läuten des Telephons einer Antwort. Er nahm den Hörer ab und reichte ihn seinem Partner.

– Für dich.

– Hallo! ... Ja, am Apparat ... Wie, er ist tot? ... Was ist geschehen? ... Ja natürlich ... Das war ganz richtig ... Auf Wiederhören.

Michaud sah verstimmt aus. Nachdem er aufgelegt hatte, blieb er einen Augenblick schweigsam und verschlossen, den Kopf zwischen den Händen.

– Das war die Hausmeisterin von der rue de Prony, sagte er düster. Oberst Monboquin ist heute morgen um fünf Uhr gestorben. Ich weiß nicht, ob du dich erinnerst. Seine Frau wollte ihn hindern, ins Deutsche Institut zu einem Vortrag über Archäologie zu gehen. Ich war gerade da, und es ist mir gelungen, ihn davon abzubringen. Bekehrt und angewidert hat er sich niedergelegt und ist seitdem nicht wieder aufgestanden. Heute morgen hat man ihn tot in seinem Bett gefunden. Das wär's. Er ist tot.

Die Ellbogen und den Brustkasten auf den Tisch gestützt, ließ Michaud gequält den Kopf hängen. Lolivier bekam bei seinem Anblick einen gurgelnden Lachkrampf, der ihn von seinem Sitz riß. Das Wasser, das ihm aus den Augen, der Nase und von der Glatze lief, war violett. Der verblüffte Michaud blickte ihn strafend an, aber auch er wurde bald vom Lachkrampf gepackt. Sich halb auf dem Schreibtisch wälzend, die Eingeweide durcheinandergeschüttelt, erstickten die beiden Partner vor Lachen, verschluckten sich, vergossen Tränen. Von Zeit zu Zeit versuchte der eine oder andere zu reden, aber die Worte blieben ihm im Hals stecken, und wenn sie sich zu beruhigen begannen, genügte ein Blickwechsel, um einen neuen Lachkrampf auszulösen.

– Das ist idiotisch, brachte Michaud schließlich heraus. Da gibt es überhaupt nichts zu lachen.

– Nein, aber der Gedanke ist so komisch, daß du ihn umgebracht hast.

– Was faselst du da? Ich habe niemanden umgebracht.

– Wie? Lachst du etwa nicht deswegen? Ich schon. Ich kann mir lebhaft vorstellen, wie du die tödlichen Worte aussprichst, und er, der arme Oberst ... nein, ich fange gleich wieder an. Unter uns, Alterchen, du mußt schon eine ganz schöne Dosis Gemeinheit haben. Wenn ich an den Unglücklichen denke, der sich auf den Vortrag gefreut hat. Sag mal, was hast du ihm eigentlich erzählt?

– Ich habe gesagt, was hunderttausend andere an meiner Stelle gesagt hätten. Daß man in bestimmten Situationen eine bestimmte Haltung einnehmen und ihr treu bleiben muß. Das ist eine Sache der Würde.

– Aber dir persönlich ist das alles scheißegal? Vor zwei Jahren, kurz vor Mai 40, hast du mir gesagt, daß du dir mit Frankreichs Ehre den Arsch wischen würdest.

– Ja, das habe ich gesagt, und ich werde es nach dem Krieg wahrscheinlich wieder sagen. Aber für den Augenblick verehre ich mein Vaterland und bin eifersüchtig auf seine Ehre bedacht. Geht dir das gegen den Strich?

– Ganz und gar nicht. Du flatterst mit soviel Grazie, daß du mich zur Bewunderung zwingst. Was jedoch die Ehre Frankreichs angeht, glaube ich, daß sich Oberst Monboquin etwas besser darin ausgekannt hat als du. Er zumindest ist immer ein glühender Patriot, ein Fanatiker gewesen, während es bei dir nur ein Fimmel ist.

– Fimmel ist nun wirklich nicht das richtige Wort. Mein Patriotismus ist tief empfunden und überdacht. Zufällig ist mein Land seit der Niederlage ein geweihter Ort geworden, wo ...

– Ich bitte dich, keine Litanei. Soll ich dir etwas sagen? Du bist ein alter Feigling. Du hast dein Leben damit verbracht, zu träumen, zu kritisieren, Ideen zu wälzen, ohne sie aneinanderfügen oder ihnen eine feste Form geben zu können. Du warst nicht in der Lage, Kommunist zu werden, du hast es nicht einmal fertiggebracht, beim S. F. I. O.[1] zu bleiben. Im Bereich der Realität hast du nichts als die Löcher und Pfützen gesehen. Und während du so zwischen Löchern und Luftschlössern gealtert bist, hat es dir schließlich vor dir selbst geekelt. Du warst es satt, hinter Hirngespinsten herzujagen, und immer unfähiger, eine bestimmte Wahl zu treffen. Zum Glück ist die Niederlage gekommen und hat es dir ermöglicht, deine Leere zu verdrängen und deine Ohnmacht zu vergessen. Du bist Patriot, im Einklang mit deinem Gewissen und den empfindsamen Menschen. Du atmest auf. Du findest wieder Boden unter den Füßen. Die Besatzung, der gedemütigte Geist, die Leiden des Landes, die Würde, endlich weißt du, wovon du redest. Auf einmal bist du deiner selbst sicher. Du kannst sogar einem Tattergreis entgegentreten und ihn in den Sarg expedieren, um ihm zu zeigen, was wahrhaft französische Archäologie ist. Recht hast du. Nutz es aus. Ein Schuß Jugend, der vorübergeht. Patriot bin ich auch, aber einfach so, rein physisch. Das Vaterland, die Familie, der Vetter Jules, die alten Kumpel und die Kindheitserinnerungen, all das gehört zum selben Gefühlsbereich. Und die Niederlage, die Krankheit von Vetter Jules, der Tod eines alten Kumpels sind Unglücksfälle, die eben passieren. Es macht mir Kummer, ich denke daran, aber ich bin immer noch

1. Section Française de l'Internationale Socialiste, damalige sozialistische Partei [A. d. Ü.].

Etienne Lolivier, und ich glaube nach wie vor, daß zwei und zwei vier ist.

– Glückliche Natur, spottete Michaud. Eineinhalb Millionen Gefangene, Frankreich besetzt, der Vetter Jules, Hitlereuropa.

– Beherrsche deinen Schmerz, alter Affe. Natürlich ist Hitlereuropa eine verdammte Katastrophe. Ansonsten wohne ich in der rue Ramey. Außer in den Augenblicken, in denen ich in den Genuß einer Unterhaltung mit dir komme, lebe ich im Tunnel meiner Sorgen und Unannehmlichkeiten. Wenn du zu Hause eine Hölle hättest wie ich, würdest du vielleicht anfangen, zu begreifen. Ich kann mir noch so oft vorsagen, daß die Welt in Flammen steht, das Leben bleibt für mich zunächst der Sack Dreck und Unglück, den ich in der Dunkelheit meines Tunnels schleppe. Das besetzte Frankreich, die Reden von Hitler oder Churchill, der Krieg in Rußland, das alles existiert, aber das Leben, das echte, das, das man lebt, sind die Streitereien mit der Furie, das Gebrüll, die Angst, das Mißtrauen, der Junge, der dir mitten ins Gesicht spuckt, nach Hause kommen, um zu erfahren, daß dein Sohn das Besteck verkitscht hat, dann der Gedanke, daß deine Tochter in Toulon mit einem Ganoven im Geschäft ist, aufpassen, daß man sich mit den Kumpeln nicht widerspricht, weil man ihnen erzählt hat, daß sie ihr Studium in Lyon fertigmacht, ja mein Lieber, eine Hure, ab und zu, zur Erholung am Sonntag, mal schnell nach Montreuil, deine Alten besuchen, die verkalkte Mutter, den idiotischen, zänkischen Vater, der sich beklagt, daß man nicht genug für ihn tut, der immer noch einen Schein mehr haben will. Das ist das Leben. Roosevelt kann über unser Los lächeln und Hitler Tombuktu besetzen, ich habe mein ganz persönliches kleines Leben, das mir keine Zeit zum Träumen läßt.

Lolivier hatte einen Moment der Schwäche, verbarg den Kopf in den Händen und ließ die Nase auf den Tisch sinken. Er richtete sich sogleich wieder auf und sagte lächelnd:

– Ich bin ein undankbarer Dummkopf. Wo ich doch das Glück habe, dich da zu haben, mir gegenüber, morgens und abends. Und ich beklage mich. Du kannst dir nicht vorstellen, wie viel ich dir verdanke. Ohne dich weiß ich nicht, wie ich die letzten zehn Jahre hätte durchhalten können. Aber du bist da, du hast mir immer etwas zu geben, etwas, das Herz und Geist weiter werden läßt. Ich bin oft beschämt darüber, ich, der nichts zu bieten hat, der nur ein nörglerischer Auvergnat ist, ein Kleinkrämer, ein eingebildeter Rechthaber. Doch, doch, mein Lieber, das ist die Wahrheit. Du, du siehst alles übertrieben großartig und wundervoll, du findest immer ein Fleckchen Himmel, um die Realität herauszuputzen, und ich, als ob ich darauf neidisch wäre, ich ärgere und schikaniere dich dauernd mit deinem Himmel. Vorhin war ich abscheulich. Widersprich mir nicht. Und welchen Platz nimmst du dabei ein, nicht nur in meinem Leben, sondern in mir selbst. Wenn du nicht da bist, frage ich mich oft: Was würde Michaud an meiner Stelle tun? Was würde Michaud denken? Du bist sozusagen beinahe mein Gewissen geworden.

Tief gerührt beteuerte Michaud, daß er so viel Vertrauen gar nicht verdiene, daß er wie jedermann zu Vorurteilen fähig sei, zu Ungerechtigkeit, Schwäche und Verblendung. In seinem Innersten räumte er jedoch ein, daß dieses Vertrauen nicht schlecht aufgehoben war, und er dachte traurig, daß Lolivier trotz seiner herzlichen Freundschaft zu ihm niemals sein Gewissen werden würde. Dieser Gedanke war ihm peinlich wie ein Verrat. Er zielte darauf ab, einen qualitativen Unterschied zwischen ihnen zu begründen, und zwar zu seinen Gunsten. Am peinlichsten war vielleicht, daß Lolivier dieser Unterschied bewußt war und er glücklich schien, ihn zu akzeptieren.

– Es ist oft gut, die Dinge mit den Augen eines anderen zu sehen, sagte Michaud.

– Das heißt aber noch nicht, daß dieser andere besonders klar sieht. Herein!

Eusèbe kam mit der Meldung, daß Madame Lebon Monsieur Michaud zu sprechen wünsche. Dieser ließ sie hereinbitten. Lolivier machte sich wieder an die Arbeit. Wenn ein Besucher in die Immobilienverwaltungsgesellschaft kam, wurde er immer von Michaud empfangen, während sein Partner als Sekretär auftrat. Die Gewohnheit hatte sich so eingebürgert, ohne daß man weiter darüber nachdachte.

Lina kam mit einem Ungestüm auf Michaud zu, das ihn fast ebenso überraschte wie ihre Aufmachung. Ihr Körper schlackerte in einer unförmigen Jagdjacke, die Warschau gehört hatte und ihr bis zu den Kniekehlen herabhing. In dem groben, dicken Stoff behielten die zu breiten Schultern ihre steife Form bei und verliehen der winzigen Frau eine verblüffende Männerstatur. Einen der Ärmel hatte sie hochgeschlagen, um die rechte Hand frei zu haben, die linke dagegen blieb verborgen. Mit ihrem blauwollenen Schal, den sie turbanartig bis zu den Augenbrauen um den Kopf geschlungen hatte und der nur ein Quentchen ihres Gesichts sehen ließ, kam sie Michaud wie eine schlaue Operettenbäuerin vor.

– Pierre, verzeihen Sie, daß ich komme ohne anmelden. Ich hatte Angst, wenn ich Sie anrufe, dann Sie sagen mir morgen oder später kommen. Und ich wollte Sie unbedingt sehen, sofort.

– Was ist denn los?

– Ich kann nicht sagen. Und trotzdem, ich fühle, alles geht schlecht für mich. Pierre, ich habe Angst.

– Sie haben überhaupt keinen Grund, Angst zu haben. Sie haben doch nichts gehört, was Sie Schwierigkeiten befürchten lassen könnte?

– Nein, aber ich spüre, daß etwas los ist im Haus. Ich habe Angst vor den Hausmeistern. Sie reden nicht mehr mit mir, sie machen schiefes Gesicht, ich bin so freundlich mit ihnen und sie, sie waren auch mit mir. Jetzt schauen sie mich an, und ich sehe in ihren Augen, ich bin Jüdin. Im Haus, da ist auch der Oberst, Sie wissen vielleicht, er ist gestorben heute morgen. Seit drei Tagen er war am Sterben, und ich, ich habe bedauert. Vielleicht ich war auch ein bißchen zufrieden. Oberste sind keine gute Sache für Juden. Aber ich habe bedauert. Seine Frau ich habe vorgestern zweimal getroffen, auf der Straße, Sie wissen, große Frau mit einem Gesicht. Immer normal ich habe gegrüßt. Immer sie antwortet mit einem Lächeln, etwas hochmütig. Vorgestern einmal sie schaut woanders, einmal sie schaut auf mich mit so bösen Augen, ich habe geglaubt, sie will mich beschimpfen. Und gestern auf der Treppe sie hat mich mit dem Regenschirm gestochen in den Hintern. Ich glaube extra.

– Lina, Sie regen sich unnötig auf.

– In der Nacht wache ich auf, und um mich ist der Wald in Polen. Tausende Bäume ich sehe, und an jedem Baum ist ein Jude aufgehängt. Gott wird rächen, aber ich habe Angst. Und auf der Treppe ich höre den Lärm der Stiefel und Gewehre. Dann mein Herz bleibt stehen. Ich wage nicht, mich bewegen und das Licht aufmachen, und ich habe Angst, ich sterbe im Dunkeln vor Angst.

– Unsinn, Ihre Papiere sind in Ordnung. Weder die Gestapo noch die französischen Stellen wissen, daß es Sie gibt. Sie haben absolut von niemand etwas zu befürchten.

Michaud rief seinen Partner als Zeugen an, daß Madame Lebon keinerlei Gefahr drohte, aber Lolivier gab sich viel weniger entschieden. Er warf einen nicht gerade wohlwollenden Blick auf die Besucherin und machte sich an die Erwägung ihres Falls. Er sprach darüber mit einer anscheinenden Gleichgültigkeit, die beinahe verletzend war.

– Im Prinzip riskiert Madame Lebon nichts, weil sie ihren Papieren nach Arierin ist. In Wirklichkeit wissen die Mieter und die Hausleute in der rue de Prony sehr wohl, daß Sie bei Monsieur Warschau wohnen, um seine Möbel zu retten. Es ist ihnen auch nicht unbekannt, daß Sie mit seiner Familie verwandt sind. Wenn jemand schlecht auf Sie zu sprechen ist, kann er Ihnen sehr wohl Schwierigkeiten machen. Was die Hausmeister angeht, hat sie meiner Meinung nach die Sonderbarkeit Ihrer Toilette gestört, unter anderem. Es steht fest, daß sie nicht dem Geschmack des Hauses entspricht.

– Meine Toilette? wunderte sich Lina. Aber was finden die Hausmeister daran?

– Ich weiß nicht. Sie scheint mir auffallend genug, um Sie von den anderen Mietern zu unterscheiden. Das ist nur eine Einzelheit, aber sie hat, zusammen mit anderen, ihre Bedeutung. In Ihrer Lage glaube ich nicht, daß Sie gut daran tun, Ihre Nachbarn vor den Kopf zu stoßen. Wenn Sie als eine gute Bürgerliche der plaine Monceau gelten wollen, sollten Sie auch ein entsprechendes Äußeres und Auftreten haben.

– Sicher, warf Michaud ein, aber das sind völlig nebensächliche Überlegungen. Du machst ein ganz einfaches Problem unnötig kompliziert. Madame Lebon . . .

– Pierre, Sie sind ein Kind, unterbrach Lina leicht ungeduldig. Lassen Sie Monsieur Lolivier sagen. Bitte, lieber Herr.

– Neulich, als der Hausmeister mit der Quittung kam, da haben Sie die letzte Miete nicht bezahlt?

– Nein, aber den Rückstand habe ich Michaud bezahlt, vor vierzehn Tagen. Der Rückstand war so viel, und ich, ich habe bezahlt für ...

– Das ist nicht aktuell, schnitt Lolivier ab. Also Sie haben Monsieur Michaud bezahlt, aber dem Hausmeister nichts gegeben? Geben Sie ihm eigentlich nie etwas?

– Das ist keine Sache für mich. Warschau, er muß geben, ich bin nichts.

– Sie sind die Mieterin. Von Ihnen darf der Hausmeister Trinkgelder erwarten, nicht von Warschau, der in Algerien oder in England ist. Es ist Ihre Sache, wenn Sie ihm keinen Sou geben, aber dann dürfen Sie sich auch nicht beklagen, wenn er Sie nicht riechen kann. Wenn die Polizei eines Tages aus irgendeinem Grund in seine Loge kommt, wird ihm eine Bemerkung über Warschaus Wohnung herausrutschen, und dann haben Sie es verdient.

Michaud wollte eingreifen und die Wirkung mildern, die die Worte seines Partners auf Lina ausüben mußten. Doch als er den Mund öffnete, machte sie eine Viertelwendung in ihrem Sessel, so daß sie ihn nicht mehr sah, und hatte nur noch Augen für Lolivier. Von Zeit zu Zeit gönnte sie Michaud noch einen Blick über die Schulter und schien erstaunt, daß er sich an der Unterhaltung beteiligte. Mehrmals versuchte er, eine beruhigende Bemerkung anzubringen, doch es gelang ihr, ihn endgültig zum Schweigen zu bringen.

– Sie wissen nicht, Pierre, Sie sind ein Kind. Monsieur

Lolivier, Sie sagen so nützliche Sachen. Was meinen Sie, was ich soll machen mit dem Hausmeister?

– Ihm Geld geben, und zwar schnell. Wenn Sie ihm zweitausend Francs hinlegen, ist schon viel gewonnen.

– Zweitausend Francs! Aber was denken Sie! Das ist eine sehr große Summe, ich kann nicht auftreiben.

– Doch, doch, die haben Sie.

– Gut, ich gebe. Ich hoffe, sie nicht mehr sauer. Aber mir fällt ein, die Toilette. Wenn ich mich anziehen will wie die Damen im Haus, Kleid, Mantel, Schuhe, Hut, alles kostet mich Heidengeld. Und zuerst wo finden?

– Der Schwarzmarkt ist nicht umsonst da. Wenn man eine große Wohnung in der rue de Prony bewohnt, ist man im übrigen moralisch verpflichtet, auf dem Schwarzmarkt zu kaufen. Wenn Sie sich die Mühe nehmen, ein bißchen zu handeln, dürften Sie sich mit etwa zwanzigtausend Francs von Kopf bis Fuß neu einkleiden und würden Ihren Nachbarinnen in nichts nachstehen.

– Nein, ich gebe nicht. Egal für meine Toilette. Und zwanzigtausend Francs ich habe nicht. Sogar Hälfte ich habe nicht, sogar Viertel.

– Doch, Sie haben zwanzigtausend Francs und sicher noch mehr.

– Aber ich gebe nicht. Trotzdem, Sie haben recht, vor allem, weil von Warschau die Frau und die Tochter waren immer so gut angezogen, mit teurem Schmuck. Und auch die Frauen zu Besuch bei Warschau. Elsa Lang, Schwägerin von Renée Warschau, ich habe nie so elegante gesehen. Kleider von Paquin, Diamanten, ich habe mich geschämt für sie.

– In unserem Haus in der rue Caulaincourt, wagte Michaud, hat man gerade eine Familie Lang verhaftet. Emile Lang. Und seine Frau haben sie auch mitgenommen.

– Ich kenne, sagte Lina verächtlich. Doof und eklig alle beide. Oh! Ich bedaure. Aber sie waren so pariserisch, daß ich kann haben keinen Kummer. Sie haben die echten Juden verachtet, weil sie, sie waren keine Juden mehr, nur noch Pariser und Franzosen. Und jetzt Gott bestraft sein Volk wegen Emile Lang und den anderen, die abgefallen sind. Pariser Juden ich habe keinen Kummer, sie haben verdient, aber Juden in Polen sind arme, unschuldige Lämmer aufgehängt an Bäumen, gefoltert, meine Schwestern vergewaltigt von Soldaten, und ich weine über ihr Blut. Sie haben recht, ich gebe zweitausend Francs dem Hausmeister und ich kaufe Schuhe, Kleid, Hut. Ich will jede Vorsicht, und da sein am Tag der Rache, wenn Gott für uns wiederkommt. Aber wenn ich das Geld dem Hausmeister gegeben habe, ich möchte, Sie kommen in die rue de Prony und reden mit ihm für mich.

– Wenn Sie glauben, daß das wirklich etwas nützt, rede ich mit ihm, sagte Michaud.

– Nein, nicht Sie, Pierre, ich möchte, daß Monsieur Lolivier kommt.

Tödlich gekränkt vertiefte sich Michaud in seine Arbeit und kümmerte sich nicht mehr um die Unterhaltung. Er stellte verbittert fest, daß seine Sympathie und seine Zuvorkommenheit für Lina weniger Wert hatten als Loliviers harte Worte und sie auch weniger trösteten. Gleichzeitig wunderte er sich, ein wie armseliger Psychologe er war. Niemals hätte er vermutet, daß Ton und Sprache seines Partners mit so viel Bereitwilligkeit aufgenommen würden. Offensichtlich habe ich bei dieser Kleinen überhaupt nichts verstanden, dachte er. Sie hat sich sicher über mich lustig gemacht. Inzwischen versuchte Lina, Lolivier dazu zu bewegen, mit dem Hausmeister der rue de Prony zu reden, was er kategorisch ablehnte. Da sie hartnäckig blieb, warf er einen Blick auf die Uhr und erklärte schroff, er habe keine Zeit mehr zu verlieren. Sie reichte ihm die Hand und bedankte sich überschwenglich. Michaud, noch immer gekränkt, begnügte sich mit einem flüchtigen Händedruck und machte sich wieder an die Arbeit. Lina schien dieses veränderte Benehmen überhaupt nicht zu beachten. Lolivier war es, der sie zur Eingangstür begleitete. Als er zurückkam, wetterte sein Partner mit hochrotem Kopf gegen die Sekretärin, die ihm gerade drei getippte Seiten gebracht hatte. Solange stand neben ihm und ließ das Donnerwetter hoch erhobenen Hauptes, mit nachsichtiger, aber angewiderter Miene über sich ergehen.

– Das ist doch zum aus der Haut fahren! schrie Michaud. Die heutigen Tippsen bringen es nicht fertig, drei Zeilen zu schreiben, ohne überall Ausrufezeichen und drei Punkte reinzuhauen. Das hier ist eine Eingabe an das Finanzamt. Wenn ich sie mit Ihrer Zeichensetzung lesen wollte, müßte ich manchmal den Ton eines melodramatischen Schauspielers annehmen, manchmal den eines schmachtenden elegischen Dichters. Also mir hängt das zum Hals heraus. Schmachten Sie ruhig in den Armen Ihres Geliebten, und machen Sie ihm eine großartige Szene, das ist Ihr gutes Recht. Aber hier gibt es nur Mieter, Eigentümer und Gerichtsvollzieher. Sie sind nicht in der I.V.G., um Emotionen zu erleben, lassen Sie sich das gesagt sein. Was hat man Ihnen eigentlich in der Schule beigebracht? Das wissen Sie schon nicht mal mehr. Man hat Ihnen beigebracht, daß ein Satz im Französischen einen Anfang, eine Mitte und ein Ende hat und daß man am Schluß einen Punkt setzt. Man hat Ihnen beigebracht, daß man für einen Satz wie »Unsere besteuerbare Gewinnspanne wurde dadurch erheblich verringert« weder eine anrufende Erektion braucht noch poetisch hinhaltende

Blähungen. Dem Finanzbeamten sind Ihre Seelenzustände scheißegal. Ich hoffe es zumindest, denn nicht einmal das ist sicher. Man wird bald noch drei Punkte hinter die Zahlen setzen. Sentimentales Gelaber überall, sie zerfressen alles. Sie schauen mich an, als ob ich chinesisch reden würde, aber mit dem Punktpunktpunkt verliert ein Land den Krieg und stürzen uns die Halunken in die Niederlage. Da glotzen Sie, und dabei ist es die nackte Wahrheit, mit einem einzigen Punkt am Schluß. Wenn die Energie verkommt, verlegt sie sich auf Phrasen und Pathos. Und die Phrasen dehnen sich in Auslassungspunkten. Und alles zerkracht, alles kippt um, alles geht durcheinander und verschmilzt schließlich zu Scheiße.

Michaud nahm sich noch Zeit, Radio, Presse und Kino verantwortlich zu machen. Endlich, nach einem Hagel von Schimpfwörtern, die unstreitig den Ausrufemodus bemühten, entließ er Solange mit der Anweisung, die Eingabe an das Finanzamt nochmals abzutippen. Lolivier war an seinen Platz zurückgekehrt und arbeitete, ohne aufzusehen. Geschäftige Stille breitete sich im Büro aus. Nach einer halben Stunde stand Michaud auf und ging geräuschlos ins Nebenzimmer, um der Sekretärin einen Brief zu diktieren. Er sah Eusèbe an seinem Tisch schluchzen und wagte keine Fragen zu stellen. Wahrscheinlich hatte es Solange ihrem Chef gleichgetan und ihre schlechte Laune an dem Jungen ausgelassen. Michaud ärgerte sich über sich selbst und war verlegen. Sie nützte das aus, um eine Gehaltserhöhung zu verlangen, und er versprach, darüber mit seinem Partner zu sprechen.

– Der werde ich was pusten, befand Lolivier ein paar Minuten später.

Er steckte seinen Füllfederhalter in die Tasche und machte sich fertig zum Gehen. Er wollte vor Mittag in dem Gebäude in der rue Myrrha vorbeischauen, wo zwei Tage zuvor mehrere Mieten nicht bezahlt worden waren. Michaud vertrat loyal die Sache der Sekretärin. Seiner Meinung nach rechtfertigten die hohen Lebenshaltungskosten ihre Forderung. Sie hatte es sicher schwer, mit ihrem Geld auszukommen.

– Und wir, gab Lolivier zurück, haben wir es vielleicht nicht schwer? Ist unser Einkommen gestiegen? In Wirklichkeit verdienst du mit dem Unterhalt deiner Familie viel weniger als Solange. Natürlich heißt das nicht, daß sie jeden Tag Fleisch zu essen kriegt, aber sie wird nach dem normalen Tarif bezahlt. Du, du willst es immer besser machen als man kann. Man muß aber auch dem lieben Gott seinen Anteil überlassen. Dein guter Wille kann nicht allem abhelfen, damit mußt du dich abfinden. Das ist das gleiche wie mit den Mietern in der rue Myrrha.

Die Gesellschaft verwaltete zwei Häuser im Goutte d'Or-Viertel, eines in der rue Myrrha. Die Wohnungen waren an Arbeiterfamilien vermietet, und seit dem Einmarsch fiel es der Gesellschaft oft schwer, die Mieten einzutreiben. Lolivier kümmerte sich persönlich darum, denn die Erfahrung hatte gezeigt, daß sich Michaud zu leicht erweichen ließ und nicht die notwendige Autorität besaß.

Der Markt in der rue Dejean, der die umliegenden Straßen einst bis in den frühen Nachmittag hinein belebt hatte, war seit langem verödet. Der Regen hatte im übrigen die wenigen Schnürsenkel- oder Wurzelbürstenverkäufer vertrieben, deren Köfferchen nun am Gehsteigrand die Stelle der üppigen, von Obst und Gemüse überfließenden Stände einnahmen. Mittags war die rue Myrrha beinahe menschenleer. Gegen die Wand gedrückt, um vor den Windstößen und dem Regen Schutz zu suchen, stand eine

Doppelreihe Frauen und Kinder vor der Tür eines Lebensmittelladens Schlange, dessen Schaufenster leer war. Die hohen, flachen Häuser, fast alle gleich mit ihren schmutzigweißen Fassaden, wirkten wie ein mit unzureichenden Mitteln verfertigtes Bühnenbild für ein realistisches Stück. Unter den peitschenden Regenböen sah die Straße kränklich und gebrechlich aus. In der Schlange vor dem Laden erkannte eine dicke Frau im Kopftuch Lolivier von weitem und schickte eilends ein kleines Mädchen aus, um zu Hause Alarm zu schlagen. Er durchschaute das Manöver und erreichte das Haus im Laufschritt. Ohne sich bei der Hausmeisterloge aufzuhalten, durcheilte er den Gang, kletterte zwei Stockwerke hinauf und klopfte an eine Tür.

Der Mieter[1], der drei Monate im Rückstand war, machte seine beiden Kinder geltend, seine bettlägerige Frau, die Teuerung.

– Die Mieten sind nicht gestiegen, gab Lolivier zurück. Sie halten mich schon zu lange mit denselben Geschichten hin, ich kann nicht mehr warten.

Er bedrohte ihn mit Rausschmiß, bekam eine Anzah-

1. André Caseneuve, Dreher in einer Fabrik, wurde 1943 zur Zwangsarbeit eingezogen und in ein Werk in Bayern verschickt. Da er dort besser zu essen bekam und der direkten Sorge für seine Familie enthoben war, fand er Geschmack an seiner neuen Existenz. Die deutschen Arbeitsmethoden kamen ihm besser vor als die, die er in Frankreich erlebt hatte. Die deutschen Frauen erschienen ihm begehrenswerter als die französischen, besonders als seine eigene. Caseneuve beteiligte sich nichtsdestoweniger an den Sabotageversuchen seiner Abteilung und entging mit knapper Not der Deportation. Vom Juli 44 an hörte er fast ein Jahr lang nichts von den Seinen und stellte fest, daß ihm das nichts ausmachte. Nachdem er die Sprache gelernt hatte, glaubte er, nach der deutschen Niederlage in Bayern bleiben zu können, aber sein Versuch mißlang, er wurde repatriiert. Wenn er auch glücklich war, seine Familie wiederzusehen, hatte er dennoch den Eindruck, nach einem langen, vergnüglichen Urlaub unters Joch zurückzukehren.

lung von dreihundert Francs und stieg einen Stock höher, wobei es ihm finsteren Genuß bereitete, daß er wieder einmal Erfolg gehabt hatte, wo das edle Herz seines Partners unzweifelhaft gescheitert wäre. Nachdem er alle säumigen Zahler des Gebäudes aufgesucht hatte, erklomm er die Mansardenetage. Er zog einen Schlüssel aus der Tasche und öffnete vorsichtig eine der Türen im Gang. Das Zimmer war mit einem Bettrost und zwei Eisenstühlen möbliert. Auf dem Sims des Mansardenfensters stand ein Vogelkäfig. In dem kleinen, geschlossenen Raum schwebte ein muffiger, abstoßender Geruch, den er jedoch ohne Widerwillen einatmete. Er setzte sich auf einen der Stühle und blieb einen Augenblick lang unbeweglich, bis sich die zwischen Bettrost und Wand versteckte weiße Maus entschlossen hatte, aus ihrer Gasse hervorzukommen. Dann holte er aus der Manteltasche ein Schinkenbrot, das er zu Hause hergerichtet hatte, bevor er ins Büro gegangen war, und begann sein Mittagessen. Die weiße Maus kam bis zu seinen Füßen und fraß das Brot, das er zerkrümelte. Manchmal faßte sie Mut, stieg auf seine Schuhspitze und wäre vielleicht bis auf seine Knie und noch höher geklettert, wenn er sie gelassen hätte, aber die Vorstellung, daß sie über seine Kleider laufen könnte, erweckte einen heftigen Abscheu in ihm. Nach beendeter Mahlzeit verfolgte Lolivier mit den Augen seinen umhertollenden Schützling, während er überlegte, welche Verbesserungen ihm erlauben würden, ganz in die Mansarde zu ziehen, um darin ein Junggesellendasein zu führen. Er war aber noch nicht dazu entschlossen und befürchtete, sich von Scheingründen täuschen zu lassen. Die Mansarde und die Einsamkeit in Gesellschaft eines Tiers erschien ihm ein weiser Beschluß und flößte ihm deshalb einiges Mißtrauen ein. Er war sich nicht sicher, ob die Ruhe die Gemütlichkeit seiner Wohnung ersetzen könnte. Nachdem er das Problem lange hin und hergewälzt hatte, tat er das gleiche, was er schon tags zuvor getan hatte. Er zog einen Umschlag aus der Tasche und studierte Wort für Wort den Brief, den ihm sein Sohn vorgestern geschickt hatte.

»Lieber Papa. – Es tut mir leid, daß ich Dich so lange in Sorge gelassen habe, und ich beeile mich, Dich über mein Schicksal zu beruhigen. Ich wohne seit einer Woche in einer der schäbigsten Straßen von Paris in einer Art Keller, wo ich in ehelicher Gemeinschaft mit einem fünfzigjährigen Araber und einer dicken Nutte namens Lola lebe. Lola und ich gehen auf den Strich, jeder auf seine Weise, usw. ...«

Das Ungeheuer beschrieb seine Existenz mit einem Übermaß abscheulicher Einzelheiten, die keine Unklarheiten ließen. Lolivier hatte den Abschnitt schon zehnmal gelesen und wollte immer noch hoffen, daß es pure Erfindung sei.

IX

Im Halbdunkel des Treppenhauses überholte Malinier eine lange, magere Gestalt, die er an ihrem steifen Kragen und am weißen Schnurrbart als Monsieur Coutelier erkannte.

– Guten Tag, Herr Schulrat, sagte er wohlgelaunt. Sie erkennen mich sicher nicht. Wir sind uns eines Abends bei Madame Grandmaison begegnet. Ich bin der schlechte Franzose, dem Sie ordentlich den Marsch geblasen haben, erinnern Sie sich? Ah, ich war ganz schön begossen, du lieber Gott.

Bei der Erinnerung brach Malinier in lautes Gelächter aus und fügte hinzu, indem er den Schulrat auf die Schulter klopfte:

– Aber die Lektion hat gewirkt, wie Sie sehen.

Coutelier sah aber überhaupt nichts. Er hatte sehr schlechte Augen, und das Treppenhaus war sehr dunkel. Er erinnerte sich jedoch an Malinier und war glücklich, daß er zu einer gesünderen Beurteilung der menschlichen und politischen Wirklichkeit zurückgefunden hatte.

– Ein bißchen guter Wille und ein bißchen Nachdenken führen immer zur Wahrheit, sagte er. Sie wollen sicher zu Madame Grandmaison?

– Ich möchte mich von ihr verabschieden. Ich habe meinen Besuch nicht angekündigt, aber ich habe mir gedacht, daß sie am frühen Nachmittag zu Hause sein wird.

– Ich glaube nicht, daß sie ausgegangen ist. Ich habe ihr übrigens etwas auszurichten. Ich begleite Sie bis zur Tür.

Malinier trat zurück, um dem Schulrat den Vortritt zu lassen. Verlockt durch die Gelegenheit zu einer erbaulichen Predigt, war der Alte entschlossen, keineswegs an der Tür stehen zu bleiben, sondern sich Zeit für eine Grundsatzerklärung zu nehmen. Chou öffnete den Besuchern und brachte sie ins Chromboudoir, wo sich Yvette mit Antoine und Tiercelin unterhielt. Der Himmel hatte sich aufgeheitert, und helles Tageslicht erfüllte den Raum. Coutelier, der als erster eingetreten war, glaubte, einen Ausdruck der Überraschung auf den Gesichtern der drei jungen Leute wahrzunehmen. Er wandte sich um und stieß einen Schrei aus, als er entdeckte, daß Malinier deutsche Uniform trug.

– Monsieur, rief er, indem er sich vor Yvette stellte, gehen Sie augenblicklich. Sie sind hier bei einem französischen Soldaten, dem Gefangenen der Leute, die Sie bezahlen. Machen Sie, daß Sie weiterkommen.

Malinier war etwas blaß. Er schaute auf seine Stiefel, seine grüne Uniform aus feinem Tuch, seine Abzeichen und die Trikolore auf dem Ärmel.

– Nur kein Mißverständnis. Wenn ich heute deutsche Uniform trage, so deshalb, um für eure Dummheiten zu bezahlen und euch eines Tages die Freiheit zurückzugeben, die ihr nicht mehr verdient. In drei Tagen gehe ich nach Rußland, und meine Frau nennt mich einen Idioten, weil ich wie ein Vieh verrecken und eine Erde düngen werde, die keine Früchte für die Meinen trägt. Meine Hausmeisterin redet nicht mehr mit mir, und meine Kumpel wenden sich ab oder spucken hinter meinem Rücken aus. Und ich fühle mich in diesen Kleidern auch nicht wohl. Aber Sie haben Ihre Tochter an einen Juden verkauft. Ihr Land, das haben Sie auch verkauft, an die Juden, die Freimaurer, die Dichter und Kommunisten. Sie sehen, was die daraus gemacht haben, und nachdem Sie sich die Hände in Unschuld waschen, muß ich den Schaden wiedergutmachen und bar bezahlen, mit meinem Leben. Eines Tages werden Sie erfahren, daß ich meine Knochen dort gelassen habe, und Sie werden sich ins Fäustchen lachen[1]. Sie werden sagen, um so besser, das macht einen

1. Malinier sollte nicht in Rußland sterben. Er wurde nach dem deutschen Zusammenbruch von den Amerikanern gefangengenommen und an die französischen Behörden ausgeliefert. In einem der Gefängnisse, die er nacheinander kennenlernte, wurde er mißhandelt. Aus einem Zeugenbericht: »Abends ließ man die Männer der L.V.F. [Légion des volontaires français contre le bolchévisme, Französische Freiwilligenlegion gegen den Bolschewismus, A. d. Ü.] völlig nackt im Hof antreten und schlug sie mit Knüppeln halb bewußtlos. Sie mußten die ganze Nacht in derselben Kleidung draußen verbringen, und ihre Wärter, fast alles junge Leute, kamen von Zeit zu Zeit, um sie zusammenzuschlagen. In einer einzigen Nacht wurde ich mehrmals von ihrem Schreien geweckt. Morgens, bevor man sie in ihre Zellen zurückbrachte, zwangen sie die Wärter, sich in Glasscherben zu wälzen. Ich habe sie von meinem Fenster aus gesehen. Überall strömte Blut aus dem von den Schlägen bereits geschwollenen Fleisch. Der Gefängnisgeistliche, der diese Praktiken kannte, tat so, als ob er von nichts wüßte, vielleicht machten sie ihm auch Spaß. Ich bat ihn, diese Mißhandlungen abzustellen, wie auch die der Frauen, die nicht besser waren. Er versprach mir, daß die Wärter bestraft und die Gefangenen menschlich behandelt würden. Ich weiß nicht, was daraus geworden ist.« Malinier wurde im Dezember vor Gericht gestellt und zum Tode verurteilt. Während der Verhandlung pochte er mehrfach auf seinen Patriotismus, was die Geschworenen zunächst lächeln machte und ihnen schließlich auf die Nerven ging.

echten Franzosen weniger und einen Platz mehr für die Juden. Nur die Juden, die gibt's nicht mehr. Die haben wir alle umgebracht oder zu den Kaffern geschickt. Und sogar die Halbjuden werden wir kastrieren.

Coutelier war derartig empört, daß er sich zunächst entschloß, auf diese Tiraden mit verächtlichem Schweigen zu antworten. Da der Oberleutnant Malinier seine Schmähungen gegen die Juden und Marxisten aber fortsetzte, konnte der Schulrat dem Wunsch, recht zu behalten, leider nicht widerstehen und ließ sich zu einer schneidenden Erwiderung hinreißen, die zu einem endlosen Streit führte. Yvette und die beiden Jungen hörten schweigend und ziemlich gelangweilt zu. Die Debatte ging sie nichts an, meinten sie. Immerhin neigte ihre Sympathie Malinier zu, aber nicht, weil ihnen sein Standpunkt besser erschien als der Couteliers, im Gegenteil. Antoine vor allem war nachdrücklich gegen den Antisemitismus und die Kollaborationsgesinnung eingenommen, aber ganz wie Yvette und Paul mochte er diesen gewaltsamen und naiven Mann, der bereit war, fern von zu Hause in einem unbekannten Land zu sterben. Im Vergleich zu dieser glänzenden Gestalt war der Alte so alt und sein Kragen so steif, daß es schwerfiel, ihn zu mögen. Er entwickelte seine Argumente mit pädagogischer Strenge und darüber hinaus der Aggressivität des Armen, der seine Leiden genau verbucht. Er ließ keinen Augenblick vergessen, daß er arm war. Man fand ihn lästig und hätte sich gefreut, wenn ihm das Maul gestopft worden wäre. Als Malinier davon sprach, die Juden zu kastrieren oder die Dichter zum Entleeren der Fäkaliengruben zu verwenden, lachten die jungen Leute. Schließlich wurde der Alte zornig, weil sie den Worten des Verräters nachsichtige Aufmerksamkeit schenkten, statt sich zur Partei der Gerechtigkeit zu schlagen.

– Begreifen Sie doch, beschwor er sie, daß dieser Mann die feindliche Uniform aus Haß auf Ihre Jugend angezogen hat, um Ihnen aus Herz und Sinn das ganze Erbe des Humanismus und der französischen Kultur zu reißen, das Sie den jungen Robotern des hitlerischen Preußentums unendlich überlegen macht.

– Überlegen? höhnte Malinier. Der Beweis ist, daß die deutsche Jugend die unsere geschlagen hat, und wie!

– Haben Sie das gehört? Er nimmt sich nicht einmal die Mühe, seinen Haß und seine Verachtung für die französische Jugend zu verbergen. Er verabscheut alles Edle und Schöne. Er schätzt nur die Rohlinge, die Kriegsmaschine zum Töten, Zerstören und Foltern.

– Tut mir leid, aber die Welt ist im Krieg. Worauf es ankommt und weiterhin ankommen wird, ist die Gewalt. Natürlich ist es nett, sein Leben mit Weiber- und Dichterspielen hinzubringen, aber wenn es hart auf hart geht, hilft das nicht viel weiter. Und ich habe den Eindruck, daß uns harte Schläge bevorstehen, hundert Jahre harte Schläge. Was ich meinem Land wünsche, ist eine geharnischte Jugend voller Aggressivität, und nicht mehr Geist als meine Galoschen. Das Erbe der alten französischen Kultur können eure Juden geschenkt haben und zu den Kaffern mitnehmen. Wenn es ihnen Spaß macht, Racine zu lesen, sollen sie das ruhig tun. Wir Franzosen brauchen ihn nicht.

Bei diesen ruchlosen Worten triumphierte Coutelier lautstark und nahm die jungen Leute zu Zeugen für die entsetzliche Niedrigkeit, in die der nazistische Offizier verfallen war. Doch seine Respektlosigkeit gegenüber Racine empörte Paul und Antoine keineswegs, sondern gefiel ihnen eher. Ein Mann, der in der Lage war, so frech mit den Schulgottheiten umzugehen, flößte ihnen eine gewisse Achtung ein. Paul war von dieser geistigen Unabhängigkeit besonders angetan und glaubte, sein Schweigen brechen zu müssen, um Malinier beizupflichten.

– Monsieur hat recht, sagte er, Racine kotzt uns an.

Coutelier war von Pauls Aussage schmerzlich berührt und begriff, daß der Faschismus bereits an Boden gewann. Er stieg in sein Innerstes hinab, viel tiefer als der steife Kragen und als seine Denkgewohnheiten, und entdeckte, daß er sich persönlich überhaupt nicht zu Racine hingezogen fühlte, obwohl er trotzdem bereit gewesen wäre, für einen Vers aus dem *Britannicus* sein Leben zu geben. Er dachte an all die Bewunderer Racines, die ihm begegnet waren, und verdächtigte sie, dem Dichter dieselbe verdrossene und furchtsame Achtung entgegenzubringen wie ein Büroangestellter seinem Vorgesetzten. Auf einmal ging ihm auf, warum Malinier bei den jungen Leuten eine Art Ansehen genoß.

– Wie ich sehe, bewundern Sie diesen Mann, weil er zu sagen wagt, daß ihn Racine langweilt, aber Sie halten für geistige Unabhängigkeit, was nichts als Unwissenheit ist. Wie alle seinesgleichen verachtet er, was er nicht kennt. Wetten, daß er nicht drei Stücke von Racine aufzählen kann.

Seiner Frau zuliebe hatte Malinier im Jahr seiner Verehelichung die Klassiker des französischen Theaters sehr aufmerksam gelesen. Leider erinnerte er sich an keinen Titel der Werke Racines. Er wurde puterrot, und der Hals schwoll ihm in seinem Uniformkragen. Er war entsetzlich verlegen und sich der Schwere seines Falles bewußt. Der Schulrat weidete sich an seiner Bedrängnis. Er leistete sich sogar den Luxus, ihm die erste Zeile von *Bajazet* vorzutragen, dann die zweite. Malinier kam nicht darauf, und das Herz war ihm so schwer, als ob er eine böse Tat verübt hätte. Yvette, die ihr Lehrerinnendiplom besaß und eine geschlagene Stunde über Racine hätte sprechen können, war entsetzt über soviel Unwissenheit. Selbst Antoine und Paul genierten sich für Malinier und entzogen ihm einen Teil des Respekts, den er bei ihnen erworben hatte.

– Die Sache ist abgemacht, erklärte Coutelier. Dieser Mann war so wenig qualifiziert, über Racine zu sprechen, wie über die Ehre Frankreichs oder seine Interessen zu urteilen. Wohlgemerkt würde es seinen Fall nicht verbessern, wenn er *Britannicus* oder *Athalie* auswendig könnte.

– Man kann doch schließlich Racine nicht mögen, brachte Antoine vor.

– Darum geht es nicht, gab der Schulrat zurück. Ein zivilisierter Mensch muß fähig sein, für Dinge, die er nicht liebt, zu kämpfen und zu sterben. Aber das wird Monsieur Malinier niemals begreifen, so wenig wie seine Freunde, unsere Feinde. Wie sie ist er in der Lage, sein Leben zu geben, aber für ein Idol oder einen Schinken oder eine beliebige andere Sache, die er physisch liebt. Er verläßt sein Land, seine Familie, er sucht in Rußland ein mühsames Leben und einen schmachvollen Tod, um einem Mann zu dienen, dessen monströses Gesicht seine naive Phantasie beeindruckt hat und den er kindisch verehrt. Dieser Unglückselige, der nicht ganz verantwortlich ist und zu bedauern wäre, wenn ...

– Und wenn ich Ihnen meine Faust in die Fresse hauen würde, sagte Malinier, wäre ich dann verantwortlich?

– Solche Argumente passen gut zu Ihnen, aber nicht zu meinem Alter und meinem Milieu. Ich überlasse sie Ihnen. Im übrigen muß ich gehen, es ist vier Uhr. Monsieur, ich fordere sie nochmals auf, das Feld zu räumen. Ihre Anwesenheit in dieser Livree beleidigt das Unglück einer achtbaren Frau, die die Abwesenheit ihres Gefährten betrauert, der in den Kerkern der Teutonen schmachtet.

– Stimmt das, Yvette, daß Sie meine Anwesenheit als beleidigend betrachten?

– Aber nein, Monsieur Coutelier übertreibt. Ich kenne Sie gut genug, um zu wissen, daß Sie ein aufrichtiger Freund meines Mannes sind und daß Ihre Uniform an Ihren Gefühlen nichts geändert hat.

Diese Versöhnlichkeit war Coutelier zuwider, und er machte Yvette ernste Vorwürfe, daß sie ihre Pflichten als Ehefrau vergaß. Er scheute nicht einmal vor einer Anspielung auf ihr unpassendes Betragen zurück und erwähnte dabei Antoine namentlich. Malinier verstand den Sinn dieser Beschuldigung und verteidigte die Frau seines Freundes Grandmaison.

– Man kann die Abwesenden noch so sehr lieben, sagte er, die Natur verlangt trotzdem ihre Rechte. Das ist einfach so. Mich betrügt meine Frau seit zehn Jahren, dabei schlafe ich jeden Tag zu Hause. Glauben Sie mir, ich mache mir nicht einmal mehr Gedanken darüber. Und Malinier fügte nachlässig hinzu: Hauptsache, man schläft nicht mit einem Juden.

Dieses Mal erwiderte der Alte nichts mehr und ging, erhobenen Hauptes und ohne jemanden zu grüßen. Während Chou den Alten hinausbrachte, sagte Malinier halblaut:

– Der Alte hat recht. Die Frau eines Gefangenen muß untadelig bleiben und darf keine Dummheiten mit einem sechzehnjährigen Lausejungen machen. Sie werden doch nicht sagen, daß das seriös sein soll. Ich weiß nicht, was Sie statt einem Herz haben, mein Junge. Ich bin vielleicht zu vielem fähig, aber mit der Frau eines Gefangenen, das niemals. Es würde mich ganz einfach anwidern. Ich weiß wohl, daß man an so etwas nicht denkt als Bengel, man ist gar zu froh, eine bereitwillige Frau zu finden. Die Liebe existiert natürlich auch. Man kann nicht immer dagegen an. Aber Sie wohnen doch hoffentlich nicht zusammen?

Antoine tat, als ob er nicht zuhörte. Was Malinier gerade über ihn gesagt hatte, bedrückte ihn. Auch Yvette war dem Besucher wegen seiner Bemerkung über ihre Intimität böse und wollte seiner Neugier einen Riegel vorschieben, dann aber entspannte sich ihr mürrisches Gesicht plötzlich, und ihr Blick wurde strahlend liebenswürdig.

– Monsieur Malinier, wir sind so gute Freunde, daß ich es mir vorwerfen würde, wenn ich Ihnen nicht die volle Wahrheit sage. Die Dinge liegen so. Antoine, der normalerweise bei seinen Eltern wohnt, ist über die Osterferien zu mir gezogen. Natürlich weiß seine Familie nichts davon und glaubt, daß er seine Ferien mit Paul hier in Burgund verbringt. Antoine ist also Samstag abend zu mir gekommen und muß an dem Tag wieder weg, wo er angeblich von seiner Reise zurückkommt, nämlich nächsten Mittwoch. Sehen Sie, bis jetzt waren die Dinge einfach, aber sie werden kompliziert dadurch, daß wir uns mehr lieben als ich sagen kann. Wahnsinnig, Monsieur Malinier, das ist das Wort. Und wie Sie vorhin so richtig gesagt haben, die Liebe existiert, und man kann nicht dagegen an.

– Das habe ich gesagt, natürlich, und ich nehme es auch nicht zurück, aber das ist doch noch kein Grund ...

– Monsieur Malinier, Sie haben da ein wahres Wort gesagt, ein tiefsinniges Wort. Antoine und ich, wir leben seit fünf Tagen zusammen und haben schon festgestellt, daß wir nie wieder ohne einander leben können. Wenn wir uns jetzt trennen müßten, wäre das für uns schlimmer als der Tod, ich jedenfalls könnte nicht mehr leben.

– Daß ich nicht lache. Und die Gefangenen, he? Leiden die vielleicht nicht auch darunter, daß sie nicht bei denen sind, die sie lieben?

– Möglich. Jedenfalls sterben die nicht daran. Aber ich würde sterben, wenn ich von Antoine getrennt leben müßte. Kommen Sie mir bloß nicht mit Pflicht oder Moral. Ich weiß nur eines, nämlich daß Antoine bei mir bleiben muß und mich nie wieder verlassen darf. Sie sind viel zu intelligent, Monsieur Malinier, und viel zu sensibel, um das nicht zu verstehen.

Malinier gab gerne zu, intelligent und sensibel zu sein, aber hielt sich über das Wesentliche zurück. Yvette nahm seine Hände, vergoß ein paar Tränen und gab ihm zu bedenken, daß er von ihr nicht mehr Sittenstrenge verlangen könne als von seiner eigenen Frau. Nachdem es sich im Grunde nur um prinzipielle Nachsicht handelte, stimmte Malinier schließlich zu.

– Ich wußte ja, daß ich mich auf Ihre Freundschaft verlassen kann, rief Yvette und schlang ihm die Arme um den Hals. Sie sind der einzige Mensch auf der Welt, den ich um so viel Verständnis und Hilfsbereitschaft bitten kann. Sie müssen folgendes tun: Sie gehen zu Antoines Eltern, in Uniform, und geben sich als Offizier der Gestapo aus. Sie sagen, daß Sie einige Fragen an ihren Sohn Antoine zu stellen haben und lassen durchblicken, daß er der Spionage verdächtigt wird. Selbstverständlich wird man Ihnen antworten, er sei nicht da. Sie verlangen, daß man Ihnen die Wohnung zeigt und verlassen das Haus mißtrauisch, unzufrieden und mit drohenden Bemerkungen. Am nächsten Tag läßt Antoine seinem Vater einen Brief zukommen, in dem er ihm erklärt, daß er von der Polizei gesucht wird und er gezwungen ist, sich bei zuverlässigen Freunden zu verstecken, deren Adresse er nicht angeben kann.

– Ich mache nicht mit, erklärte Malinier gewichtig, der sich den Vorschlag mit entschiedenem Kopfschütteln angehört hatte.

– Wovor haben Sie denn Angst? Sie riskieren überhaupt nichts. In zehn Minuten ist die Angelegenheit erledigt.

– Ich habe keine Angst, aber ich mache nicht mit. Ein Mann in meinem Alter, Vater von drei Kindern, gibt sich nicht zu solchen Intrigen her, zu Kindereien. Zuerst einmal habe ich diese Uniform angezogen, um Frankreich gegen die Kommunisten, die Juden, die Dichter, die Kubisten und Engländer zu verteidigen, nicht um Leute zu terrorisieren. Und schließlich muß man auch an Grandmaison denken. Was würde Grandmaison sagen, wenn er wüßte, daß ihm sein Kumpel Malinier so etwas antut. Nein, ich mache nicht mit.

– Ah! Sie wollen nichts für mich tun. Sie sind kein echter Freund. Wenn man jemandem einen Gefallen nicht tun will, findet man immer Gründe, um sich zu drücken.

Yvette schluchzte in ihr Taschentuch und sagte, daß ihr nichts übrigbleibe, als zu sterben. Ihre Eltern hatten sie gegen ihren Willen mit einem Mann verheiratet, den sie nicht liebte. Jetzt, wo ihr das Leben zu lächeln und sie die traurigen Jahre vergessen lassen zu wollen schien, stieß sie in ihrer Umgebung nur auf feindselige Gesichter, auf falsche Freunde, die entschlossen waren, ihr Steine in den Weg zu legen und ihr Glück zu zerstören. Die Verzweiflung stand ihr gut. In ihren feuchten Augen stand ein rührend verstörter Blick. Malinier wehrte sich nicht mehr.

– Das Leben ist eine komische Sache, seufzte er. Ich als begeisterter Patriot stecke auf einmal in der Krautuniform und bin bereit, meinem armen Kumpel Grandmaison einen miesen Streich zu spielen. Fazit: Man sollte nie besiegt oder Gefangener sein. Merkt euch das, ihr Grünschnäbel. Junge Burschen in eurem Alter sollten überhaupt nur an Maschinengewehre und Handgranaten denken. Ich will Ihnen keinen Vorwurf machen, Yvette, aber die Frauen sind nichts als Poesie, das taugt nur dazu, einem den Weltschmerz zu verpassen. Sie wollen mit diesem Jungen da zusammenleben. Haben Sie sich wenigstens gefragt, wovon Sie leben werden?

– Antoine hat bereits Arbeit gefunden, antwortete Yvette. Sie brauchen sich in dieser Hinsicht keine Sorgen machen, Monsieur Malinier. Wenn wir nur zusammen sind, dann schlagen wir uns schon durch. Hauptsache, Sie tun Ihrerseits das Nötige. Wann können Sie zu Antoines Eltern gehen?

– Wenn's denn sein muß, könnte ich jetzt gehen.

– Es wäre mir lieber, wenn Sie zur Abendessenszeit hingingen, sagte Antoine, wenn mein Vater da ist. Jetzt ist meine Mutter allein zu Hause.

Malinier hatte am Abend bereits etwas vor, und man einigte sich, daß er am nächsten Abend zwischen sieben und acht zu Antoines Eltern gehen würde. Wenn er aus der rue Berthe kam, sollte er in der rue Durantin von seiner Expedition Bericht erstatten, dann wollte man gemeinsam im *Pomme d'Adam* essen. Yvette kam auf die Idee, ihn seine Polizistenrolle proben zu lassen, eine Vorsichtsmaßnahme, die sich als nicht überflüssig erwies, denn er war alles andere als brillant. Der Ton war zu umgänglich, und die Uniform vermochte über eine gewisse Lässigkeit der Haltung nicht hinwegzutäuschen.

– Ich kreuze auf. Ich sage: Sind Sie das, die Eltern des jungen Antoine Michaud? Ich habe Befehl, ihn in die Kommandantur zu bringen. Irgendetwas stimmt da nicht...

– Sie müssen schneidender sein, knapper. Vor allem müssen Sie ein ganz korrektes Französisch sprechen und von Zeit zu Zeit einen Fehler machen. Kein Wort Argot, und vergessen Sie den Akzent nicht.

Nach einer halben Stunde Bemühungen gab Malinier einen präsentablen deutschen Offizier ab. Er hatte allmählich Gefallen an seiner Rolle gefunden und ging mit dem Vorsatz, zu glänzen. Als Yvette mit ihren Freunden allein war, umarmte sie Antoine ausgiebig und freute sich über ihren glücklichen Einfall. Paul sah dieser Begeisterung und dem Jubel unbeteiligt zu. Er wartete, bis sich die beiden beruhigt hatten, und sagte dann ernst zu Yvette:

– Wenn du begreifen könntest, was du eben angerichtet hast, wärst du vielleicht weniger stolz auf dich. Dank deiner genialen Idee kann sich Antoine im Gymnasium nicht mehr blicken lassen und auch sein Abitur im Juli nicht machen. Nachdem der Krieg durchaus noch fünf Jahre oder länger dauern kann, ist er damit gezwungen, sein Studium aufzugeben. Er ist sechzehn. Schau ihn dir an: Ein zartes Köpfchen, sanfte Augen, schwache Handgelenke. Was kann er im Leben anfangen, ohne Diplom? Die Diplome, massenhaft Griechisch, Professorenideen, gehobene Unterhaltungen, all das ist wie geschaffen für artige Naturen wie er. Was soll er werden ohne das? Bankangestellter? Das hält er nicht durch. Ein Achtstundentag, die Nase in einem Register und die Augen des Bürovorstehers im Nacken, das ist kein Beruf, den Antoine ertragen könnte, und er weiß das sehr wohl. Im übrigen würde er nicht genug verdienen für dich.

– Wenn jemand auf das Geld pfeift, dann ich, erklärte Yvette. Notfalls bin ich durchaus bereit, zu arbeiten. Ich habe sowieso schon ganz ernsthaft daran gedacht.

– Erzähl keinen Quatsch. Das führt zu nichts, und du machst niemandem damit etwas vor. Alles, was ich dir da sage, ist ebenso in deinem Interesse wie in dem von Antoine. Ich weiß, was du denkst und was du hoffst. Du liebst Antoine, wie du vielleicht noch nie einen Mann geliebt hast, aber du kennst dich gut genug, um zu wissen, daß du ihn nicht immer lieben wirst. Er ist süß wie ein kleines Mädchen, er ist kuschelig, er versteht es, die kleinen Freuden der Zweisamkeit zu dosieren, und er hat den Kopf auf den Schultern: die Briefe an den Gefangenen, die Vorbestellungen bei der Milchfrau, das übernimmt er alles. Er hat auch viel Geschmack: Ah, dieses Blau, das steht dir ausgezeichnet. Mit ihm kannst du drei schöne Jahre verbringen, oder fünf oder sechs, eben bis der Krieg aus ist und der Gefangene nach Hause kommt. Dann, selbst wenn man sich zufällig noch ein bißchen lieben sollte, reißt man das Steuer herum. Es muß ja sein, der Mann ist zurück, er nimmt seinen Platz wieder ein bei seiner Frau, bei seiner Tochter, und außerdem ist Antoine zwanzig Jahre alt, er muß vielleicht zum Militär. Kurz und gut, so ist das Leben. Für Antoine schwärmst du jetzt, nicht in der Zukunft. Du findest, daß es nicht einmal besonders nett ist, von der Zukunft zu reden. Wenn sie nur für dich gesichert ist, reicht das vollkommen, und man braucht nicht daran zu denken, nicht wahr?

Yvette protestierte heftig in schmerzlich-aufrichtigem Ton, der Antoine aufwühlte und von Zärtlichkeit überfließen ließ, ohne jedoch die Zweifel auszulöschen, die die so vernünftige Darstellung seines Freundes in ihm geweckt hatte. Völlig unbeeindruckt, wartete Paul Tiercelin ab, bis er weitersprechen konnte.

– Schön, ich übertreibe vielleicht. Nehmen wir an, daß du an deine Zukunft genauso wenig gedacht hast wie an die von Antoine. Jedenfalls rechnest du damit, ein paar Jahre mit ihm zu leben, bevor der Krieg aus ist und dein Mann zurückkommt. Und selbstverständlich rechnest du damit, vor allem, wenn du nicht darüber nachgedacht hast, daß ihr in den paar Jahren von den dreißig oder vierzig Scheinen im Monat lebt, die er mit dem Schwarzmarkt verdient. Was du aber nicht weißt, ist, daß das Ding nicht mehr lang funktionieren wird. Escartel ist heute mittag verhaftet worden. Ich nehme an, daß ihn Flora verpfiffen hat in der Hoffnung, daß die Polizei mich erwischt. Escartel ist nur ein Rädchen, aber wenn sie ihn richtig ausquetschen, kann er die Bullen auf die Spur führen. Auf alle Fälle werden die Bosse auf Sparflamme stellen. Nach dem, was mir mein Vater gesagt hat, sind sie fast schon entschlossen, in einer anderen Gegend zu operieren, und selbst wenn sie in Paris bleiben, geben sie ganz sicher diesen Stadtteil auf. Wir können noch drei Wochen von der Ware leben, wenn wir sie im normalen Rhythmus absetzen. Und dann?

Yvette hatte Mühe, den Schlag zu verdauen und konnte ihre Unruhe nicht verbergen. Antoine bewahrte besser Haltung. Im übrigen machte ihm Yvettes Reaktion mehr Sorgen als die bevorstehenden Schwierigkeiten. Dennoch ahnte er verschwommen beunruhigende Aussichten und fühlte in sich eine noch unbestimmte Angst aufkommen, die keine Furcht vor Entbehrungen war. Bis dahin hatte ihn der Gedanke an die Zukunft nie beschäftigt. Seit er von dem Glück träumte, endgültig zu Yvette zu ziehen, erschien ihm die Zukunft als kompakter, glatter Zeitblock, der an dem Tag begann, an dem seine Entscheidung getroffen sein würde. Tiercelins Worte stellten sie ihm nur als eine Aufeinanderfolge von Zwischenfällen und Trennungen dar, und er fing an, sich in seine Kindheit zurückzusehnen.

– Jedenfalls behält Antoine seine Kundschaft, wandte Yvette ein. Er braucht nur woanders Ware zu finden. Das ist heutzutage nicht so schwierig.

– Antoine hat keine Kundschaft, gab Paul zurück. Wir

haben ihn in einem fest organisierten Ring untergebracht, wo er ein Mittelsmann unter anderen war. Wenn er anderswo Ware findet, muß er sich auch noch einen Kundenkreis aufbauen. Ich glaube nicht, daß er das schafft. In vierzehn Tagen, wenn der Vorrat allmählich ausgeht, werdet ihr alle beide die Lokale abklappern auf der Suche nach einem Smokingjob. Mit etwas Glück bekommt Antoine etwas in einem Nachtlokal, wo er die Nummern ansagen muß, die alten Schachteln unterhalten und zum Schampus animieren. Er macht ein bißchen Schwarzmarkt auf Provision, ein bißchen Kokain und treibt es mit den Mädchen vom Lokal. Ich gebe euch keine drei Monate, bis ihr zerstritten seid. Und wenn ich richtig verstehe, wollt ihr das alle beide nicht. Also wozu Antoines Leben durcheinanderbringen, wozu ihn von seinem Studium abhalten, bei dem er sicher Erfolg hat, nur um einen Möchtegernmafioso aus ihm zu machen, der sich in dem Milieu seiner Arbeitgeber nie wohlfühlen wird? Ihr habt dabei nichts zu gewinnen und alles zu verlieren. Es wäre so einfach, wenn ihr euch weiter so treffen würdet, wie vor den Ferien. Eine Stunde am Tag, reicht euch das denn nicht?

Paul ließ seinen Freunden etwas Zeit zur Meditation. Yvette und Antoine, die Seite an Seite auf dem Sofa saßen, schlugen die Augen nieder und schienen jeder in seine eigenen Gedanken versunken. Sie vermieden es, sich aneinander zu lehnen. Ihre besorgten Gesichter waren hart und mürrisch, als ob sie egoistische Überlegungen verbergen wollten. Paul konnte einen Moment lang glauben, daß sie ihren Entschluß rückgängig machen würden. Doch Yvette erinnerte sie an ihr Vorhaben, einen Film auf den Champs-Elysées anzusehen, stand auf und drückte Antoine lange die Hand. Beim Hinausgehen wandte sie sich in der halboffenen Tür um und lächelte ihm nachdrücklich zu. Ihr Morgenrock war aufgegangen und ließ ihre Schenkel sehen. Als sich die Tür geschlossen hatte, saß Antoine wie erstarrt da, den Blick auf die Klinke geheftet.

– Natürlich ist es ihr völlig gleich, was passiert, sagte Paul. Sie weiß, daß sie immer wieder auf die Füße fällt. Aber für dich ist das etwas anderes. Wirklich, wenn du dein Studium hinschmeißt, gehst du ein verdammtes Risiko ein. Und das ist noch nicht das Schlimmste. Mit ein bißchen Glück kann alles noch werden, obwohl das nicht sehr wahrscheinlich ist. Was viel ernster ist und mich vor allem beunruhigt, ist die Gewißheit, daß du in diesem armseligen dummen Verhältnis verblödest und für den Rest deines Lebens vertrottelt bist, wenn ihr in drei Jahren Schluß macht.

Antoine warf ihm einen luziden, aber überdrüssigen und leicht ironischen Blick zu, der ihn auf jede weitere Fürsorglichkeit verzichten ließ.

– Lassen wir das. Du bist genau in dem Zustand, den ich für dich nach einem Jahr wilder Ehe befürchtet hatte. Du mußt wirklich dazu veranlagt gewesen sein. Aber reden wir nicht mehr davon. Nachdem du beschlossen hast, dich Yvette auszuliefern, kümmern wir uns besser um ernsthafte Angelegenheiten. Was ich euch vorhin erzählt habe, ist wahr. Die Affäre ist aufgeflogen, und in drei Wochen verdienst du keinen Franc mehr. Bei den Beziehungen meines Vaters wird man mich nicht behelligen, dich übrigens auch nicht. Niemand kennt deinen Namen, und die Leute, mit denen du zu tun gehabt hast, Escartel inbegriffen, halten dich für einen Angestellten meines Vaters. Aber essen müßt ihr deswegen trotzdem. Zum Glück habe ich den Sarghandel zu guten Bedingungen an Land ziehen können, und nachdem er nicht aus derselben Quelle stammt wie die übliche Ware, war kein Risiko dabei.

Gestern abend und heute vormittag hat Ozurian bereits den ganzen Posten weiterverkauft. Er muß sich dabei ordentlich in die Taschen geschaufelt haben, wie ich ihn kenne. Morgen oder spätestens übermorgen sind alle Särge abtransportiert, und wir bekommen sofort das Geld dafür. Dir steht natürlich die Hälfte davon zu, ein ganz hübscher Brocken: glatte siebenhundertfünfzigtausend Francs.

Antoine sprang vor Entzücken auf und fing vor Begeisterung zu tanzen an, was Paul freute und aufheiterte.

– Das ist verdammt nobel von dir, sagte Antoine, nachdem er ausgelacht und ausgetanzt hatte, aber ich habe trotzdem Skrupel. Du hast schließlich die Arbeit gemacht. Es gibt keinen Grund, mit mir zu teilen.

– Entschuldige, du hast das Geschäft doch eingefädelt. Ich habe nur nachgebohrt. Es ist also nur gerecht, wenn du deinen Anteil am Gewinn bekommst. Aber du mußt dir darüber im klaren sein, daß wir die Sache nur durch Zufall bekommen haben und sie kein zweites Mal machen können. Mit siebenhundertfünfzigtausend Francs solltet ihr, Yvette und du, zwei Jahre lang gemütlich leben können, natürlich vorausgesetzt, daß sie nicht über das Geld verfügen darf. Wenn du ein bißchen Grips hättest, könntest du eigentlich in den zwei Jahren sehr wohl dein Studium fortsetzen.

Antoine nickte ohne große Begeisterung und gab zu bedenken, daß er sowieso keine Examen ablegen könnte.

– Bist du denn wirklich so scharf darauf, daß ich studiere?

– Mich wundert, daß dir das nicht selbst klar ist, aber wenn du dein Studium nicht weitertreibst, bleibst du ein unfertiges Wesen. Du bist eine Treibhauspflanze. Die klassische Bildung, der Konjunktiv Imperfekt und alles, was dazugehört, das sind deine Waffen und dein Wohlergehen. Wenn du im Freiland wächst, wirst du immer ein farbloses Pflänzchen bleiben, eine zitternde Mimose. Aber was soll's. Nachdem du sowieso schon hin bist, brauchen wir nicht herumzujammern. Übrigens, ich persönlich mag das Studium nicht sonderlich. Nicht aus Faulheit, ich bin durchaus in der Lage, zu lernen, ohne mich wirklich für die Sache zu interessieren. Aber ich bin keine Treibhauspflanze, und ich merke, daß mich das Studium am Wachsen hindert. Außerdem, wenn ich hochgebildete Leute sehe, habe ich eine Heidenangst, daß ich einmal werde wie sie. Abgesehen von dem etwas widerlichen Aussehen, das sie fast alle haben, erinnert mich ihr Benehmen, freilich mieser, an das der Unterweltgestalten, an Zuhälter, die fest im Sattel sitzen. Die haben genauso ihre Art, einander zu erkennen oder sich auszudrücken, dieselbe Verachtung für Leute, die nicht zu ihren Kreisen gehören, denselben albernen Ehrenstandpunkt. Sie haben sogar ihre eigenen Tätowierungen, aber nicht auf den Armen oder auf dem Oberkörper, das wäre nicht auffällig genug. Schon im Gymnasium sind die Kerle in unserem Alter nicht besonders anziehend. Ich bin nur beruhigt, daß sie mich fast alle verabscheuen. Ich sage mir, daß ich keiner der ihrigen bin, daß sie das spüren. Und wenn du weiterstudierst, wirst du vielleicht in ein bis zwei Jahren unausstehlich, sicher sogar. Trotzdem werde ich Ende des Jahres zum Abitur antreten, weil sich mein Vater ungeheuer freuen wird, wenn ich es schaffe, aber im Oktober gehe ich nicht ins Gymnasium zurück.

Antoine hörte sich diese Ausführungen mit belustigtem Interesse an und gab zu, daß einiges Wahre daran war, aber in seinem Innersten fühlte er sich schockiert. Er hatte den Eindruck, im anderen Lager zu stehen, in dem der hochgebildeten Leute. Wenn Paul jedoch seine Aversionen ziemlich deutlich erklärte, so sagte er nicht, welchem Lager er sich selbst zurechnete. Zu diesem Punkt befragt, antwortete er verlegen:

– Ich weiß nicht genau, oder besser, ich kann es nicht sagen. Vielleicht fühle ich mich auch in keinem Milieu wohl. Am Gymnasium und an den Leuten, die von der Bildung dort geprägt sind, stören mich die Schnörkel, der Flitter, die Federn im Hintern. Um ein klein wenig Wahrheit und Substanz zu finden, muß man einen Haufen Nichtigkeiten und Überflüssigkeiten in Kauf nehmen, die als höchst bedeutungsvoll ausgegeben werden, so daß man die Lust daran verliert. Es ist dasselbe, was mich an den Frauen stört und was mir Flora schließlich unerträglich gemacht hat. Eine Frau ist im Grunde ungefähr so wie ein Mann. Der Gegensatz der Geschlechter sollte nur ein Mittel dazu darstellen, sich unmittelbarer zu verstehen. Aber sobald sie ein hübsches Gesicht haben oder eine gute Figur oder für ein paar Kröten Klamotten auf dem Leib, umgeben sie sich mit jeder Menge Komplikationen, hinter denen man sie nie finden kann. Aber vielleicht habe ich unrecht, das zu sagen. Mann oder Frau, ein Mensch entdeckt schließlich immer, daß er zu einer Kategorie gehört, zu einer Sippe, zu irgendeiner Gattung, die ihre Spielregeln hat, ihre Täuschungsmanöver, ihre Verrenkungen. Mir hängt das zum Hals heraus. Ich glaube trotzdem, daß es Situationen und Umstände gibt, in denen die Leute viel erträglicher sind. Ich habe vorhin daran gedacht, als der Kerl von der L.V.F. da war. Er ist ganz sicher ein bißchen verrückt, aber er hat mir einen offenen, ehrlichen Eindruck gemacht und sich nie für etwas ausgegeben, was er nicht ist.

– Aber was willst du denn machen im Oktober? fragte Antoine.

– Eben. Ich habe in den letzten Tagen von einer Gruppe bewaffneter Freiwilliger gehört, die irgendwo im Zentrum von Frankreich gebildet wird. Ihre Aufgabe ist, Leute für Angriffe auf deutsche Transporte und isolierte Posten auszubilden. Diese Art Leben und Umgang würde mir sehr gefallen. Aber seit vorhin reizt mich auch die L.V.F. nicht wenig. Der Krieg in Rußland mit Männern vom Schlag Maliniers, das dürfte auch nicht schlecht sein. Das Dumme ist nur, daß man wahrscheinlich die Einwilligung der Eltern braucht, um sich zu diesen Truppen zu melden, und ich weiß, daß sie mir mein Vater nicht geben wird. Für die anderen dagegen brauche ich die Erlaubnis von niemand.

X

Als er zu dieser ihm ungewohnten Stunde die place Pigalle überquerte, sann Michaud darüber nach, daß es ihm seit dem Beginn der Besatzung nicht öfter als fünf oder sechs Mal vorgekommen war, wie heute nach dem Abendessen auf der Straße zu sein. Wie heute abend war er durch dunkle Straßen gegangen, an blinden Häuserblocks vorbeigekommen, und Paris hatte ihm nichts von seinem nächtlichen Leben enthüllt. Er sah davon etwa genausoviel von zu Hause aus, wenn er den Luftschutzvorhang beiseite schob. Und tagsüber war der Spielraum seiner Entdeckungen auch nicht gerade viel größer. Außer einigen Expeditionen in der Metro ging sein Alltagsleben nicht über einen engen Bereich in zwei aneinandergrenzenden Stadtvierteln hinaus. Und er hätte den Preis für ein Dutzend Eier nicht sagen können, der für das Leben im Paris der Besatzungsmacht doch so bezeichnend war. Er wußte nicht einmal, wie der Präfekt des Departments Seine hieß oder auf wieviel Gramm Fett er Anspruch hatte, und er war ebenso unfähig, einen SS-Mann an seiner Uniform zu erkennen wie den Rang eines Offiziers an seinen Schulterklappen. Er hatte sich nie die Mittagsparade auf den Champs-Elysées angesehen und war weder von der französischen Polizei noch von der deutschen Gendarmerie jemals durchsucht worden. Wenn es ihn plötzlich nach New York verschlagen hätte, wäre er in größter Verlegenheit gewesen, den Amerikanern einigermaßen üppige Informationen über das Leben in Paris zu liefern. Wahrscheinlich würde er aus den dortigen Zeitungen viel mehr darüber erfahren, als er selbst wußte. Dabei war er überzeugt, das Pariser Leben in seiner Substanz erfaßt zu haben. Es hatte für ihn eine Farbe, einen Geschmack, einen Duft, die sich mit anderen, verschwommeneren Eindrükken verbanden. Seltener kam es auch vor, daß es ihm zu einer plastischen, abstrakten Form verdichtet schien, die ihm von Zeit zu Zeit in seinen Träumen begegnete, manchmal auch im Wachen im Anschluß an einen Gedanken oder ein Bild, die nichts damit zu tun hatten. Die Dürftigkeit seiner Erfahrungen und Kenntnisse beängstigte ihn zunächst, doch er beruhigte sich vorübergehend beim Gedanken an diese mannigfaltigen Empfindungen, die ein tiefes intimes Wesen um seine Zeit bescheinigten. Dann fiel ihm ein, daß der Hundertjährige Krieg und die Revolution, die er doch nicht erlebt hatte, in ihm andere, ebenso spezifische Empfindungen wachriefen. Daraufhin dachte er an seinen linken Fuß. Eine Art Schwiele hatte sich an seiner Zehe am Gelenk gebildet und machte ihm manchmal stechende Schmerzen. Es war kein Hühnerauge. Hélène, die er konsultiert hatte, meinte, es sei ein Hühnerauge. Aber es war kein Hühnerauge, da war sich Michaud absolut sicher. Er hatte im übrigen schon oft feststellen können, daß die Frauen die Füße der Männer nicht verstehen. Als er die rue Pigalle hinunterging, rief ihn eine sehr leise Stimme im Dunkeln an. Zweifellos hatte das Mädchen an seinem Schritt erkannt, daß er ein Mann war. Eine Gestalt berührte ihn, eine zarte Hand ergriff den Ärmel seines Mantels, und die Stimme wiederholte: »Kommst du, Schätzchen?« Michaud gab schroff zurück, daß er keine Zeit habe. »Das geht doch schnell«, beharrte die leise Stimme. Ein zerzauster Haarschopf, der ihm jung vorkam, streifte ihn unterm Kinn. Michaud schob das Mädchen entschlossen zur Seite und beschleunigte den Schritt, aber der Haarschopf und die Stimme hinterließen in ihm ein Bedauern, das über den Augenblick hinausging. Er beneidete die Männer, die ihre Zeit mit Vergnügungen zubrachten und keine anderen Sorgen hatten als den eigenen Genuß. »Reich geboren zu sein«, dachte er, »oder mit dem Talent, Geld zu verdienen und sich ganz den Mädchen und dem Vergnügen hinzugeben, damit kommt man unbesorgt durchs Leben, was ein Haufen rheumatischer Moralisten auch immer sagen mag. Wenn ich statt Ideen und hochedlen Bestrebungen nachzujagen, um nichts als ein verkrachter Intellektueller zu werden, wenn ich statt dessen meine Jugend und mein reifes Alter darauf verwandt hätte, den Weibern nachzulaufen, wäre ich jetzt ein alter Lüstling, den das Leben nicht enttäuscht hätte. Der Weltkrieg, die Niederlage, die Besatzung, der Faschismus, die Reden von Hitler und die Vichypolitik wären für mich nur Schlagzeilen. Mädchen und Champagner würde es immer geben. Wenn eine große Schlacht an der russischen Front stattfände, würde ich heiter lächeln und an Mädchenschenkel und -gesichter denken. Aber ich bin leider kein alter Wüstling, ich denke an die russische Front, ich denke an das, was morgen sein wird, und ich lächle nicht heiter.«

Es war halb zehn Uhr, und die meisten Gäste saßen

noch bei Tisch. Viele von ihnen hatten eben erst angefangen. An manchen Tischen wurde Gänseleber serviert, an anderen Geflügelstücke. Einigen Gästen fiel sein abgetragener Mantel auf, sein verbleichter Hut, seine zerschlissene Krawatte. Sie betrachteten ihn nicht feindselig, fragten sich aber, was er in diesem Lokal suchte, wo ihm seine Mittel eindeutig nicht zu essen gestatteten. Eingeschüchtert nahm er den Hut ab und entschloß sich nach einem Augenblick des Zögerns, einen Kellner anzusprechen, der sich im übrigen als höflich und zuvorkommend erwies.

– Ich bin schon vor dem Abendessen gekommen, um Monsieur Tiercelin zu sprechen, aber er war nicht da. Man hat mir gesagt, daß ich ihn wohl heute abend antreffen könnte.

– Monsieur Tiercelin ist gerade in die Bar hinuntergegangen. Er wird sicher bald wieder heraufkommen, aber wenn Sie mit ihm zu sprechen wünschen, sind Sie in der Bar ungestörter als hier.

Tiercelin unterhielt sich im hinteren Teil der Bar mit einer dicken, silberfuchsbehängten Dame, die schweren Goldschmuck trug. Michaud ließ ihm durch den Barmann ausrichten, daß der Vater von Antoine Michaud da sei, des Kameraden seines Sohnes.

– Eine dumme Geschichte, erklärte Tiercelin der dikken Dame, die seine Schwester war. Sein Sohn ist ein Schulkamerad von Paul. Du kennst ihn, du hast ihn vorgestern hier gesehen. Er heißt Antoine, er ist mit Yvette zusammen, die Calam letztes Jahr an die Leine nehmen wollte. Du weißt doch, er hat versucht, sie bei dir in den Puff zu stecken. Kurz, der Bursche hat seinem Vater erzählt, daß er über die Osterferien mit Paul nach Burgund fahren würde. Selbstverständlich verbringt er sie bei Yvette. Der Vater hat sich hier noch nie blicken lassen, und jetzt kommt er heute abend daher, ganz unerwartet. Was fällt ihm auf einmal ein? Hat er vielleicht einen Verdacht, hat er irgendwas gehört? Keine Ahnung. Was soll ich ihm bloß erzählen? Ich kann ihn doch nicht aufklären.

– Tu, als ob du von nichts wüßtest. Wenn er dir sagt, daß die Kinder nicht in Burgund sind, fällst du aus allen Wolken, du regst dich auf.

– Was anderes bleibt mir nicht übrig, aber es geht mir gegen den Strich. Ich meine, daß man unter Familienvätern nicht unfair sein darf.

– Laß dir keine grauen Haare wachsen, riet ihm seine Schwester. Den Mann da brauchst du dir doch nur anzuschauen: ein braver Angestellter, sonst nichts. Ein Arbeitstier ohne einen Franc in der Tasche.

– Nein, Lucette, rede nicht so, das hört sich ordinär an. Und zuerst einmal ist dieser Gast da Lizentiat, so blöd er auch aussieht. Du hast ja keine Ahnung, das ist mehr als das Abitur. Ein Arbeitstier, vielleicht, und keinen Franc, vielleicht auch, aber ich habe Achtung vor der Intelligenz. Ich bin der Meinung, daß die Menschheit solche Leute ebenso braucht wie dich und mich.

Lucette warf einen Blick zu Michaud hinüber, der sich auf den äußersten Rand einer Bank gesetzt hatte. Sie bemühte sich aufrichtig, ihn zu bewundern, konnte aber ihre Bedenken nicht loswerden.

– Ich bestreite ja nicht, daß die Menschheit sie braucht. Ich weiß sehr wohl, daß weder du noch Fredo Maschinen erfinden könntet oder in den Zeitungen schreiben. Aber trotzdem, die Leute sind nicht lustig.

– Ich habe immerhin welche getroffen, die ganz unterhaltsam waren und sogar nicht schlecht mit den Mädchen geschäkert haben. Ich weiß noch, in dem Jahr, wo ich nach Niort gefahren bin, um Gustave auszuhelfen, da ist ein

Steuereinnehmer gekommen. Entschuldige, der hat sie alle zum Lachen gebracht, und wie! Und wenn er hinaufgegangen ist, hat ihn das keinen Sou gekostet. Er ist sogar befördert worden, während ich dort war. Jetzt rede ich mit dem Vater von dem Kleinen. Wenn du raufgehst, sag der Rita, daß sie jemand oben an der Treppe auf Wache stellt, falls Antoine kommt. Man muß ihn warnen, daß sein Vater da ist.

Tiercelin war schon ein paar Schritte auf Michaud zugegangen, als ihm etwas einfiel und er zu seiner Schwester zurückkehrte.

– Sag Fredo, er soll das mit dem Hauptmann Klest lassen. Ich habe gerade sichere Informationen bekommen, daß die Deutschen nur noch für zwei Monate Benzin haben. Die Engländer sind sicher im August in Paris. Es ist nicht gerade gut, jetzt Geschäfte mit deutschen Offizieren zu machen, vor allem, wenn man so bekannt ist wie ihr. Darüber bin ich der gleichen Meinung wie Caretti: man tut immer gut daran, ein anständiger Franzose zu sein. Das Vaterland kriegt manchmal Prügel, wie jetzt, aber es ist trotzdem die bessere Karte.

Michaud, der nichts mit sich anzufangen wußte, beobachtete die Bargäste. Die Männer interessierten ihn mehr als die Frauen, denen er kaum Aufmerksamkeit schenkte. Er war immer gegen die weiblichen Dauergäste der Bars oder Kneipen voreingenommen gewesen. Seiner Meinung nach lebten sie nur im gegenwärtigen Augenblick, und ihre einzige Sorge war, sich in den Blicken der Kundschaft zu spiegeln. Von den Männern dagegen schien ihm, vor allem, wenn sie allein hier waren, daß sie das Leben studieren und ihm vielleicht ein Geheimnis entreißen wollten. Er fand die meisten sympathisch, doch einer erregte seine Aufmerksamkeit besonders. Es war ein beleibter, noch junger Mann mit Glatze, buckligem Schädel und buschigen Augenbrauen[1]. Er saß an der Bar, wärmte ein Glas Cognac zwischen den Händen und betrachtete die glitzernde Flüssigkeit mit herzzerreißender Melancholie. Plötzlich hob er sein Glas mit einer brüsken, fast gewaltsamen Bewegung, trank einen Zug Alkohol und sagte zum Barmann, indem er das Glas niedersetzte: »Ich habe einen ordentlichen Schnupfen.« Und seine tiefe Stimme hatte so vornehme Modulationen, daß ihn Michaud weiterhin hochschätzte. Inzwischen war Tiercelin zu ihm getreten und hatte ihn nach den Höflichkeitsfloskeln zu einem etwas abseits stehenden Tisch gebracht, wo man in Ruhe plaudern konnte. Michaud, der den Unbekannten mit dem buckligen Schädel sorgfältig studiert hatte, schenkte dem Aussehen seines Gastgebers kaum Beachtung und bemerkte nicht einmal die beunruhigende Sonderbarkeit seines harten und hageren Gesichts, der kleinen, düster funkelnden Augen. Tiercelin dagegen musterte ihn kaltblütig und wußte bereits, mit welchem Menschenschlag er es zu tun hatte. Er ließ Cognac servieren, verlegte sich auf Artigkeiten und überließ es dem Gast, das Gespräch zu eröffnen.

– Sie müssen denken, daß ich mir viel Zeit gelassen habe, Sie zu besuchen, sagte Michaud, und ich habe es mir

1. Der kahlköpfige Mann, ein glühender Anhänger Pétains, wurde im Oktober '43 Opfer einer Namensverwechslung und von der Gestapo verhaftet. Nachdem er gefoltert worden war, schickte man ihn nach Buchenwald, wo er im Januar unter folgenden Umständen starb, die mir ein Zeuge berichtete: Der Kahlköpfige gehörte zu einer Baracke unter Aufsicht eines Polen, der mit Genehmigung der Deutschen jeden Morgen vier oder fünf der Männer unter seiner Fuchtel aufs Geratewohl herausgriff und vor seinem Frühstück mit dem Revolver oder dem Ochsenziemer umbrachte. Weil er eine Schwellung an der Backe hatte, deren Anblick dem Polen mißfiel, wurde der Kahlköpfige mit dem Ochsenziemer erschlagen.

schon lange vorgenommen, aber ich war sehr eingespannt. Die Geschäfte, meine kranke Frau, die Kinder, ich habe keinen Augenblick für mich gehabt. Aber ich wollte Ihnen sagen, wie sehr mich Ihre Freundlichkeit zu Antoine beeindruckt hat. Die Ferien in Burgund tun ihm natürlich sehr gut. Sie haben sich da eine Sorge aufgebürdet...

– Überhaupt nicht, versicherte Tiercelin. Es war ganz einfach, und Paul hat sich so gefreut, seinen Freund mitnehmen zu können. Ich selbst habe Antoine sehr gern und habe Paul immer zum Umgang mit ihm ermuntert. Er ist ein gescheites Kind mit Herz und vor allem, was ich am meisten schätze, er ist seriös. Ich mag Jungen, die seriös und fleißig sind. Leider hat ihnen der Krieg gar nicht gut getan. Es gibt im Augenblick eine Krise in der Moral, die viele Leute nicht ahnen, um so glücklicher bin ich, daß Pauls bester Freund ein Bursche wie der Ihre ist.

– Antoine ist kein schlechtes Kind, stimmte Michaud zu. Aber ich weiß nicht, ob er all das Lob, das Sie ihm spenden, wirklich verdient. Jedenfalls hat seine Mutter Zweifel, ja Sorgen, und wenn ich auch nicht so schwarz sehe wie sie, frage ich mich doch, ob nicht etwas los ist. Stellen Sie sich vor, heute morgen haben wir gleichzeitig mit einem Brief von Antoine seine Noten vom Gymnasium bekommen, und sie waren gerade noch genügend. Die Sache wäre an sich nicht so schlimm, aber bis jetzt war Antoine, sagen wir es ruhig, ein brillanter Schüler, und dieses plötzliche Nachlassen kann kein einfacher Zufall sein. Wenn man seiner Mutter glaubt, steckt eine Mädchengeschichte dahinter. Sie hatte so etwas schon geahnt, und ich muß sagen, je mehr ich darüber nachdenke, desto überzeugter bin ich, daß sie recht hat. Ich habe mich gefragt, ob Sie nicht vielleicht denselben Verdacht gegen ihren Sohn haben, oder auch, was Antoine betrifft, irgendein Indiz bemerkt hätten, das uns weiterführen könnte.

– Monsieur Michaud, Sie können sich denken, daß ich nicht auf Ihren Besuch gewartet hätte, um Ihnen einen Wink zu geben, wenn ich einen Verdacht gehabt hätte. Selbstverständlich kann ich nichts beschwören, aber was meinen Sohn angeht, würde mich das wundern. Und außerdem will ich Ihnen gleich sagen, daß ich ihn vor den Gefahren gewarnt habe, wenn man sich zu früh einläßt. An seinem vierzehnten Geburtstag habe ich ihn radikal aufgeklärt.

– Natürlich, sagte Michaud, das ist auch eine Methode. Ich weiß nicht, wie weit sie wirksam sein kann. Schon die Tatsache, ihm von diesen Dingen zu erzählen, zerstört in ihm das geheimnisvolle Grauen, die irrationale Angst vor der Sünde, die das Schweigen der Eltern hervorgerufen und genährt hat. Mit einem Schlag löschen Sie die mysteriöse Distanz aus, die ihn von der Versuchung trennt, und reduzieren sie auf eine einfache Berechnung der physiologischen Nachteile. Aus einem moralischen Problem machen Sie ein Problem der Hygiene, dessen praktische Lösung einem Kind nicht unbedingt versagt ist. Das ist ziemlich bedenklich. Wenn andererseits die Furcht vor Krankheiten zur Abschreckung genügt, riskiert man, gewisse Komplexe zu verursachen, die auch nicht wünschenswert sind.

Michaud ging ausführlich auf die Vorsichtsmaßnahmen ein, die bei der Behandlung eines solchen Themas mit einem Jungen angezeigt waren. Tiercelin war fassungslos über die Spitzfindigkeiten und Skrupel, mit denen sich die Gebildeten bei so einfachen Dingen belasteten. »Man braucht sich nicht wundern, daß diese Leute mit all ihrer

Bildung nicht wissen, was links und rechts ist«, dachte er, »aber wie sollen sie zurechtkommen, wenn sie gewöhnt sind, sich so viele Fragen wegen einer läppischen Sexgeschichte zu stellen?« Unterdessen spann Michaud seinen Faden weiter, widerlegte, bewies, berief sich etwas unbescheiden auf Rousseau, auf Freud und verlor seinen Ausgangspunkt aus den Augen. Tiercelin langweilte sich zu Tode, so daß er unauffällig ein paar Freunde an ihren Tisch zog. Als er einen ziemlich brillanten Vortrag über den sexuellen Realismus und seine Beziehungen zur revolutionären Gesinnung beendet hatte, merkte Michaud, daß er von einer ganzen Gesellschaft umgeben war und ein Glas Champagner vor ihm stand. Die Unterhaltung hatte durch seine eigenen Ausführungen bereits ihre Richtung gefunden und ging zu schlüpfrigen Anekdoten über. Michaud hatte solche Geschichten ganz gern, vorausgesetzt, daß sie unter Männern erzählt wurden. Die Anwesenheit eines weiblichen Wesens war ihm unangenehm. Neben ihm saß ein hübsches, wohlgebautes Mädchen namens Olga, das mehrere besonders gepfefferte Anekdoten zum besten gab mit einer Vorliebe für derbe Ausdrücke, die ihm sehr peinlich war. Als sie sich jedoch wie unabsichtlich an seine Schulter lehnte und ihm geistesabwesend die Hand auf den Oberschenkel legte, betrachtete er sie nachsichtiger und fand sie schließlich unterhaltsam. Tiercelin verfolgte Olgas Manöver mit diskreter Aufmerksamkeit. Nachdem ihr Repertoire erschöpft war, gab sie gleichsam einer Art Erschlaffung nach, schmiegte sich an ihren Nachbarn und ließ den Kopf auf seine Schulter gleiten. Sie hatte üppiges rotes Haar, das stark parfümiert war und ihn am Hals und an der Wange kitzelte.

– Sie müssen ihr verzeihen, Monsieur Michaud, sagte Tiercelin. Olga ist ein braves Mädchen, aber wenn ihr jemand sympathisch ist, kann sie es nicht verbergen, selbst wenn es der König von England wäre. Hör mal, Olga, laß doch Monsieur Michaud in Ruhe. Was wird er denn von dir denken!

Die letzteren Worte schienen in Olgas Herz eine plötzliche Unruhe zu wecken. Als ob sie bei einem Vergehen ertappt worden wäre, richtete sie sich auf, blickte Michaud ängstlich an und fragte furchtsam: »Denken Sie wirklich schlecht von mir?« Michaud protestierte mit leicht belegter Stimme, daß ihm so etwas nicht einfallen würde und ließ durchblicken, daß er selbst Sympathie für sie empfinde. Sie stieß einen glücklichen Seufzer der Erleichterung aus, schmiegte sich noch enger an ihn und legte ihren Kopf wieder auf seine Schulter. Tiercelin schien dieser Vertraulichkeit so wenig Bedeutung beizumessen, daß sie Michaud nicht weiter störte. Er war einzig darauf bedacht, natürlich genug zu wirken, um eine gewisse Erregung nicht zu verraten, die allmählich in ihm aufkam. Indem er die Gleichgültigkeit eines der Versuchungen des Fleisches überdrüssigen Menschen zur Schau trug, verirrte sich seine Hand wie die eines zerstreuten Lebemannes in Olgas Haar, während er sich für die Äußerungen seines Gegenübers interessierte, eines etwa Fünfzigjährigen mit sehr kurzem, grauem Haar, dessen Seitenscheitel ein breites Stück Kopfhaut entblößte. Er sah intelligent aus und sprach mit einem kaum wahrnehmbaren ausländischen Akzent, den Michaud im übrigen nicht beachtete. Der Mann wußte die Schwächen und Widersprüche seines Gesprächspartners geschickt zu nutzen, was er mit viel Wohlwollen und Zurückhaltung tat. Sie sprachen zunächst über Kindererziehung und waren sich eine Zeitlang über die Notwendigkeit einig, sie auf ihre sozialen Aufgaben vorzubereiten. Aber Michaud merkte bald an bestimmten Vorbehalten, daß sein Nachbar andere, ganz entgegengesetzte Denkgewohnheiten hatte als er. Der Mann entdeckte sich jedoch nicht, sondern folgte ihm auf sein eigenes Terrain, wobei er ihm mit freundlicher Behutsamkeit Fallen stellte, als ob er aus Gewissenhaftigkeit eine ihnen gemeinsame Anschauungsweise zu kritisieren bemüht wäre. Michaud verteidigte sich ziemlich mangelhaft, denn obwohl ihn die Unterhaltung jetzt interessierte, vergaß er Olga nicht, deren immer zärtlichere Hingebung seine Kampflust abstumpfte und ihn seiner Geistesgegenwart beraubte. Sie nahm seine Hand, drückte sie lange, führte sie bisweilen sogar an ihre Lippen oder preßte ihr Gesicht an seine Wange. Verwirrt und angenehm überrascht, jedoch ohne allzu große Verwunderung, Gegenstand einer so entschiedenen Wahl zu sein, war er darauf bedacht, ihre Schmeicheleien zu erwidern. Olga schenkte unablässig Champagner nach und ließ ihn aus ihrem Glas trinken. Ohne sich Gedanken zu machen, spürte er, wie ihm eine leichte, mitreißende und höchst angenehme Trunkenheit zu Kopf stieg und seinen Körper durchströmte. Während die beiden disputierten, verließ Tiercelin den Tisch, wechselte ein paar Worte mit dem Barmann an der Theke und ging zum Ausgang. Oben an der Treppe fand er Yvette, Antoine und Paul vor, die dort seit einigen Minuten warteten. Antoine sah bestürzt aus, seine Augen glänzten vor Angst, und seine Hände und Lippen zitterten. Yvette versuchte vergeblich, ihn zu beruhigen und ihm Mut zu machen. Ihre Fürsorglichkeit reizte ihn nur.

– Macht euch keine Sorgen, sagte Tiercelin, es ist nichts passiert. Der Papa glaubt, daß ihr auf dem Land seid, Paul und du. Er ist nur etwas mißtrauisch wegen deiner Noten im Gymnasium, die er heute morgen bekommen hat, und er fragt sich, ob sein Filius nicht vielleicht eine Freundin in der Gegend hat. Ich habe ihn natürlich beruhigt. Wir sind bereits zwei alte Kumpel, und ich kann mir vorstellen, daß Papa Michaud in spätestens einer Woche etwas weniger streng mit seinem Sohn sein wird. Laßt mich nur machen.

Tiercelin hatte ein kaltes Lächeln, das seinen Sohn alarmierte.

– Was ist los?

– Aber gar nichts. Was soll denn los sein? Antoines Vater diskutiert mit einem Gast über Erziehungsmethoden. Ich kann dir gleich sagen, daß ich nicht ganz einverstanden mit ihm bin. Jeder auf seine Art. Es kommt nur auf das Ergebnis an, aber jetzt ist nicht der richtige Augenblick, darüber zu reden. Ihr geht am besten schlafen. Dein Vater wird nachher beruhigt nach Hause gehen und sich keine Sorgen mehr über das Benehmen seines Sohnes machen. Los jetzt, hängt nicht hier herum. Wie stehe ich denn da, wenn ihr euch im Lokal erwischen läßt? Guten Abend.

Tiercelin schob die drei jungen Leute zur Tür und stieg langsam die Treppe hinunter, um Zeit zum Nachdenken zu haben. Er war betroffen von Pauls Verhalten und seinem mißtrauischen Blick, aus dem er Besorgnis und fast sogar einen Vorwurf herausgelesen hatte. Einen Moment lang zögerte er, wie er mit Michaud vorgehen sollte, doch dann verlegte er sich auf Vorsicht. »Schließlich wird Paul nichts davon erfahren«, dachte er. »Wenn die Geschichten des Bengels später herauskommen und der Vater mir Vorwürfe machen will, ist es besser, gewappnet zu sein.« Als er in die Bar zurückkam, nahm die von Michaud in Gang gehaltene Diskussion einen deutlich politischeren Charakter an. Auf beiden Seiten fielen die Worte Demokratie, Nationalsozialismus, Staat, Freiheit. Michaud, dessen Augen funkelten, saß nun einem erklärten Gegner gegenüber, der aber gelassen und oft heiter war. Tiercelin befürchtete eine beleidigende Bemerkung oder einen patriotischen Ausbruch und intervenierte gutmütig.

– Aber, aber, Monsieur Michaud, Sie werden doch einem deutschen Offizier nicht erklären wollen, was Nationalsozialismus ist.

Michaud konnte seine Überraschung nicht verhehlen, einen deutschen Offizier vor sich zu haben, und starrte ihn groß an.

– Hauptmann Hatzfeld[1], sagte der Offizier. Entschuldigen Sie, daß ich mich nicht schon vorhin vorgestellt habe, aber es macht den Charme der Pariser Bars aus, daß man dort Unterhaltungen anknüpfen kann, ohne sich allzu sehr um die Etikette zu kümmern.

– Wenn man deutscher Offizier ist, handelt es sich nicht nur um die Etikette, bemerkte Michaud schroff.

Das Gesicht des Offiziers verdüsterte sich, und sein Blick wurde hart. Michaud fürchtete, ihn beleidigt zu haben. Da er spürte wie er bleich wurde, versteckte er sein Gesicht in Olgas Haar. Er schämte sich seiner Schwäche, und obwohl ihm die Angst noch im Nacken saß, hob er den Kopf und warf blindlings hin:

– Monsieur, Sie haben den Krieg verloren.

– Aber, aber, Monsieur Michaud, protestierte Tiercelin, aber, aber.

– Wir sind überall Sieger geblieben, bemerkte Hauptmann Hatzfeld lächelnd. Sieger in Frankreich, in Rußland, in Griechenland, in Norwegen und zur See. Im Augenblick gibt es keine Armee, die der unseren standhalten könnte. Aber unsere Gegner sind nicht müßig, und ob-

1. Hauptmann Hatzfeld beteiligte sich 1944 an der Verschwörung gegen Hitler. Er wurde an einem Fleischerhaken aufgehängt, den man ihm in die Kehle bohrte.

wohl ihre Aussichten sehr schwach erscheinen, ist es am Ende doch möglich, daß wir diesen Krieg verlieren.

– Wenn wir ihn verlieren, macht das auch nichts, fügte er nach einer Weile hinzu. Wir werden den nächsten gewinnen.

– Es wird keinen nächsten geben, widersprach Michaud.

– Monsieur, Sie kennen Deutschland nicht.

Mit diesen Worten stand Hauptmann Hatzfeld auf, verabschiedete sich und ging an der Theke eine der Champagnerflaschen bezahlen, die an Tiercelins Tisch getrunken worden waren, und die er bestellt hatte. Michaud wollte es ihm gleichtun, aber sein Gastgeber untersagte es ihm mit der Bemerkung, daß ihn jedes Beharren kränken würde. Die Unterhaltung schleppte sich noch eine Zeitlang dahin, dann wurde es still am Tisch. Michaud, der sich gedemütigt fühlte, weil er vor dem deutschen Offizier Angst gehabt hatte, zeigte sich düster und verdrießlich. Tiercelin entschuldigte sich, daß er zu tun habe, und ließ ihn mit Olga allein. Sie drängte ihm das letzte Glas Champagner auf und fing wieder mit dem Spiel der Umarmungen, des Geflüsters und der verirrten Hand an. Bei diesen Liebenswürdigkeiten verflog seine Trübseligkeit, er wurde nach und nach lebhafter und fand zu dem Zustand der Exaltation und leichten Trunkenheit zurück, in dem er sich zuvor befunden hatte. Olga hatte eine etwas unkonventionelle Art, ihm ihre Sympathie zu bezeugen, doch er fand sie nicht schockierend. Sie betrieb diese Spiele mit einem Eifer und einer Hingabe, die eine naive, manchmal kindliche und sehr reizvolle Offenheit bewiesen. In verhüllten Worten, die aber deutlich genug waren, gab sie ihm zu verstehen, daß sie völlig uneigennützig war und nichts als seine Zuneigung wünschte, was ihn angenehm berührte.

»Ein Bourgeois würde eine solche Erklärung anstößig finden«, dachte er nicht ohne Stolz, »so viel edle Einfalt brächte ihn in Verlegenheit.« Plötzlich fiel ihm ein, wie spät es schon war, und er erklärte, daß er aufbrechen müsse.

– Ja, sagte sie einfach, gehen wir.

Während Olga in der Toilette, wohin ihr der Barmann einen Fünfhundertfrancs-Schein vom Chef brachte, ihr Make-up überholte, verabschiedete sich Michaud von seinem Gastgeber und dankte ihm für den freundlichen Empfang. Sie tauschten noch schnell einige Ansichten in Familienkunde aus, und Tiercelin nahm ihm das Versprechen ab, bald wieder einen Abend im *Pomme d'Adam* zu verbringen.

In der Dunkelheit der Straße nahm Olga Michauds Arm und zog ihn in eine Richtung, die er nicht genauer wissen wollte. »Wenn Sie wüßten, wie glücklich ich bin«, sagte sie immer wieder. Michaud dagegen war nicht so ganz glücklich. Er dachte an seine Frau und vor allem an Antoine, dessen Lebenswandel er verdächtigt hatte. Es handelte sich jedoch nur um ein vorübergehendes Unbehagen, das nichts mit Gewissensbissen zu tun hatte. Sich selbst machte er immer noch vor, keine Ahnung vom Ziel ihres tastenden Gangs zu haben, und er fragte sogar mit heuchlerisch klingender Stimme: »Wohin bringen Sie mich, Olgachen?« Er zögerte jedoch nicht, das Gebäude zu betreten, in dem sie ihr Zimmer hatte, und ihr die Treppe hinaufzufolgen.

– Ich kann nicht lange bleiben, murmelte er, als er den Mantel auszog. Er blieb tatsächlich nur eine halbe Stunde. Sie versagte sich, ihn länger dabehalten zu wollen, aus Angst, daß er zu Hause Schwierigkeiten bekäme. »Dabei bin ich so traurig, daß du schon gehst.« Sie äußerte mehrmals den Wunsch, ihn wiederzusehen, und da sie am nächsten Tag nicht in Paris war, machten sie aus, sich am übernächsten Nachmittag zu treffen, am Karsamstag. Beim Abschied schien Michaud verlegen und machte eine schüchterne Handbewegung zur Innentasche seiner Jacke, aber Olga hielt ihn mit zärtlicher Entrüstung zurück.

Es war erst Mitternacht, als er in der rue Berthe eintraf. Hélène war bereits sehr in Sorge, denn schon seit über einer Stunde war Ausgangsverbot. Eine Streife hätte ihn festnehmen können. Michaud erklärte, daß er bei Tiercelin äußerst zuvorkommend empfangen worden sei und sich aus Höflichkeit nicht früher habe losmachen können.

– Was Antoine angeht, bin ich beruhigt. Tiercelin, ein prächtiger Mann, der Antoine sehr gern zu haben scheint, glaubt nicht an eine Mädchengeschichte ...

Michaud erzählte ausführlich von seinem Abend bei Tiercelin und mit einer Redseligkeit, die man an ihm nicht gewohnt war. In diesem überstürzten Wortschwall konnte Hélène im übrigen nichts entdecken, was wirklich zugunsten Antoines plädiert hätte. Der Optimismus dieses Tiercelin schien sich auf keine sichere Grundlage zu stützen. Sie war erstaunt, daß sich ihr Mann von einfachen Behauptungen hatte überzeugen lassen, doch diese Leichtgläubigkeit wunderte sie eigentlich weniger als sein Verhalten. Normalerweise, wenn er seiner Frau von einer irgendwo gehörten Unterhaltung berichtete, gab sich Michaud zerstreut und mit abwesendem Blick einer Art Selbstgespräch hin, flocht in seine Erinnerungen alle möglichen Kommentare ein und verlor sich andauernd in Allgemeinheiten. An diesem Abend erzählte er für sie. Er ließ sie nicht aus den Augen, sein weicher, gerader Blick suchte zu überzeugen, und jedes Wort war wirklich für sie bestimmt. Noch nie hatte sie ihn so gegenwärtig, so nahe gefühlt. Sie war darüber so gerührt, daß sie nicht wagte, ihm zu widersprechen oder seinen Optimismus zu dämpfen. Lächelnd und liebenswürdig plaudernd am Bettrand sitzend, war ihm offenbar daran gelegen, sie genau zu unterrichten und nichts zu vergessen. Dabei litt er darunter, sich in ein Lügengeflecht zu verstricken, dessen Nichtigkeit ihm offenkundig erschien. Er legte Tiercelin imaginäre Äußerungen in den Mund, um ihn in einem günstigeren Licht darzustellen, zitierte seine Unterhaltung mit Hauptmann Hatzfeld, dessen Existenz er Hélène verschwieg, indem er andere Gesprächspartner erfand, und erwähnte Olga als eine sehr alte, zugeknöpfte Dame. Er, der niemals log, von ehrenhaften Notlügen abgesehen, erschrak bei der Entdeckung, mit welcher Leichtigkeit und Sicherheit er sich in einem Netz schäbiger und komplizierter Lügen bewegte.

Am nächsten Morgen erwachte er voll Bitterkeit. Er dachte jetzt an Olga ohne Überschwang, wie an einen kaum zu bedauernden Zwischenfall, aber die Erinnerung an seine Heimkehr zu Hélène und an sein Geschwätz verfolgte ihn hartnäckig. Ein ekelhafter Geruch kaltgewordener Lüge hing ihm in der Nase und im Fleisch. Beim Rasieren schaute er sich mit Abscheu im Spiegel an und murrte gegen sich selbst. Das Frühstück mit Pierette und Frédéric in der Küche war ihm besonders unangenehm. Er dachte daran, daß er am Vorabend Champagner mit einem deutschen Hauptmann getrunken hatte, der Frédéric vielleicht eines Tages erschießen lassen würde. Selbst wenn man dies als einen ziemlich unwahrscheinlichen Zufall ansah, blieb das einem deutschen Offizier gelieferte Schauspiel eines französischen Familienvaters, der sich öffentlich in den Armen eines leichten Mädchens räkelte, an sich schon abstoßend genug. Und dann war da dieser schändliche Anfall von Furcht gewesen, den er nicht einmal hatte ganz verbergen können.

– Papa, sagte Frédéric fest und leicht aggressiv, ich brauche wirklich Schuhe. Nicht nur die Sohle geht ab, auch das Obere.

– Das stimmt, bekräftigte Pierrette schüchtern, seine Schuhe sind wirklich hin.

– Wenn du sie brauchst, dann kauf doch ein Paar, gab Michaud zurück.

Frédéric, der sich auf einen mürrischen Widerstand gefaßt gemacht hatte, war verblüfft. Und der Vater fügte noch mit einer Art liebenswürdigem Drängen hinzu:

– Kaufe auf jeden Fall etwas Solides, auch wenn es ein bißchen teurer ist.

An diesem Morgen überraschte sich Michaud dabei, auf dem Weg ins Büro geradezu zu laufen. Er hatte es eilig, die wohltuende Atmosphäre der Arbeit zu erreichen und vor allem die Freundschaft Loliviers, mit dem es keine Lügen gab. Bei der Ankunft hatte er eine Auseinandersetzung mit Solange, die Eusèbe in die Ecke gestellt hatte, um ihn für eine Frechheit ihr gegenüber zu bestrafen. Die Nase gegen einen Aktenschrank und die Hände im Rücken gekreuzt, senkte der Junge den Kopf, so daß man an seinem hohlen, blassen Nacken den lymphatischen Jugendlichen erkennen konnte. Michaud schickte ihn verärgert an seinen Platz zurück, doch Eusèbe traute sich erst nach einem unsicheren Blick auf die Sekretärin.

– Gut, du kannst auf deinen Platz zurück. Dieses Mal will ich deine Strafe noch abkürzen.

– Die Strafe! Sie haben kein Recht, ihn zu bestrafen! Niemand hat hier das Recht, ihn zu bestrafen! Dieser Junge arbeitet, um seinen Lebensunterhalt zu verdienen, aber er ist frei, haben Sie verstanden, er ist frei!

– Erlauben Sie, Monsieur Michaud, aber ich werde niemals dulden, daß jemand frech zu mir ist, weder er noch sonst jemand. Wenn Sie wüßten, was er zu mir gesagt hat ...

– Ich will es nicht wissen, brüllte Michaud. Und wenn er tausend Mal Scheiße zu Ihnen gesagt hätte, würden Sie keinerlei Recht über ihn haben!

Lolivier, den der Lärm aufgeschreckt hatte, kam herein, wurde über den Sachverhalt unterrichtet und pflichtete Michaud bei. Er war dabei jedoch viel gemäßigter und warf seinem Partner ein paar Minuten später, als sie im Nebenzimmer einander gegenüber saßen, seine Heftigkeit vor.

– Es war nicht der Mühe wert, so zu brüllen. Selbstverständlich hast du im Prinzip vollkommen recht, aber in diesem besonderen Fall geht es sicher nur um einen einfachen Zeitvertreib oder eher um ein ziemlich raffiniertes Spiel nach anerkannten Regeln, und ich bin überzeugt, daß es dem Jungen genausoviel Spaß gemacht hat wie Solange. Dein Dazwischentreten mußte ihnen so aufdringlich wie lächerlich vorkommen. Aber gut, vielleicht täusche ich mich. Solche Geschichten, die sich unter vier Augen abspielen, sind nie ganz klar, vor allem, wenn es um eine Frau und einen Jungen geht.

– Ich war natürlich etwas heftig, gab Michaud zu, aber ich bin heute morgen nicht ganz beieinander. Stell dir vor, mir ist eine furchtbare Geschichte passiert.

Er erzählte seinen Abend von Tiercelin, ohne die Anwesenheit des deutschen Offiziers und Olgas zu verschweigen. Er fühlte sich erleichtert, ohne Umschweife reden zu können. Als er auf die halbe Stunde bei Olga zu sprechen kam, empfand er neuerlich die Leidenschaft und Erregung vom Vorabend. Das Abenteuer erschien ihm nicht mehr als Zwischenfall, den er vergessen sollte, sondern als ein Anfang. Er freute sich auf sein Rendezvous am nächsten Tag.

– Sie ist so lieb, so einfach. Und so zärtlich. Eine Art feurige Sanftheit. Und Schenkel, alter Knabe! Es ist mir nur wegen Hélène. Als ich heimgekommen bin, gestern abend...

Lolivier versuchte, sich aus den Worten Michauds ein Bild zu machen von Tiercelin und Olga. Er bezweifelte die Aufrichtigkeit seines Partners nicht, glaubte aber zu erraten, daß es ihm an Scharfblick gefehlt hatte.

– Hör mal, Alter, du tust mir leid, du kannst dir nicht vorstellen, wie sehr du als alter Knacker wirkst, wenn du von deiner Olga redest. Dabei bist du erst fünfzig und gar nicht so schlecht erhalten. Ich glaube wirklich, daß du für so ein Abenteuer überhaupt nicht geschaffen bist. Sieh doch nur, in welchen Zustand dich gestern abend, als du nach Hause gekommen bist, die einfache Tatsache versetzt hat, mit einer Zufallsbekanntschaft geschlafen zu haben. Und du sagst, daß du sie wiedersehen willst. Das ist Schwachsinn. Du hast mit deiner Frau und deinen Kindern friedlich gelebt, ein bißchen auf dem Mond, und du willst dir unnütz das Dasein komplizieren mit einer Barnutte.

– Olga ist keine Nutte.

– Mag sein. Jedenfalls ist es nichts besonders Außergewöhnliches, wenn dich eine Frau mit nach Hause nimmt, nachdem sie ein Glas mit dir getrunken hat. Das ist kein Grund, sich etwas einzubilden.

– Was bist du für ein Bourgeois.

– Was bist du für ein Depp.

Beeindruckt von der Besonnenheit Loliviers und seiner Freundschaft sicher, war Michaud nahe daran, sich seiner

Meinung anzuschließen, doch bevor sie sich geeinigt hatten, nahm das Gespräch zufällig eine andere Richtung und brachte sie dazu, die Bedeutung der Äußerungen Hauptmann Hatzfelds am Vorabend zu erwägen, unter anderem, im besonderen und ausschließlich: »Wenn wir den Krieg verlieren, macht das auch nichts, wir werden den nächsten gewinnen.« Die Untersuchung dieser einen Erklärung zwang sie, eine Reihe Begriffe, Werte, Wahrscheinlichkeiten abzuwägen, einzuordnen, gegenüberzustellen. Sie stimmten in nichts überein. Sie wurden hitzig. Sie schlugen mit der Faust auf den Tisch und sagten Herrgottnochmal. Bald übertraf ihr Streit an Heftigkeit den, den sie am Ende des zweiten Kapitels gehabt hatten. Als ihm die Müdigkeit ein Ende gesetzt hatte und sie sich wieder an die Arbeit machten, die Köpfe noch rot vor Zorn und die Kiefer verkrampft vor Verachtung, bewertete jeder für sich die verschiedenen Themen, die sie seit dem Morgen behandelt hatten. Die Ansichten, die sie jeweils zu allem Möglichen vertreten hatten, verschmolzen in ihren rauchenden Schädeln zu einem solidarischen Ganzen. Für Michaud verband sich Olga mit den höchsten Werten der abendländischen Kultur, und die Notwendigkeit, mit ihr zu schlafen, drängte sich fast als eine Maßnahme demokratischer und sozialistischer Gesinnung auf.

XI

Am Karfreitagabend aß Michaud schweigend mit Pierrette und Frédéric, als Malinier an der Tür läutete. Pierrette ging öffnen und kam zurück ins Eßzimmer, um mit zitternder Stimme zu melden, daß ein deutscher Offizier nach Antoine frage.

– Ich habe ihm gesagt, daß Antoine nicht da ist, und er will mit seinen Eltern sprechen.

Michaud stand auf und blickte furchtsam zu Frédéric, der etwas blaß geworden war.

– Bist du sicher, daß es Antoine ist, nach dem er gefragt hat?

Malinier spielte seine Rolle ziemlich schlecht. Mit seinem grünen Regenmantel, der bis zu den Füßen reichte, und der Mütze in der Hand konnte er ebensogut ein Angestellter der Gaswerke wie ein deutscher Offizier sein. Seine schwarzen Stiefel jedoch, die durch den halbgeöffneten Regenmantel glänzten, verliehen ihm eine gewisse Autorität. Seine grauen Haare kamen ihm ebenfalls zustatten.

Er grüßte mit einer knappen Verbeugung und sprach mit einer Stimme, die barsch klingen sollte.

– Monsieur Michaud, man hat mir gesagt, daß Ihr Sohn, Antoine Michaud, nicht zu Hause ist. Stimmt das?

– In der Tat, mein Sohn ist nicht zu Hause. Was wollen Sie von ihm?

– Ich möchte ihm ein paar Fragen stellen über gewisse Aktivitäten, die uns verdächtig erscheinen. Sagen Sie mir bitte, wo er sich im Augenblick befindet.

– Ich habe keine Ahnung.

– Na, das wundert mich aber, mit Verlaub. Sie haben eine junge Sohn mit siebzehn Jahren und kennen nicht den Ort seines Wohnung?

Dieser Vertausch der Geschlechter kam Malinier von so drolliger Wirkung vor, daß er in seine Mütze kicherte. Die Michauds fanden dieses Lachen unheildrohend. Der Offizier drängte noch, daß man ihm Antoines Adresse geben solle, und da er nichts erreichte, erklärte er, daß das Schweigen des Vaters den Fall des Sohnes verschlimmere. Daraufhin grüßte er und ging mit grimmiger Miene, doch an der Tür wurde er von Gewissensbissen gepackt und fühlte sich genötigt, die Familie zu beruhigen.

– Regen Sie sich nicht auf. Es ist eigentlich nichts Schlimmes. Er ist nicht in Gefahr.

– Heuchler, wütete Michaud, als er draußen war. Wenn er glaubt, daß er uns etwas vormachen kann!

Er ging mit den Kindern in Hélènes Zimmer und unterrichtete sie über den Besuch, der gerade gekommen war. Die Mutter konnte die Tränen nicht zurückhalten beim Gedanken an die Gefahr, in der sich Antoine befand, und an den Verdacht, den sie gegen ihn gehegt hatte.

– Und wir haben uns gefragt, warum er schlechte Noten hat, der arme Kleine.

– Mit ein bißchen Phantasie und so wie wir ihn kennen, hätten wir daraufkommen können, sagte Michaud zerknirscht.

Nach dem ersten Schrecken fand Pierrette, daß sich die Dinge recht gut entwickelten, und war beinahe glücklich. Die Gewissensbisse der Eltern freuten sie. Gleichzeitig revidierte sie ihr Urteil über Antoines Liebschaften. Die achtundzwanzigjährige Alte war zweifellos eine Deutsche, die Frau eines Ministers oder Generals, die er verführt hatte, um Informationen zu bekommen. Abends, wenn er mit ihr schlafen ging, gab er ihr sicher ein Betäubungsmittel. Gegen Mitternacht stand er dann geräuschlos auf, bedeckte sein Gesicht mit einer schwarzen Samtmaske, durchsuchte die Büros der Kommandantur und gab vom Fenster aus Signale mit einer Kerze. Pierrette war stolz auf Antoine und hatte ein bißchen Mitleid mit ihrem Bruder Frédéric, der zwar Flugblätter verteilte, aber niemanden verführt hatte und ohne Maske operierte. Dennoch hütete sie sich, die Existenz der Alten zu verraten. Die Eltern hätten das nicht verstanden. Frédéric dagegen war seinem Bruder böse, ihm seine geheime Tätigkeit verborgen zu haben, um so mehr, als Antoine wußte, daß er Flugblätter verteilte. Es war ein Mangel an Vertrauen.

– Die Deutschen können wiederkommen und das Haus durchsuchen, sagte der Vater. Vielleicht schon heute abend. Wir müssen alles verschwinden lassen, was ihn kompromittieren könnte, vor allem seine Briefe, die ihnen seine Adresse verraten würden. Es ist doch ein Glück, daß er in Ferien gefahren ist. Er hätte genausogut hier sein können. Ich gehe mich nachher bei Tiercelin erkundigen und werde ihn bitten, Antoine warnen zu lassen, daß er von den Deutschen gesucht wird.

Er sammelte Antoines Briefe ein und stöberte in seiner

Tischlade. Beim Durchblättern eines Hefts fiel das Konzept eines Briefanfangs heraus, der nur zwei Zeilen ausmachte: »Yvette, mein Schatz. – Ich schreibe Dir diesen Brief in der Algebrastunde, damit Du ihn noch vor Mittag bekommst. Ich wollte Dir sagen, wie ich Dich liebe ...«

Michaud las die beiden Zeilen mehrmals voller Rührung. Er dachte an Yvette, ein kleines Mädchen mit hellen Augen, das unterm Arm die Schultasche trug. In einem solchen Moment waren diese Kinderliebe und der naive, so frische Brief besonders bewegend. Michaud steckte das kostbare Dokument in seine Brieftasche. Während die kompromittierenden Papiere im Ofen des Eßzimmers verbrannten, wandte sich der Vater an Frédéric und sagte brüsk: »Und die Flugblätter in deiner Schublade.« Überrascht über die Entdeckung, daß er von der Existenz dieser Flugblätter wußte, brachte Frédéric kein Wort heraus.

– Natürlich, grollte Michaud, daran hast du nicht gedacht. Hornochse. Wenn die Gestapo die erwischt hätte, wäre die ganze Familie dran gewesen. Dummkopf.

Frédéric holte in seinem Zimmer den Packen Flugblätter. Die Barschheit des Vaters hatte ihn verletzt und bekümmert. Er fand, daß man wenig Aufsehen von seinem Mut und seiner Aufopferung machte und konnte nicht umhin, mit einigem Ärger an die bewegten Kommentare der Eltern über die Gefahren zu denken, denen Antoine ausgesetzt war. Als auch die Flugblätter verbrannt waren, machte sich Michaud fertig für die Bar des *Pomme d'Adam* und unterhielt sich noch ein paar Minuten mit seiner Frau. Er sah plötzlich aufgeräumt und lebhaft aus und keineswegs verstimmt, daß er ausgehen mußte. Bevor er aufbrach, ging er sich im Badezimmer die Hände waschen, kämmte sich und bürstete seine struppigen Augenbrauen. Frédéric hatte Lust, ihn zu begleiten, doch die Worte des

Vaters bedrückten ihn, und er hielt es für würdiger, dazubleiben. Michaud ging allein.

»Sie muß im Verlauf des Abends aus der Vorstadt zurückkehren«, dachte er, als er die dunklen Hänge vom Montmartre hinabging. »Es ist gut möglich, daß sie in der Bar vorbeischaut, bevor sie nach Hause geht. Es ist sogar wahrscheinlich, daß sie auf gut Glück hinkommt in der Hoffnung, mich dort zu treffen. Sie wird mich bitten, sie nach Hause zu begleiten, wie gestern abend, und ich werde es nicht leicht abschlagen können. Und warum sollte ich es auch abschlagen? Mein Sohn wird von der deutschen Polizei verfolgt, und ich bin natürlich in großer Sorge, aber das ist kein Argument, das man der Liebe einer Frau entgegensetzen könnte. Die lebemännischen Bourgeois und sogar und vor allem die soliden Bourgeois, die der Liebe prinzipiell mißtrauen, haben uns beigebracht, mit absurden, widerwärtigen Vorstellungen zu leben, und ich bin nicht sicher, daß ich selbst davon ganz frei bin. In Wirklichkeit ist echte Liebe nicht Genuß, ob man ihn nun Lust oder Selbstaufgabe nennt. Vergessen wir nicht, daß die Liebe Gemeinsamkeit ist, in der Freude wie im Schmerz. Das ist es, wie im Schmerz. Und wenn ich mich in der Stunde meiner größten Ängste in Olgas Armen verliere, dann nicht, um sie zu vergessen, sondern um ihnen ein Echo zu geben. Heuchelei? Nein. Übrigens versuche ich nicht im geringsten, mich zu rechtfertigen. Ich scheure mein Bewußtsein, ich befreie es von einem Überrest von Konventionen, damit sich meine Vaterliebe darin wohler fühlt und neue Erweiterungen erfährt. Ich weiß, ich spüre, was die Zärtlichkeit dieser Kleinen alles für mich und für Antoine vermag. Sie hat so viel Süße, Anmut, Hingabe, Offenherzigkeit. Wie ihre Schenkel . . .

Michaud verlor sich einen Augenblick in betörenden

Bildern, in Erinnerungen an Olgas Zimmer, bei denen ihm seine Vaterängste freilich nur in ziemlicher Entfernung folgten. Als er sich die rue Pigalle hinabtastete, schlug ihm eine leise Stimme Liebe vor, vielleicht dieselbe, die ihn am Vorabend angerufen hatte. Er lehnte knapp und ironisch ab, mit einem kurzen selbstgefälligen Lachen. Im Weitergehen bemitleidete er die armen Teufel, die mit den Dirnen in Stundenhotels gehen und Liebe nach Zählereinheiten machen. Michaud dachte, man müsse schon sehr niederträchtig oder sehr gewissenlos sein, um so entwürdigenden Vergnügungen zu frönen, wenn man seinen Sohn in Gefahr wußte. Dieser Gedanke erschien ihm im übrigen dumm und scheinheilig. Er bekam davor plötzlich eine Art Ekel und hatte das Gefühl, daß er sich seit über einer Viertelstunde mit groben Lügen vollstopfte. »Ich bin ein widerliches Wesen, feige und charakterlos. Ich gehöre zu jener Sorte abstoßender Menschen, die einen untadeligen Lebenswandel führen, um nicht ein Prinzip in die Schlammlöcher ihres Gewissens geraten zu lassen. Ich habe mir zu meinem Vergnügen eine bestimmte Vorstellung vom Menschen gemacht, und anstatt sie an mir selbst zu erproben, habe ich mich mein Leben lang danach gerichtet, um mir zu beweisen, daß sie richtig war. Und wenn ich eines Tages Lust habe, mit einer Frau zu schlafen, behandle ich mein Seelchen mit Samthandschuhen und mache mir vor, daß ich den edelsten Bestrebungen des Menschen treu bleibe. Als ob man nicht um seinen Sohn zittern könnte und mit Olga schlafen oder auch mit einer Hundertfrancs-Dirne, oder sogar einen Bankkassierer umbringen. Als ob ich ehrlich glauben würde, daß in mir selbst alles so harmonisch ist wie in dem Menschen, von dem ich träume. Als ob die Vaterliebe Teil einer Symphonie wäre. Als ob ...

Michaud überquerte die Straße. Auf der anderen Seite angekommen, verfehlte sein Fuß den Gehsteig, und er fiel auf ein Knie. Der untere Teil seines Mantels war naß und vielleicht schmutzbefleckt. In der Dunkelheit sah man nichts. Er ging weiter, fluchend und leicht hinkend. Der Schmerz ließ ihn Olga und die Vaterliebe vergessen. Er war sehr schlechter Laune. Ein bläuliches Licht drang durch den Vorhang des *Pomme d'Adam*. Michaud suchte die Tür, durch die man direkt in die Bar gelangte, und da er sie nicht fand, betrat er das Restaurant.

Fischgeruch erinnerte ihn daran, daß Karfreitag war. Vom hellen Licht geblendet, suchte er Tiercelin mit den Augen und entdeckte ihn hinten im Saal im Gespräch mit einem Gast. Der Hausherr schien ihn nicht gesehen zu haben, und Michaud ging ein paar Schritte ins Restaurant, um sich bemerkbar zu machen. Aus Zurückhaltung hatte er den Blick abgewandt und verfolgte vage das Hin und Her der Kellner. Plötzlich blieb er verblüfft stehen. Rechts von ihm, so nahe, daß er nur den Arm hätte ausstrecken brauchen, um ihn zu berühren, saß Antoine auf der Bank neben einer jungen Frau. Und dem Paar gegenüber erkannte Michaud den deutschen Offizier, der bei ihm zu Ermittlungen gekommen war. Zusammengesunken, mit verzerrtem Gesicht, starrte Antoine seinen Vater an, als ob er ein Gespenst gewesen wäre. Michaud kam gar nicht auf die Idee, daß ihn sein Sohn hatte aufs Kreuz legen wollen. In der Meinung, der Junge sei dem Offizier in die Falle gegangen, erwog er eine Intervention, als Malinier aufstand, um sich bei ihm zu entschuldigen.

– Es ist natürlich unverzeihlich, und ich frage mich sogar, wie ich mich von ihnen herumkriegen lassen konnte, vor allem, wo ich mich einen Dreck um Bettgeschichten schere. Ich habe mich zuerst geweigert, aber da waren die beiden Verliebten, die mich schikaniert haben, die gesagt haben, sie könnten nicht ohne einander leben. Besonders Yvette. Sie wissen, wie die Frauen sind. Wenn sie auf einen Kerl stehen, kann man predigen, soviel man will. Moral kennen die nicht. Ich habe zu Yvette gesagt ...

Als Michaud die Wahrheit begriffen hatte, bekam er einen heftigen Zornanfall. Er beugte sich über den Tisch, packte Antoine am Jackenaufschlag und riß ihn von der Bank. Er holte zu einer Ohrfeige aus, aber Malinier und Yvette traten dazwischen. Antoine hatte nicht die geringste Bewegung gemacht, um den Schlag abzuwehren. Er beurteilte die Lage jetzt kaltblütig und betrachtete die Wut des Vaters als eine notwendige Etappe zur Rückkehr in die normale Ordnung. An den Nachbartischen verfolgten die Gäste neugierig die gewaltsame Szene in der Hoffnung, daß sie in eine Prügelei ausarten würde. Tiercelin durchquerte den Raum hinter Michauds Rücken und verschwand durch die Tür zur Bar.

– Schurke, du hast dich nicht geschämt, diese widerwärtige Komödie zu spielen! Und du hast nicht zurückgeschreckt, deine Mutter sterben zu lassen. Du hast gewußt, daß sie krank ist, daß eine solche Erschütterung ein Verhängnis für sie werden konnte, aber das hat dich nicht aufgehalten. Lausebengel! Mordbube! Du hast also nur Laster und Lügen in den Knochen. Nicht genug, daß du uns über diese Reise betrogen hast, du wolltest auch noch, daß deine Eltern um dich zittern, daß sie dich bedauern und dich bewundern. Schweinehund. Wenn ich an deinen Bruder denke, Elender! Auf unsere Unruhe zählen, unseren Kummer, das Leben der ganzen Familie umstürzen und Lügen auf Lügen häufen. Und all das, um einer Hure nachzulaufen.

– Monsieur, protestierte Yvette, seien Sie bitte höflich.

– Sie, Sie lassen mich in Ruhe. Sie sollten sich unter dem Tisch verstecken und sterben vor Scham. Aber keine Sorge, Sie werden von mir hören. Ich hetze Ihnen die Polizei auf den Hals und verklage Sie wegen Verführung Minderjähriger. Wir werden doch sehen, ob es noch eine Justiz gibt in Frankreich, und Gefängnisse für Frauen von Ihrer Sorte.

Antoine wollte Yvette verteidigen, doch sein Vater brachte ihn mit Prügeldrohungen zum Schweigen. Malinier kam auch nicht besser weg und mußte sich unangenehme Bemerkungen über seine Uniform anhören. Kochend vor Zorn und Empörung, mit blitzenden Augen und puterrotem Gesicht, wurde Michaud immer lauter bis hin zum Gebrüll, das normalerweise Lolivier und der Sekretärin vorbehalten war. Plötzlich verschlug es ihm den Atem, und er blieb mitten im Satz stecken. Lächelnd, mit schmelzendem Blick war Olga neben ihm aufgetaucht. Sie drückte sich an seinen Mantel, schlang die Arme um seinen Hals und verpaßte ihm einen endlosen Kuß auf den Mund. Er wollte sie wegschieben, doch sie umarmte ihn noch fester.

– Ach Liebling, ich bin so glücklich. Ich wollte eigentlich nicht kommen, aber irgend etwas hat mir gesagt, daß du da sein würdest. Du hast doch auch gehofft, mich hier zu finden? Wenn du wüßtest, wie traurig ich war, gestern, als du gegangen bist, mein Schatz. Ich habe nicht einschlafen können. Ich habe dich neben mir gesucht. Ich war so unglücklich. Aber heute abend verläßt du mich nicht, ja?

Michaud wußte weder, wie er sich verhalten noch wozu er sich entscheiden sollte und verlor den Kopf. Jedes Wort von Olga schien ihm seine Verkommenheit als Vater zu verkünden. Antoine hatte den Blick abgewandt und dachte nicht an den Vorteil, den er aus diesem Zwischenfall ziehen konnte. Verlegener als einen Augenblick zuvor, hätte er es vorgezogen, noch den väterlichen Zorn auf sich lasten zu fühlen. Yvette verfolgte die Szene mit belustigtem Lächeln und höhnischem Glucksen. Malinier hatte beschlossen, sich wieder hinzusetzen, und schien etwas betrübt über den neuen Verlauf der Dinge. Am anderen Ende des Raums, neben der Bartür, betrachtete Tiercelin das Schauspiel ungerührt, offenbar ohne Ironie. Die immer noch an Michaud geschmiegte Olga redete weiter von Liebe und schmiedete Pläne. Er beugte sich zu ihr und flüsterte ihr ein paar Worte ins Ohr.

– Entschuldige, ich wußte ja nicht, daß du mit deinem Sohn zusammen bist. Sieh mal, das ist ja Yvette! Guten Abend. Ich hatte dich nicht gesehen.

Yvette reichte ihr die Hand über den Tisch und sagte laut, ohne Antoines stummes Flehen zu beachten, der eine Rachebemerkung befürchtete:

– Ich wußte gar nicht, daß du die Freundin von Monsieur Michaud bist.

Olga legte den Finger auf die Lippen, kam zu Michaud zurück und sagte ihm, daß sie in der Bar auf ihn warten werde. Er nickte zustimmend, um sie loszuwerden, und sank auf einen Stuhl neben Malinier. Bleich, mit Schweißperlen auf der Stirn, ließ er den Blick stumpfsinnig über den Tisch wandern. Allmählich fand er seine Fassung wieder und wurde sich seiner Lage auch deutlicher und schmerzlicher bewußt. »Gehen wir«, sagte er zu Antoine. Yvette wollte widersprechen, aber er brachte sie mit fester Stimme zum Schweigen, indem er ihr neuerlich versicherte, daß er wegen Verführung Minderjähriger Anklage erheben werde. Dann erkundigte er sich, ob etwas zu bezahlen sei, aber die Gesellschaft hatte noch nicht zu essen begonnen. Man wartete auf Paul, der in der Nähe eine Besorgung zu machen hatte. Er traf eben ein, als sich Antoine und sein Vater zum Gehen anschickten. Er begriff die Lage mit einem Blick und war nicht allzu traurig darüber. Als Michaud die Tür erreichte, übergab er ihm ein umfangreiches Kuvert und sagte, nachdem er sich vorgestellt hatte:

– Das sind wichtige Papiere, die Antoine betreffen. Sie können sie zu Hause einsehen.

Michaud steckte den Umschlag in die Innentasche seiner Jacke und ging hinaus, ohne den wütenden Schmerzensschrei zu beachten, den Yvette nicht hatte unterdrükken können, als sie die Papiere in seiner Tasche verschwinden sah. Paul drückte Antoine die Hand und grüßte den Vater, ohne eine Antwort zu bekommen.

– Du hattest kein Recht, über dieses Geld zu verfügen, tobte Yvette, als Paul zu ihr kam. Du hättest es mir geben müssen.

– Es gehört dir nicht. Antoine hat es verdient. Weil er dumm genug gewesen wäre, es dir zu geben, habe ich es besser seinem Vater ausgehändigt.

– Du gibst ja selbst zu, daß er es mir gegeben hätte.

– Ja, das glaube ich, aber er hat überhaupt keinen Grund mehr dazu, jetzt, wo alles aus ist. Du mußt selbst sehen, wie du zurechtkommst.

Im wohltuenden Dunkel gingen Michaud und Antoine Seite an Seite, ohne ein Wort zu wechseln. Michaud dachte an Tiercelin und entdeckte, daß er sich zu Antoines Mittäter gemacht hatte. Er verfiel nicht auf den Gedanken, daß auch eine Komplizenschaft zwischen Olga und dem Inhaber des *Pomme d'Adam* bestehen könnte. Er verübelte Olga nur, daß sie sich ungeschickt benommen und gedankenlos einem Herzensimpuls nachgegeben hatte. Im Schutze der Nacht kam Antoine die Idee, daß das Mißgeschick des Vaters ihm vielleicht Möglichkeiten eröffnen könnte, Yvette wiederzusehen. Als sie in die rue Pigalle kamen, sprachen sie zwei Dirnen an, nachdem sie sie mit einer Taschenlampe angeleuchtet hatten und suchten sie mit der Beschreibung der Freuden, die sie erwarteten, zu verlocken. Ihre Aufforderung verletzte Michaud wie eine Anzüglichkeit. Er hatte sich vorgenommen, an der place Pigalle das Schweigen zu brechen, aber er hatte den Mut nicht dazu[1]. Er glaubte, daß seine Stimme falsch klingen würde, unerträglich. Erst in der Nähe der rue Berthe, ein paar hundert Meter von der Wohnung entfernt, entschloß er sich zu reden. Er nahm seinen Sohn bei der Schulter, hielt ihn an und sagte ruhig:

– Jetzt spreche ich ohne Zorn mit dir. Ich habe im übrigen kein Recht mehr, zornig zu sein.

Antoine protestierte mit einem undeutlichen Murmeln, das besagen sollte, daß er das Recht seines Vaters auf Zorn durchaus anerkannte.

– Vorhin, fuhr Michaud fort, war ich in einer schlechten Position, um von dir Rechenschaft für dein Verhalten zu verlangen. Diese junge Frau, die in mich verliebt ist, ist leider viel zu offen und zeigt ihre Gefühle ganz unbefangen. Weil sie nicht begriffen hat, in welcher Situation ich

1. Als sie über die place Pigalle gingen, stieß Michaud in der Dunkelheit mit einem Mann namens Gérouard zusammen, mit dem er früher befreundet gewesen war. Die beiden entschuldigten sich, ohne einander zu erkennen, und gingen weiter. Jeder dachte oft an den anderen und fragte sich: »Ich möchte wissen, was aus ihm geworden ist. Ich würde ihn so gern wiedersehen.« An diesem Abend ging Gérouard, nachdem er mit seinem alten Freund zusammengeprallt war, die rue Pigalle hinunter, traf die beiden Dirnen, die soeben Michaud angesprochen hatten, folgte einer in ein Hotelzimmer und holte sich eine Geschlechtskrankheit. Er befreundete sich mit dem Facharzt, der ihn behandelte, und trat der Widerstandsgruppe bei, der der Doktor angehörte. Er wurde Ende '43 von der französischen Polizei verhaftet, an die Gestapo ausgeliefert, deportiert und dann gehängt.

war, ist mir das arme Kind spontan um den Hals gefallen, mit der ganzen Ungeduld der Liebe und der Jugend. Ich weiß nicht, was du dir dabei gedacht hast. Und was du jetzt davon hältst.

Antoine blieb vor Erstaunen der Mund offenstehen. Die Naivität des Vaters verblüffte ihn und schüchterte ihn ein. Die Dunkelheit und Stille um sie gaben ihm den Mut, sich unumwunden zu äußern.

– Papa, entschuldige bitte, aber ich muß dir etwas sagen. Ich glaube, daß du dich sehr täuschst über die Rolle, die diese Frau heute abend gespielt hat. Ich kenne Olga seit ein paar Tagen aus der Bar, und ich kann dir versichern, daß sie sehr wohl wußte, daß du mit deinem Sohn zusammen warst, als sie zu dir kam. Das ist sogar der Grund, warum sie aus der Bar heraufgekommen ist, wo sie Monsieur Tiercelin geholt hat. Sie war sich also im klaren, in was für eine schwierige Lage sie dich uns gegenüber gebracht hat.

– Was erzählst du da? brummte Michaud. Bist du nicht ein bißchen durcheinander?

– Entschuldige, aber du scheinst keine Ahnung zu haben, welche Rolle Monsieur Tiercelin in deiner Begegnung mit Olga gespielt hat. In Wirklichkeit hat er ihr Anweisungen gegeben . . .

Es blieb nicht mehr viel zu erklären. Michaud wußte genug, um den Sinn seines Abenteuers zu begreifen.

– Gehen wir nach Hause, sagte er.

Die unerwartete Heimkehr Antoines verursachte soviel Freude wie Verblüffung. Seine Geschwister küßten ihn, seine Mutter streckte die Arme nach ihm aus. Schließlich merkten sie aber doch, daß er eine Leichenbittermiene zur Schau trug. Und der Vater betrachtete das liebevolle Treiben mit verdrießlicher Mißbilligung, was Hélène beunruhigte. Sie fragte, ob eine unmittelbare Gefahr für ihren Sohn zu befürchten sei. Michaud schüttelte den Kopf.

– Laßt uns allein, sagte er zu Frédéric und Pierrette. Wir haben mit eurem Bruder zu reden.

Pierrette entnahm daraus, daß der Vater von Antoines Abenteuern mit der Alten Wind bekommen hatte, auch Frédéric argwöhnte eine Mädchenaffäre. Die Vorstellung, daß man ihrem Bruder deshalb böse sein konnte, wo er doch die Gestapo auf den Fersen hatte, empörte sie. Als sie das Schlafzimmer verließen, warfen sie den Eltern vorwurfsvolle Blicke zu.

– Antoine hat uns getäuscht, sagte Michaud düster. Statt nach Burgund zu fahren, hat er diese acht Tage bei einer gewissen Yvette verbracht. Nachdem er die Absicht hatte, endgültig mit ihr zusammenzuleben, wollte er uns glauben machen, daß er von der deutschen Polizei gesucht würde und gezwungen sei, unterzutauchen. Der deutsche Offizier, der vorher gekommen ist, war ein Komplize. Ich habe ihn bei Tiercelin mit Antoine und dieser Yvette am selben Tisch getroffen.

Neben dem Bett seiner Mutter stehend, starrte Antoine bedrückt auf seine Schuhspitzen. Im ganzen verlief alles einfach. Er war dem Vater dankbar für seinen nüchternen Bericht und spürte, in ihm einen Verbündeten zu haben. Hélène weinte tonlos. Für Antoine war das das Schlimmste. Seine Mutter, das wußte er, weinte nicht über die Lügen ihres Sohnes, sondern über seine Liebe. Michaud hatte sich neben das Bett gesetzt, die Ellbogen auf die Knie gestützt und den Kopf in den Händen. Etwas störte ihn in seiner Jackentasche, und er zog den dicken gelben Umschlag heraus, den ihm Paul am Ausgang des Restaurants übergeben hatte.

– Was ist das?

Der Umschlag war voll mit Fünftausendfrancs-Scheinen, die sich über ihn zerstreuten. In seinem ganzen Leben hatte Michaud so viele noch nicht auf einmal gesehen. Hélène, die ihren Kummer vergaß, richtete sich in den Kissen auf und starrte das Vermögen an, das aus den Händen ihres Mannes quoll. Antoine hätte beinahe gelächelt bei der Bestürzung seiner Eltern.

– Das Geld ist mein Anteil an einem Geschäft, das ich mit Paul zusammen gemacht habe. Da müssen siebenhundertfünfzigtausend Francs drin sein, sagte er gewichtig.

Die Ungeheuerlichkeit dieser Summe betäubte Michaud und machte ihn unfähig zu reagieren. Angesichts der Verwirrung des fleißigen Biedermannes hatte Hélène Mitleid mit ihrem Mann und empfand gleichzeitig ein Gefühl der Bewunderung für den seltsamen verlorenen Sohn, dessen Heimkehr so großartige Überraschungen mit sich brachte. Antoine hatte wieder verlegen die Augen niedergeschlagen. Er dachte an den Abend, an dem der Vater, im selben Zimmer, sechs Tausender aus der Brieftasche genommen hatte, die einzigen, die er besaß, um ihm einen davon zu geben. Vielleicht hatte er sich mit diesen fünftausend Francs reich gefühlt, wie er mit Olga überglücklich zu sein geglaubt hatte. Der Arme schien ihm so entwaffnet, so völlig treuherzig, daß Antoine in kindlicher Liebe das Herz aufging.

– Aber um Himmels willen, was soll das heißen? Was ist das für ein Geschäft, das du mit Paul zusammen gemacht hast? Willst du es mir endlich erklären?

– Also. Paul hat unter seinen Bekannten jemanden getroffen, der ihm ein Geschäft mit fünftausend Särgen vorgeschlagen hat, die sofort abgeholt werden mußten. Sehr schöne Särge, Eiche, sehr geschmackvoll. Paul hat mir die Hälfte davon abgegeben, und nachdem ich von jemandem gehört hatte, der gerade Särge suchte, habe ich ihm die meinen verkaufen können, noch bevor sie bezahlt waren. Genauer gesagt, der Verkäufer hat uns eine Kommission gegeben, Paul und mir.

– Unglaublich, sagte Michaud, indem er sich an seine Frau wandte. Was hältst du davon?

– Wir leben in einer so außergewöhnlichen Zeit, daß man sich über nichts mehr wundern kann.

Hélène war nicht sonderlich entsetzt. Das Sarggeschäft hatte für sie sogar anscheinend etwas Humoristisches, denn sie konnte ein Lächeln nicht unterdrücken. Michaud war enttäuscht, daß seine Frau die empörte Bestürzung nicht teilte, von der er überfloß. Er sammelte die Scheine ein, steckte sie in den Umschlag zurück und warf ihn angewidert auf die Kommode. »Geh schlafen«, sagte er zu Antoine. »Wir reden morgen über diese Sache.« Hélène umarmte ihren Sohn lange und vergoß noch ein paar Tränen, unter die er die seinen mischte. Bevor er hinausging, hielt er seinem Vater die Stirn hin, der seine Lippen wie früher jeden Abend darauf drückte.

– Jetzt stecken wir schön im Schlamassel mit all diesem Geld, sagte Michaud zu seiner Frau, als sie allein waren. Wem sollen wir es zurückgeben? Wir werden es wohl dem *Secours National*[1] spenden müssen.

– Ich sehe überhaupt nicht ein, warum wir dieses Geld zurückgeben oder dem *Secours National* spenden sollten. Das Geld ist nicht gestohlen.

– Hör mal, Hélène, wir werden doch kein Geld behalten, das mit einem Sarghandel verdient worden ist. Überleg doch mal.

1. Soziale Hilfsorganisation, ursprünglich kommunistischer Prägung [A. d. Ü.]

– Ich gebe zu, daß ich dich ganz und gar nicht verstehe. Die Tatsache, daß dieses Geld mit dem Verkauf von Särgen verdient wurde, ist nicht schockierender, als wenn es Mehlsäcke gewesen wären.

– Natürlich, räumte Michaud ein. Aber es ist trotzdem ein Schwarzmarktgeschäft.

– Na und? Werden nicht die meisten Geschäfte heutzutage am Schwarzmarkt abgewickelt? Was willst du, es bleibt nichts anderes übrig, als die Lebensbedingungen seiner Zeit zu akzeptieren.

– Ich bin nicht dieser Meinung, widersprach Michaud. Wenn man es so nimmt, können glatter Diebstahl und sogar Verbrechen zu normalen Lebensbedingungen werden. Und du kannst es drehen wie du willst, diese Sargaffäre hat trotzdem etwas Empörendes, schon die Ungeheuerlichkeit der Summe. Siebenhundertfünfzigtausend Francs im Handumdrehen verdient! Das ist eine Beleidigung für die Mühe des Menschen, des Arbeiters, der sich von früh bis spät abrackert, um sein Brot zu verdienen. Eine Beleidigung und ein Verrat.

Diesem Widerwillen hielt Hélène entgegen, daß die Welt zu hart geworden sei, um sein Verhalten darin an Gefühlen oder einer bestimmten Idee der Menschheit auszurichten, deren Verwirklichung erst der Zukunft vorbehalten war. Vor allem machte sie die finanziellen Probleme geltend, die die Familie zu bewältigen hatte, den Verschleiß der Kleidung, der Wäsche, der Schuhe, die unzureichende Ernährung. Sie malte ein so düsteres Bild ihrer häuslichen Schwierigkeiten, daß Michaud entsetzt war.

– Was mich außerdem stört, gestand er, ist, daß wir all dieses Geld von einem Grünschnabel wie Antoine bekommen. Das stört mich wirklich.

– Da ist überhaupt nichts Störendes. Mit den siebenhundertfünfzigtausend Francs könnt ihr, Lolivier und du, ein Geschäft aufziehen, aus dem du Antoine später zurückzahlen kannst, was im Grunde nur ein einfaches Darlehen ist. Antoine hat dann praktisch Geld in deinem Geschäft angelegt. Übrigens bin ich sicher, daß ihn diese siebenhundertfünfzigtausend Francs kein bißchen beschäftigen, daß er gar nicht daran denkt. Du wirst sehen, daß er nicht einmal eine Bemerkung darüber zu seinen Geschwistern machen wird. Ich kenne ihn.

In der Tat sagte Antoine seinen Geschwistern nichts von den siebenhundertfünfzigtausend Francs. Als Pierrette schlafen gegangen war, erzählte er Frédéric alles, ausgenommen das Geld und die Liebschaft des Vaters. Frédéric interessierte sich vor allem für die acht Tage bei Yvette. Er fragte seinen Bruder, ob sie im selben Bett schliefen, ob sie viel Busen habe, ob sie sich vor ihm nackt auszog, ob sie die Regel gehabt hätte, während er da war, ob sie sich etwa auch nachmittags geliebt hätten, auf welche Weise und ob sie die Initiative dazu ergriff.

– Wie ist das, wenn man eine Nacht mit einer Frau verbringt?

– Ah, phantastisch. Die Nacht ist nicht schwarz, sondern wie in Farben, eine Art Rosa und Blau. Am Morgen glaubst du auf einer Wiese aufzuwachen. Der Tag beginnt mit einem Honiggeschmack.

Antoine fürchtete, seinen Bruder zu enttäuschen, wenn er ihm gestand, daß er von seiten der Deutschen keinerlei Gefahr gelaufen war. Frédéric schien sich jedoch keine Gedanken darum zu machen. Neidisch und sehnsüchtig stellte er sich die farbigen Nächte vor, das selige Erwachen im Bett einer verheirateten Frau. Und nicht ohne eine gewisse Bitterkeit dachte er an seine Parteitätigkeit, an das Engagement für eine Sache, deren Ziel nicht die Exaltation in der Wollust war.

– Währenddessen trete ich in den Vorortstraßen in die Pedale, sagte er mit einem Anflug von Groll.

XII

Eusèbe nahm einen Umschlag vom linken Stapel, drückte den Firmenstempel in die Ecke und legte ihn auf den rechten Stapel. Die Arbeit ging langsam voran, und er hatte in seinen Taschen bereits fünfzehn tintenbekleckste oder verkehrt herum gestempelte Umschläge versteckt. Wenn er schnell machen wollte, gerieten seine Hände durcheinander, er täuschte sich im Stapel und sabberte auf seine Schreibunterlage oder ebensogut auf ein Kuvert. Da waren auch die Beine der Sekretärin. Eusèbe wußte, daß es unanständig war, die Beine einer Frau zu betrachten, daß er zumindest zu jung dazu war, er konnte es jedoch nicht lassen, einen verstohlenen Blick darauf zu werfen. Manchmal blieb sein Blick hängen. Mehrere Minuten lang starrte er unbeweglich, willenlos, mit halboffenem Mund, und sein Herz schlug gewaltig, denn er war noch genügend bei Bewußtsein, um Angst zu haben. Am Samstag morgen, wahrscheinlich wegen des Bummels am freien Nachmittag, kam Solange mit Seidenstrümpfen ins Büro. Normalerweise war sie in Socken mit nackten Beinen. Die Seidenstrümpfe verliehen dem Bein eine künstliche Eleganz, die sie für Eusèbes Neugier noch anziehender machte. Solange war dabei, einen Brief durchzulesen, den sie gerade fertiggetippt hatte. Sie war etwas vom Tisch weggerückt, als sie den Bleistift fallen ließ. Seit einiger Zeit passierte es ihr häufig, einen Gegenstand fallen zu lassen. In den ersten Tagen wußte Eusèbe nicht, wozu ihn die Galanterie verpflichtete, und Solange hatte ihn schließlich aufgeklärt. Es war zu seinem Besten. Im Leben gibt es keine bessere Empfehlung, sagte sie, als gutes Benehmen. Der Bleistift war zwischen ihre Füße gefallen. Als er sich bückte, verlor Eusèbe das Gleichgewicht und hielt sich an Solanges Beinen fest, die er nicht mehr losließ. Er hatte das eine an der Wade erwischt, das andere an der Kniekehle. In die Lektüre ihres Briefes vertieft, beachtete Solange diese Umklammerung nicht. Sie spreizte die Beine. Eusèbe drückte sie an sich. Er schnaufte hörbar. Plötzlich preßte sie die Knie gegen den Kopf des Jungen, den sie damit gefangenhielt.

– Ha! Ich habe dich erwischt, sagte sie, indem sie ihn auf den Nacken schlug. Schweinebengel. Schmutziger Lausejunge. Ich habe doch gewußt, daß du schlechte Absichten hast. Du hast manchmal einen Blick, der mir Angst macht. Mit sechzehn Jahren schon im Laster verkommen, was für ein Jammer. Du würdest verdienen, daß ich es deiner Mutter sage. Wo sie dich doch für anständig hält, die Arme!

Sie schlug ihn jetzt nicht mehr, hielt aber Eusèbes Kopf mit beiden Händen fest. Er wehrte sich nicht. Mit hochrotem Kopf ließ sie einen Wortschwall über ihn ergehen.

– Miststück! Du hast anscheinend kein Herz. An Schweinereien zu denken in einer Zeit wie der unseren.

Wenn Frankreich besetzt ist. Wo mehr als eine Million Gefangene dort draußen schmachten. Und wo alles so teuer ist. Lüstling! Deine Mutter weiß nicht, wie sie durchkommen soll, aber du, du denkst nur an Frauen. Entsetzlich, Eusèbe, was du da tust. Wenn du es wenigstens anständig angefangen hättest. Aber von einem Bleistift zu profitieren! Und ich habe an nichts Böses gedacht.

Solange war derart erregt, daß sie nicht hörte, wie die Tür aufging.

– Solange, kommen Sie mit mir in mein Büro, sagte Michaud.

Solange zuckte zusammen und stieß Eusèbe heftig von sich. Er stand mühsam auf und ging schwankend, mit stumpfsinnigem Blick zu seinem Platz zurück. Solange folgte dem Chef mit glühenden Wangen ins andere Zimmer. Michaud war verdrossen. Nicht nur, daß er sich wenig zu Vorhaltungen aufgelegt fühlte, er hatte auch den Eindruck, sich in Weibergeschichten zu verwickeln. Er setzte sich schwerfällig und schwieg einen Augenblick, um die richtigen Worte zu finden. Solange stand vor ihm und bemühte sich um eine selbstsichere Haltung.

– Was eben vorgefallen ist, ist höchst bedauerlich, sagte er endlich. Wir haben einen sehr jungen Burschen eingestellt, dem gegenüber wir Verpflichtungen haben.

– Wenn Sie wüßten, wie geil der ist, nicht zu glauben. Schön, er ist jung, und wenn man ihn so anschaut, scheint er ganz unschuldig, aber Sie können beruhigt sein, in vielem ist er schon ein Mann. Er ist ständig um mich herum, reizt mich, betatscht mich oder sagt mir abscheuliche Sachen. Mit ihm bin ich ganz einfach immer auf der Hut.

– Machen Sie mir doch nichts vor. Ich habe Sie gesehen, ich weiß, woran ich bin. Außerdem kenne ich Eusèbe genügend, um sicher zu sein, daß nichts von ihm aus passiert ist. Sie haben nicht nur mitgemacht, sondern Sie haben ihn provoziert, herausgefordert. Das steht fest.

– Vielleicht ein bißchen, ich weiß nicht mehr genau. Manchmal passieren einem Sachen, man weiß nicht wie. Wir sind schwach, Monsieur Michaud. Und außerdem so nervös durch den Krieg. Ich will gar nicht von den Lebensmittelmarken reden, vom Schlange stehen oder von den Preisen. Aber die Moral ist angeschlagen. Der Krieg ist so furchtbar. Die Besatzung, die Gefangenen, die Bombardements, das Elend der Leute, es bricht einem das Herz. Das geht einem auf die Nerven, man kann sich nicht immer beherrschen.

Michaud wäre beinahe aufgebraust bei dieser scheinheiligen Erklärung, aber bei genauerer Überlegung fand er etwas Wahres darin. Er stellte sich vor, was dieser lange Kriegswinter für Solange bedeutet hatte, die Metro am Abend, der Vorortzug, der Fußweg in der eisigen Nacht, das ungeheizte Haus, gekochtes Gemüse als Abendessen, die Klagen der Familie, der Nachtalarm, das Aufstehen in aller Herrgottsfrühe, der Fußweg in der Dunkelheit, Zug, Metro, die Arbeit in einem kaum geheizten Büro, der Heimweg am Abend. Er hatte Mitleid mit ihr. Beim Gedanken an sein Abenteuer mit Olga fühlte er sich wenig berufen, der Sekretärin die Leviten zu lesen. Sie war wie er ein schwaches Geschöpf und vor den Überraschungen des Körpers nicht sicher. Er hielt den Zwischenfall sogar für nicht mehr so bedauerlich, wie er ihm zunächst vorgekommen war. Vielleicht kam er gerade recht, um Eusèbe aus seiner vegetalen Apathie aufzurütteln.

– Lassen wir es gut sein, sagte er, reden wir nicht mehr davon. Versuchen Sie in Zukunft, etwas gesetzter zu sein und mit Eusèbe Distanz zu wahren.

– Sie können ganz ruhig sein, Monsieur Michaud. Solche Sachen passieren nur einmal. Ich werde mich kein zweites Mal erwischen lassen.

Auf frischer Tat ertappt, hatte sie einen Moment lang Angst gehabt. Nicht daß sie Repressalien befürchtete, sondern vielmehr, die Geringschätzung der beiden Partner auf sich lasten zu fühlen. Der väterliche, fast wohlwollende Ton jedoch, in dem Michauds Vorhaltungen geendet hatten, beruhigte sie vollkommen. Nachdem der Überraschungseffekt vorbei war, sah er in der Angelegenheit offenbar nur einen etwas pikanten Zwischenfall, der sich in der Immobilienverwaltungsgesellschaft nicht ziemte. Sie war nun ganz gelassen.

– Rufen Sie mir die Wohnung von Monsieur Lolivier an, sagte Michaud. Ich fürchte, daß er krank geworden oder ihm etwas passiert ist. Wir haben schon dreiviertel elf.

Als sie zu ihrem Platz im anderen Zimmer zurückkehrte, lächelte Solange Eusèbe ausgelassen zu und hob ihren Rock in einer tänzerischen Bewegung mit beiden Händen bis zu den Oberschenkeln hoch. Den Jungen machte das eine Weile zittern, und er verhunzte drei Umschläge hintereinander[1].

Die Wohnung Loliviers meldete sich nicht. Michaud

1. In Wirklichkeit sollte der Zwischenfall nicht die Folgen haben, die Eusèbe erhoffte. Am selben Nachmittag nützte Solange das verlängerte Wochenende, um ins Kino zu gehen, und kam neben einem zwanzigjährigen Jungen von strahlender Schönheit zu sitzen. Während der Pause brillierte sie in der Unterhaltung und brachte ihre Beine so zur Geltung, daß ihre Nase nicht auffiel. Nachdem sie die Geliebte des Schönen geworden war, behandelte Solange Eusèbe äußerst hart, hielt ihm dauernd seine Lüsternheit vor und verspottete ihn wegen seines schwächlichen Äußeren. »Du Ferkel, du hast schon wieder meine Beine angeschaut. Dabei habe ich es dir verboten. Nein, aber was bildest du dir denn ein, Eusèbe.« Vor Kummer wurde Eusèbe krank und starb im Sanatorium.

war tief beunruhigt. Außerdem hatte er es eilig, seinem Partner die unerhörten Ereignisse des Vorabends zu erzählen und vor ihm zu einer umfassenden Gewissensforschung zu schreiten. Er hatte das Bedürfnis, sich die Umschwünge dieses denkwürdigen Abends ins Gedächtnis zu rufen, die Reaktionen Loliviers zu beobachten und seine Kommentare zu hören, selbst wenn er seine Ironie und sein Mitleid in Kauf nehmen mußte. Er hatte die ganze Tragweite des Abenteuers noch nicht ermessen, noch nicht verarbeiten können, bei dem er auf verschiedenen Ebenen mitgewirkt hatte. Er erblickte darin ein Thema für unerschöpfliche Betrachtungen und vor allem eine Erfahrung, aus der die Lehren zu ziehen waren. Michaud hatte das Gefühl, eine erschütternde Tragödie erlebt zu haben und noch immer zu leben, von fast unmenschlicher Größe, die ein Publikum erheischte.

Lolivier traf um elf Uhr im Büro ein. Sein Gesicht war abgespannt und unrasiert, die Lippen zusammengekniffen, wie eingesogen. Er kam mit eiligen Schritten herein, begrüßte Michaud mit einem kaum hörbaren Guten Tag, setzte sich mit den gewohnten Bewegungen an den Tisch und nahm ein paar Papiere aus der Schublade, die er vor sich ausbreitete. Dann fing er hastig zu reden an.

– Hat Oudard angerufen? Wie ich sehe, haben wir Boussenac noch nicht geschrieben. Man muß auch nachsehen, wie weit die Arbeiten in der rue Damrémont sind. Der Hausmeister in der rue Eugène-Carrière kommt mir ziemlich langsam vor. Gestern abend, als du schon weg warst, hat Lestang angerufen. Nichts zu machen, im Augenblick. Das muß Solange noch heute vormittag tippen. Mein Sohn ist im Gefängnis.

– Was hast du gesagt?

– Er ist heute nacht verhaftet worden. Man hat mich

heute früh um acht benachrichtigt. Er ist in Polizeigewahrsam. Ich habe ihn nicht sehen können.

Auf Michauds Fragen antwortete er mit einem Achselzucken, das Hemmungen und Müdigkeit zum Ausdruck brachte, dann sprach er eintönig, ohne den Blick zu heben.

– Ein abscheuliches Verbrechen. Er wohnte in einem Keller in der rue de la Charbonnière mit einer Dirne und einem Araber zusammen. Er war so nett gewesen, mir das zu schreiben. Der Araber und er haben das Mädchen umgebracht und in Stücken verkauft, als Metzgerfleisch. Und dabei sind sie gestellt worden.

Michaud starrte einen Augenblick sprachlos vor Entsetzen auf den Schädel Loliviers, ohne ein teilnehmendes Wort zu finden. Er stellte sich das Ungeheuer vor, einen Jungen, den er gut kannte, wohl erzogen, höflich, zurückhaltend. Er stellte sich ihn vor mit blutigen Armen, wie er mit dem Messer Menschenfleisch zerschnitt. Am schlimmsten war jedoch der Gedanke, daß der Vater selbst von diesem Metzgeralptraum verfolgt wurde. Michaud dachte an seine eigenen Kinder und konnte sich einer egoistischen Freude nicht erwehren, als ihm sein Glück bewußt wurde. Das gestrige Abenteuer kam ihm plötzlich unbedeutend, bereits weit zurückliegend vor, und Antoines Eskapade nur noch wie ein liebenswürdiges Schäfergedicht. Lolivier dachte an den Mörder, seinen Sohn. Er sah den Keller vor sich, den geschäftigen Araber, das aufgeschlitzte Mädchen und das Kind, das ihm so viele Sorgen bereitet hatte – die Masern, die Schnupfen, die Blaßgesichtigkeiten, die schlechten Noten –, wie es dabei war, ein Glied abzuschneiden und sich mit den Sehnen und Gelenken abmühte, oder wie es einen Armvoll warmer Eingeweide in ein Becken warf.

– So ist das, sagte er.

Michaud ging um den Tisch herum, legte ihm den Arm um den Hals und nahm seine Hand. Lolivier klammerte sich mit aller Kraft daran und fing mit einem furchtbaren Röcheln zu weinen an, als ob er seinen Schmerz und sein Grauen gleichzeitig herausstoßen wollte. Es gab keinen Trost, den man ihm hätte spenden können. Michaud sagte ihm Worte der Freundschaft, die keinerlei Wirkung hatten. Schließlich bekam er Angst bei dieser monotonen Klage, die an die eines Sterbenden erinnerte. Er schüttelte seinen Partner heftig und schrie: »Weine nicht! Rede mit mir!« Lolivier hörte auf zu weinen, tupfte seine Augen mit dem Taschentuch ab und schaute einen Moment lang verstört vor sich hin. Dann nahm er wieder Michauds Hand, führte sie an seine Lippen und sagte: »Ich habe wirklich nur dich.« – »Ich werde immer dein alter Kumpel bleiben«, gab Michaud zurück. – »Vielleicht wird er nicht guillotiniert, weil er so jung ist.« – »Natürlich nicht, das ist klar.« Mechanisch oder um in seinen Gewohnheiten Halt zu finden, machte sich Lolivier daran, die vor ihm liegenden Papiere zu ordnen. Nachdem er eine Weile geschwiegen hatte, redete er von einer Reparaturangelegenheit, wechselte dann plötzlich das Thema und sagte mit einer Bitterkeit, in der ihn Michaud ganz und gar wiedererkannte:

– Ich bin so etwas wie privilegiert. Für mich wird der Krieg nichts bedeutet haben. Er vergrößert die Last meiner Miseren nicht. Ich bin wie der Mieter, der Clémentine geheiratet hat. In seiner Freude berührt ihn das Unglück des Krieges nicht. Ich weiß, daß es Witwen gibt, Waisen, zerschlagene Familien, aber ich habe meine eigene Hölle, die mir genügt. Ich habe mein Leben der Friedenszeit intakt in den Krieg mitgenommen. Man sagt, daß Hitler der Herr bei uns ist, daß unsere jungen Leute dort draußen gefangen sind und die Engländer unsere Städte bombardieren. Aber was ich viel besser weiß, ist, daß die Hure von meiner Tochter gehalten hat, was ihre fünfzehn Jahre versprachen, daß mein Sohn ein Ungeheuer geworden ist, wie vorauszusehen war, und daß meine Frau die blöde Hexe bleiben wird, die sie immer war. Die großen Schicksalsdaten der vergangenen Jahre werden für mich nicht dieselben sein wie für andere Leute. Auch ich bin eine Art Ungeheuer, wie alle Unglücklichen. Ich weiß und wußte schon lange vor dem Krieg, daß Kummer nicht edler macht und uns die schweren Schläge nicht bessern. Sie verschließen uns in uns selbst und verdammen uns zu einem düsteren, freudlosen Egoismus. Wenn ich nachher nach Hause gehe, werde ich weder an das Unglück Frankreichs noch an das Unglück Europas denken. Ich werde mit meiner Zwangsvorstellung eingesperrt sein wie mit einer widerlichen Ratte, deren Berührung und deren Bisse ich ertragen muß.

– Geh nicht nach Hause, schlug Michaud vor. Komm zu uns wohnen. Das ist weniger traurig, und ich bin ruhiger, wenn ich dich in meiner Nähe weiß.

– Danke, aber das ist unmöglich. Ich muß zu meiner Frau zurück. Die arme alte Hexe hat auch Kummer. Sie braucht mich um sich, damit sie mir ihre Gemeinheiten ins Gesicht schleudern kann, mir Vorwürfe machen, daß ich zu streng mit dem Jungen war und ihn ins Verbrechen getrieben habe. Außerdem wird sie sagen, daß ich ihre Künstlerkarriere zerstört habe. Ich glaube immerhin, daß sie zu niedergeschlagen ist, um viel Lärm zu machen. In Kriegszeiten ist ein Unglück, das nicht vom Krieg herrührt, das keinen nationalen Bezug hat, sowieso schon ein bißchen beschämend. Das unsere ist es also doppelt. Aber ich schwatze, und die Arbeit bleibt liegen.

Lolivier wollte sich daranmachen, aber er war oft geistesabwesend, hatte Gedächtnislücken und brachte nichts Zusammenhängendes fertig. Manchmal hielt er mitten in einer Bewegung inne und fixierte mit angehaltenem Atem das Tintenfaß oder den Löscher. Um ihn auf andere Gedanken zu bringen, erzählte ihm Michaud, in welcher Situation er Solange überrascht hatte. Lolivier bekam einen Lachkrampf und vergaß seinen Alptraum für einige Minuten. Er lachte noch immer, als Eusèbe Madame Lebon meldete.

Lina war in derselben Aufmachung wie bei ihrem vorigen Besuch, doch ihr kleines schmales Gesicht war von Freude erleuchtet. Sie küßte Michaud, klebte ihm Lippenstift auf beide Wangen und gab dem rosigen Schädel Loliviers einen zärtlichen Klaps. Ihr Jubel machte sich in spitzen, schrillen Tönen Luft.

– Wenn Sie wüßten, meine Kleinen, wie ich bin glücklich. Ich habe eine so große Freude, daß ich nicht kann sagen. Und Sie, Sie werden nie erraten, was ist.

– Heiraten Sie, Lina?

– Oh nein, Pierre, Sie sind dumm. Ich, arme kleine Jüdin, welchen Mann ich kann heiraten? Nein, ich heirate nicht. Es ist so viel schöner, was ist. Gestern, am späten Nachmittag, ist Besuch gekommen, zwei Personen: eine habe ich nicht gekannt, die andere ein Freund von Warschau, ich habe ihn oft gesehen zu Hause. Warschau, Sie wissen, ich habe mich beklagt, er ist weg und schreibt nie, nie von ihm hören. Ich habe gedacht, er ist ein so harter Mann, er hat mich da hingesteckt, armer Wachhund, und selber durchschlagen, mir egal. Gestapo, er kümmert sich nicht und Zaster auch nicht. Oh, er hat mich nicht ohne gelassen, aber er hat gesagt, als er gegangen ist: »Ich gebe dir nicht viel, das ist besser für dich. Ein ganz kleines Leben, merkt man nicht.« Vielleicht hat er recht gehabt, aber ich, ich war traurig in ganz kleines Leben, und immer viel Angst Gestapo, ich klappere mit Zähnen und denke Warschau, ich nicht mehr sehen bis Ende so weit, und einmal ich habe so Angst, man findet mich tot in kleines Leben. Und jetzt hören Sie: Warschau, so hart, nie Mitleid, er hat Mitleid gehabt mit mir, er hat mich gesehen, armes Ding mit Angst, und er läßt mich nicht, er holt mich nach Algerien.

Lina sollte am nächsten Donnerstag abreisen und vorher ihren Mietvertrag auflösen. Ein arischer Mieter würde Warschaus Wohnung übernehmen, angeblich leer. Michaud und Lolivier akzeptierten das Prinzip dieses Wechsels problemlos. Lina jauchzte. Es gab nur einen Schatten in ihrer Freude. Der neue Mieter beabsichtigte, in ihrer Anwesenheit eine Bestandsaufnahme der Möbel zu machen, und es war zu befürchten, daß Warschau von den Verkäufen erfuhr, die sie auf eigene Rechnung durchgeführt hatte.

– Ich habe ganz kleine Sachen verscheuert, kleiner Sekretär, kleiner Spieltisch und Zeichnungen, auch klein. Aber wenn er erfährt, er mich zur Sau machen. Vor allem er verzeiht mir nicht, daß schlecht verkauft. Er wird mich so verachten. Wenn ich denke, ich habe so Hosen voll, wissen Sie. Aber vielleicht Warschau erinnert sich nicht.

– Denken Sie nicht daran, Lina. Denken Sie nur an Ihr Glück.

– Kommen Sie mit mir, alle zwei. Sie verkaufen den Laden, und Sie kommen mit Frau und Kindern. Oder wenn Sie eine Frau haben unausstehlich, Sie lassen sie da und Sie zischen Algerien. Danach kommt Amerika, und aus der schwarze Himmel, die schwarzen Tage und alle schwarzen Sachen und kleines Auge Gestapo. Kommen

Sie mit mir. Hier Sie sind traurige Hunde, immer etwas stehlen von Herr. Sie haben Angst, man sieht, was Sie sind, und manchmal Angst, man sieht nicht genug. Sogar die, wo für Kollaboration, sie haben Angst, die Deutschen verlieren. Sogar die, wo denken nichts, sie haben Angst, weil sie denken nichts. Und Angst für einen Vater, Angst für einen Freund, für morgen, für Bombardements, Fleisch, Kohle, Schwarzmarkt. Aber dort, Sie haben nicht mehr Angst. Jude, nicht Jude, niemand kümmert. Sie denken, was Sie wollen. Sie tun in das Leben, was Sie wollen. Es ist groß, es ist klein, aber es ist immer das Ihre. In Europa gibt es das nie wieder, sogar, wenn die Besatzung fort ist. Die alten Sachen muß man lassen für die Ratten. Dort drüben Sie finden Freiheit, Licht, Himmel und alle Sachen für das Leben. Und wenn Sie brauchen verachten und böse sein – jeder braucht – da sind die Neger. Oh, ich möchte schon sein. Kommen Sie mit mir.

– Ich, sagte Lolivier, ich sehne mich nicht nach der Freiheit. Ich brauche sie nicht mehr.

Michaud dagegen dachte, daß er jetzt genug Geld hätte, um mit der ganzen Familie auszuwandern, und versuchte, sich verlocken zu lassen, aber vergeblich. Das Leben in Amerika kam ihm so wenig anziehend vor wie das im Jenseits. Für ihn war es eine gespenstische, substanzlose Existenz, und das war nichts.

– Entschuldigen Sie, blödes Geschwätz, sagte Lina. Ich schlage vor zu gehen, aber Amerika ist Ihnen scheißegal. Alle zwei Sie sind echte Franzosen. Sie lieben die Freiheit nicht. Sie sind so sehr mit den Sachen, den Häusern, den Straßen, den Gärten, daß wenn Sie gehen, Sie nehmen nur ein bißchen von Ihnen mit. Und Ihre Ideen, sie sind Sachen. Ich war dumm. Gut, ich komme wieder Montag mit neuer Mieter, aber ich sage Ihnen nicht mehr zu gehen.

Es war beinahe Mittag, als Lina das Büro verließ. Die beiden Partner brachen um eins auf. Sie hatten ein ziemlich langes Stück Wegs zusammen. Lolivier war wieder in seinen Alptraum versunken und ging auf keine Unterhaltung ein. Michaud bemühte sich vergeblich, das Schweigen zu brechen und ihn zu zerstreuen. Als ihm nichts mehr einfiel, erzählte er von den siebenhundertfünfzigtausend Francs, die ihm in den Schoß gefallen waren.

– Ich sage dir nicht, wie ich dazu gekommen bin. Das ist belanglos. Nehmen wir an, es sei eine Erbschaft. Jedenfalls habe ich siebenhundertfünfzigtausend Francs und, meine Güte, sie bringen mich fast in Verlegenheit. Ich bin es nicht gewohnt, Geld zu haben. Meine Frau meint, daß du und ich ein Geschäft aufziehen sollten.

– Sie hat recht, sagte Lolivier. Ein Geschäft aufziehen, ist nicht ganz das richtige für uns. Es wäre besser zu sagen: Geschäfte machen. Wir haben im übrigen alle Aussichten auf Erfolg. Wir haben Beziehungen zu Bauunternehmern, und unter unseren Mietern sind Leute mit allen möglichen Beziehungen. Hör mal, erst gestern hat mir Brunet gesagt, daß er mehrere Tonnen Draht braucht. Ich habe ihm die Adresse von Dujardel gegeben, dem Mieter in der rue Caulaincourt. Aber wenn wir Geld gehabt hätten, würde ich ihm nicht die Adresse gegeben haben, sondern ich hätte ihm die Ware verschafft, und wir hätten auf einen Schlag drei- oder vierhundert Scheine verdienen können. Übrigens, wenn du einverstanden bist, habe ich noch ein anderes Geschäft in Aussicht, das sofort gemacht werden könnte. Ich glaube sogar zwei, eins mit Zement und das andere mit Benzin. Ein Kinderspiel.

Lolivier dachte nicht mehr an das Verbrechen. Er kaufte, verkaufte, vervielfältigte das Kapital und führte immer umfangreichere Operationen durch. Die Umsätze gingen bald in die Millionen, und die Verwaltungsgesellschaft war nur noch ein Vorwand, eine Fassade. Er redete sich heiß, sein Gesicht war lebhaft geworden, und seine kleinen Wieselaugen funkelten vor Begeisterung. Michaud brachten diese Geldanhäufung und diese überschäumende Aktivität aus der Fassung. Er hatte nie eine Leidenschaft für Geschäfte oder Zahlen gehabt, und der Reichtum lockte ihn nicht.

– Natürlich haben wir Erfolgschancen. Ich gebe sogar zu, daß die Risiken sehr klein sind. Aber wozu eigentlich soviel Geld verdienen?

– Was mich betrifft, räumte Lolivier ein, wird es zu nichts gut sein. Ich habe nicht die geringste Lust, das Leben meiner Frau zu verschönern, und ich begehre nichts von dem, was man kaufen könnte. Aber Geld ist trotzdem Geld. Ich bin ihm so lange nachgelaufen, mein ganzes Leben, daß ich die Gelegenheit nicht verpassen kann, ein bißchen zusammenzuraffen. Ich bin wie jedermann dazu gedrillt worden, Geld zu verdienen. Ich bin ein Geldjäger. Wenn Wild vorbeikommt, schieße ich darauf. Außerdem übertreibe ich, wenn ich sage, daß mir Reichtum nichts nützt. Ich esse gern gut, ich mag hübsche Mädchen, und ich glaube, daß ich Anlagen zum alten Wüstling habe. Ich denke auch an meinen Vater, der mich immer verachtet hat, weil ich es zu nichts gebracht habe. Der gute Alte wird stolz auf mich sein. Sein Millionärssohn wird ihn vergessen lassen, daß er einen Mörderenkel hat. Spucken wir nicht auf das Geld. Dasjenige, das wir in die Tasche stecken, fehlt anderen, um uns zu schikanieren und zu demütigen.

In diesen und den folgenden Äußerungen war viel Verbitterung, Traurigkeit, hämische Ironie. Michaud sah jedoch den Beweis darin, daß Lolivier wieder auf den Damm kam und seine Verzweiflung als Vater allmählich nachließ, was ihn nur halb freute, denn er hatte Sinn für tragische Begebenheiten. Als sie sich trennten, wirkte Lolivier voll in Fahrt und hatte für zwei Tage Stoff zum Überlegen, ohne allzusehr an Verbrechen und Eingeweide zu denken.

Als er nach Hause kam, schnupperte Michaud Brathähnchenduft. Auf dem Eßzimmertisch waren Blumen für mindestens hundert Francs. Diese Eile, den Reichtum auszukosten, erschien ihm anstößig. Hélène, die am Vorabend erstmals aufgestanden war, nahm wieder ihren Platz an der Familientafel ein. Das Haus machte einen festlichen Eindruck. Frédéric drohte, Pierrette zu ohrfeigen, die sich blöde darauf versteifte, daß er Schuhgröße dreiundvierzig habe, wo er doch kaum auf zweiundvierzig kam, eher eine halbe Nummer kleiner. Die Runde war geräuschvoll und heiter. Antoine hatte nichts von der betroffenen Miene, die immerhin angemessen gewesen wäre. Er benahm sich mit einer Ungezwungenheit, als ob nichts gewesen und er noch unberührt wäre. Der Vater, der sich vorgenommen hatte, beim Mittagessen das Problem der Trimesternoten anzupacken, verschob dieses peinliche Kapitel auf später. Er berichtete auch nicht von dem abscheulichen Verbrechen, das der junge Lolivier begangen hatte, und versäumte damit bewußt die Gelegenheit, Antoine die Gefahren fragwürdigen Umgangs vor Augen zu führen. Wozu von entsetzlichen Dingen reden, wenn man zu Hause Glück und Frieden genießt, und wozu die guten Lehren. Michaud aß das Hähnchen mit Vergnügen und lächelte mehrmals bei dem Gedanken, reich zu sein. Das Glück, sogar das materielle, bringt mehr als eine fruchtbare Lehre mit sich, dachte er, um sich vor verschwommenen Gewissensbissen zu schützen. Und wie kann man überhaupt zu einem stichhaltigen, unparteiischen Urteil über das gesellschaftliche Zusammenleben der Menschen gelangen, wenn man selbst keine Erfahrung mit dem Reichtum hat?

– Ich muß mich beeilen, sagte er vor Beendigung der Mahlzeit. Die Beerdigung von Oberst Monboquin ist um halb vier. Wie dumm. Komm doch mit, das bringt dich an die Luft.

Antoine, an den diese Aufforderung gerichtet war, zeigte sich wenig begeistert und entschuldigte sich mit Kopfschmerzen. Michaud hätte ihn gerne mitgenommen, um sicherzugehen, daß er nicht einen Teil des Nachmittags bei Yvette verbrachte. Er bestand jedoch nicht darauf, da die Erinnerung an Olga ihn in der Ausübung seiner väterlichen Autorität behinderte. Er wagte nicht einmal, ihm ein Versprechen abzunehmen.

Ein gewisses Taktgefühl hatte Antoine den ganzen Vormittag zu Hause bleiben lassen. Jetzt meinte er, der Zurückhaltung und Schicklichkeit Genüge getan zu haben. Als sein Vater zur Beerdigung gegangen war, erklärte er, er wolle am square Saint-Pierre Luft schnappen und lief in die rue Durantin. Yvette war nicht da. Er klopfte bei Monsieur Coutelier an in der Hoffnung, von ihm Auskunft zu bekommen. Der Schulrat machte die Tür nur halb auf und sagte mit Nachdruck:

– Monsieur, ich kenne die Person nicht mehr, die diesen Namen entehrt, und ich will nichts mehr von ihr hören. Leben Sie wohl, Monsieur.

Da die Hausmeisterin nicht in ihrer Loge war, blieb Antoine nichts anderes übrig, als bei Paul Erkundigungen einzuziehen. Er fand ihn im Keller des Restaurants damit beschäftigt, Flaschen zu sortieren und zu überprüfen. Paul nahm die blaue Schürze ab, die er umgebunden hatte, breitete sie auf einen Balken, und sie setzten sich Seite an Seite darauf.

– Yvette ist heute morgen nach Vendôme gefahren, wo sie eine Woche bei einer alten Tante verbringen will.

– Hat sie denn Plätze bekommen im Zug?

– Sie ist mit dem Auto gefahren. Eine Gelegenheit. Leute, die nach Tours wollten, glaube ich.

Antoine fragte, ob sie einen Brief für ihn hinterlassen oder ob Paul ihm etwas auszurichten habe. Nein, Yvette hatte nichts geschrieben, nichts gesagt, was für ihn bestimmt war.

– Du solltest es aufstecken, sagte Paul.

– Bist du verrückt! Warum sollte ich Yvette nicht mehr sehen? Ich liebe sie so sehr wie gestern und sogar noch mehr. Ich werde sie weiter jeden Tag besuchen, wie zuvor.

– Tu, was du willst, aber was gestern abend passiert ist, sieht mir ganz nach einem Ende aus. An deiner Stelle würde ich nicht versuchen, Yvette wiederzusehen. Du hast noch drei Monate, um dein Abitur vorzubereiten. Es wäre idiotisch, deine Zeit mit einer Frau zu vergeuden. Wenn du willst, nehme ich dich zwei oder drei Mal im Monat zu meiner Tante mit. Es ist sehr gepflegt dort. Aber du darfst dein Abitur nicht vermasseln. Übrigens glaube ich, daß Yvette große Angst vor deinem Vater hat, weil er von Anzeige geredet hat.

– Er weiß weder ihren Namen noch ihre Adresse, und selbst wenn er sie wüßte, würde er sie nicht anzeigen. Das ist nicht seine Art. Yvette hat da nichts zu befürchten.

– Es gibt vielleicht andere Probleme, die sich für sie stellen.

– Natürlich, wenn wir die siebenhundertfünfzigtausend Francs hätten, wäre es leichter für uns. Ich frage mich, warum du sie meinem Vater gegeben hast.

– Das ist wahr, erwiderte Paul friedlich, ich hätte das vielleicht nicht tun sollen. Ich glaube, ich habe ein bißchen durchgedreht.

Pauls Antwort, der ruhige Ton, in dem er sie gab, waren nicht frei von einer gewissen Ironie. Es war wenig wahrscheinlich, daß Paul durchgedreht hatte. Man konnte sogar sicher sein, daß er mit Vorbedacht gehandelt hatte. Antoine begriff sehr wohl, aus welchen Beweggründen er seinem Vater den Umschlag ausgehändigt hatte. Er war ihm deshalb böse, nicht so sehr wegen der siebenhundertfünfzigtausend Francs, sondern wegen seiner entschiedenen Feindseligkeit seiner Liebe gegenüber. Im Grunde benahm sich Paul eher wie ein älterer Bruder als wie ein echter Kamerad. Es war immer falsch, sich ihm rückhaltlos anzuvertrauen. Angenommen, er hatte recht, was bei weitem nicht bewiesen war, aber angenommen, war sein Standpunkt dennoch der der Familie, der alten Leute und der Lehrer. Ein echter Kamerad darf uns nicht an einer angenehmen Dummheit hindern. Verärgert und trübsinnig stand Antoine auf, um zu gehen. Als sie unter der Glühbirne durchgingen, bemerkte er, daß Paul ein etwas geschwollenes Auge und einen Kratzer in der unteren Gesichtshälfte hatte.

– Was ist dir passiert?

– Nicht der Rede wert. Gestern abend habe ich mich mit meinem Vater geschlagen. Morgen sieht man nichts mehr davon.

– Ihr habt euch geschlagen? Aber warum?

– Eine unwichtige Sache. Ich habe mich veranlaßt gesehen, ihn einen Schweinehund zu nennen, und er ist wütend geworden. Sieht man dich in den nächsten Tagen?

Ich glaube nicht. Ich werde ausnützen, daß Yvette nicht in Paris ist, um zu Hause zu bleiben und meine Eltern zu beruhigen. Sie werden meinen, daß alles aus ist.

Antoine blieb tatsächlich fast eine Woche lang zu Hause und steckte nicht einmal die Nase hinaus. Seine Eltern machten sich Sorgen über diese Stubenhockerei und ermunterten ihn zum Ausgehen. Man war ihm um so wohlwollender gesinnt, als Lolivier am Dienstag nach Ostern ein erstes Geschäft abgewickelt und über zweihunderttausend Francs daran verdient hatte. Michaud hatte sich einen neuen Hut und einen Gabardin gekauft, und die ganze Familie war neu eingekleidet worden, ein kastanienbraunes Kostüm für Hélène, ein Schottenkleid für Pierrette und ein Sportanzug für Frédéric. Beim Essen redete man nur noch von Stoffen, Unterhosen, Hemden, Hosen, einem Büstenhalter, neuen Sohlen. Einzig Antoine hatte den Gang zum Schneider auf später verschoben. Als ihn seine Mutter am Freitag nachmittag drängte, an die frische Luft zu gehen, gehorchte er mit sichtlicher Resignation und blieb nur sehr kurz aus. Am Abend kam Michaud überschäumend vor Freude und Begeisterung heim. Die beiden Partner hatten an einem Schrottgeschäft weitere dreihunderttausend Francs verdient[1].

1. Michaud und Lolivier verwalten heute jeder um die fünfzehn Millionen Francs. Ihre Frauen haben Diamanten, goldene Zigarettenetuis, Kleider aus der rue de la Paix und treffen sich sehr häufig, was früher einmal im Jahr vorkam. Die beiden Partner sind weniger großzügig mit ihren Mätressen. Michaud, der spät zum guten Leben kam, hat zwanzig Blutdruck, und seine Leber macht ihm zu schaffen. Er gibt sich der Illusion hin, noch immer der Freund der Arbeiterklasse zu sein und sich um die Durchsetzung der sozialen Gerechtigkeit zu bemühen. »Ich tauche im Reichtum mit einem Schutzanzug«, pflegt er zu sagen. »Er erreicht mich nicht.« Doch die Aversion gegen den Kommunismus, die er immer hatte, nährt sich nicht mehr aus denselben Gründen wie früher. Lolivier macht sich über ihn lustig. »Mit dir

Am frühen Samstag nachmittag ließ sich Antoine von seiner Mutter neuerlich überreden und bequemte sich ins Freie. In der rue Durantin sah er Chou aus dem Haus kommen. Sie rannte ihm entgegen, und Antoine nahm sie nach zärtlichen Umarmungen an die Hand, um zu Yvette zu gehen. Die Kleine ließ sich zunächst führen, aber nach ein paar Schritten machte sie sich los und blieb stehen.

– Ein Herr ist bei uns, sagte sie.

– Welcher Herr?

Er konnte herausbekommen, daß Yvette tags zuvor am Spätnachmittag heimgekommen war. Ein Mann hatte die Nacht bei ihr verbracht. Zum Mittagessen war er wiedergekommen. Antoine wollte hoffen, daß es sich um den gefangenen Gatten handelte, der seiner Familie zurückgegeben worden war. Chou meinte ebenfalls, daß der Mann ihr Vater sein könnte. Jedenfalls war er ein Soldat. Er versuchte, sie die Uniform beschreiben zu lassen, aber der Wortschatz des Kindes war weder präzise noch umfangreich genug, um ihm ein genaues Bild zu liefern. Plötzlich zeigte sie mit dem Finger auf eine Gruppe deutscher Offiziere, die die Steigung der rue Tholozé erklommen. Der Mann war so angezogen wie sie.

– Ist es nicht Monsieur Malinier?

– Nein. Monsieur Malinier, den kenne ich.

Antoine blieb einen Augenblick unbeweglich am Gehsteigrand stehen und wischte seine Augen mit dem Mantelärmel ab. Chou stellte ihm keine Fragen, denn sie wußte wohl, warum er traurig war. Nie wieder würde sie die beiden überraschen, Mama und ihn, wie sie ihre Münder aufeinanderpreßten und sich mit den Augen armer kran-

ist nur etwas Belangloses passiert. Du warst ein linker Bourgeois, und du bist ein rechter Bourgeois geworden.«

ker Tiere ansahen. Seine Reihe war vorbei. Jetzt war es der Soldat, der seinen Mund auf den von Mama preßte. Er hatte im übrigen nicht diese Miene eines kranken Tiers. Er war eher furchterregend. Seine blauen Augen wurden böse und quollen ein bißchen hervor. Sein geschorener, mit weißen Stacheln gespickter Kopf lief plötzlich rot an, und seine Finger klammerten sich wie Spinnenbeine an die Bluse oder den Rock. Mama freute sich trotzdem.

Nachdem Antoine sie auf den Arm genommen hatte, schlang Chou ihre Arme um seinen Hals, drückte ihre Lippen auf die seinen und machte den Blick einer traurigen Kuh. Er lächelte durch seine Tränen, bekam aber nicht das verblödete Aussehen wie mit Mama. Sie war jedoch nicht sehr enttäuscht darüber, denn sie wußte wohl, daß sie noch nicht alt und erwachsen genug war, um die Verblödetenspiele zu spielen. Antoine stellte sie auf den Gehsteig und schrieb mit dem Bleistift eine kurze Nachricht, die sie gemeinsam zu Yvettes Hausmeisterin brachten. »Ich gehe in den Zirkus Médrano mit Antoine«, stand auf dem mit Chou unterschriebenen Zettel. Man konnte sich ausmalen, daß Yvette beim Anblick der Schrift in Schluchzen ausbrechen und lange traurig sein würde. Man konnte sich auch andere, noch herzzerreißendere Dinge ausmalen. Im Zirkus waren zwei sehr lustige Clowns. Chou lachte so laut, daß Monsieur Loyal sie voller Zuneigung betrachtete. Und Antoine lachte auch.

Pierre Gripari

Das Phantastische bei Marcel Aymé

EIN WENIG GELIEBTER: MARCEL LE MAL-AYMÉ

Geboren 1902, gestorben 1967, hat Marcel Aymé seinen ersten Roman *Brûlebois* 1926 veröffentlicht und seinen letzten *Les tiroirs de l'inconnu* im Jahre 1960. Das ergibt eine literarische Laufbahn von 43 Jahren, die der zweite planetarische Krieg deutlich in zwei Teile zertrennt hat. Diese Trennung stellt übrigens keinen Bruch dar: wenn man auch annehmen kann, daß der Autor des *Uranus* von der deutschen Okkupation ›geschockt‹ war, wie man so sagt, und besonders von den Säuberungen, die ihr folgten, so darf man nicht übersehen, daß seine ›schwarze Ader‹ schon längst vor dem Krieg ausgeprägt war und sich in den Romanen *Maison basse* (1935) und *Le moulin de la sourdine* (1936), sowie in den beiden Novellen *Je suis renvoyé* und *Rue de L'évangile* aus der Sammlung *Derrière chez Martin* von 1938 niedergeschlagen hatte.

Das Werk in seiner Gesamtheit besticht also durch Kontinuität und innere Logik, was aber nicht ausschließt, daß es sich auch durch großen Facettenreichtum hervortut.

Wir stoßen auf Erzählungen, die aus dem Leben der Provinz oder des Bauernstandes berichten, ebenso wie auf solche über Paris, insbesondere über Montmartre. Es gibt äußerst vernünftige Geschichten für Kinder und andere, unbändig fabulierende für Erwachsene; man begegnet Realismus, Faktizität und Phantastischem; auch Satire, Schlüpfrigkeiten und Humor, aber ebenso einem ausgeprägten Pessimismus, einer zärtlichen und hoffnungslosen Sicht auf das Menschengeschlecht; einem ulkenden und heiteren Anti-Klerikalismus, Hand in Hand mit einer diesseitigen Spiritualität, die gleichermaßen radikal, gnostisch und heidnisch ist, zum einen dem Freimaurertum verwandt, zum anderen nicht weit von der Evangeliumsauffassung Tolstois oder des heiligen Franziskus von Assisi entfernt; ebenso läßt sich in diesem Werk ein entschlossen bewahrender Geist à la ›Schweigende Mehrheit‹ ausmachen, aber fern jeden Egoismus' und mit bestimmten Neigungen zum Populistischen oder gar zum Anarchistischen.

Dieser Vielfalt auf der einen und der Geschlossenheit auf der anderen Seite begegnet die Kritik spürbar gereizt. Marcel Aymé ist ein Autor, der sich nicht leicht erschöpfend und umfassend abhandeln läßt. Grenzen oder Raster gibt es für ihn nicht. Nichts ist verwirrender als seine konzeptionelle Freiheit, sein Vermögen, mal dieses, mal jenes Register zu ziehen, sich in diesem oder jenem Genre zu bewegen, den einen oder den anderen Ton anzuschlagen. Wenn ihm eine Geschichte über den Weg läuft, so findet er ohne großes Kopfzerbrechen die ihr gemäße literarische Kategorie. Sehr unliebsam in einem Land wie dem unsrigen, wo die Presse und die Universität sich seit eh und je für Einteilungen, Trennwände und klare Happen begeistern.

Dabei ist Marcel Aymé tiefgründig, von einer Tiefe, die Anstoß erregt. So ist *Le chemin des écoliers* (1946) zweifellos der wahrste, der schönste französische Roman über die Okkupation; er zeigt uns eine Familie, wie man sie wohl zu kennen meint, mittellos und kleinbürgerlich, die nach dem Krieg zum großen Glückspilz der neuen herrschenden Klasse wird. Warum? Weil einer der beiden Söhne um 1943 anfängt, Flugschriften für die Résistance zu verteilen, während der andere seinen Weg mit Schwarzmarktgeschäften macht. Auf diese Weise doppelt gebenedeit – durch die Ideologie und das Geld – gehören Monsieur und Madame Michaud bald zu jenem ›neuen Adel‹, der uns heute regiert. Das geht etwas weiter, nicht wahr, als *La peste* oder *Les faux-monnayeurs*, ganz zu schweigen von *L'écume des jours*. Und man versteht, daß die Sorbonne unsere werten Studenten lieber auf Vian, Gide oder Camus ansetzt.

Glücklicherweise vermag die Ignoranz der Medien und kulturellen Einrichtungen nicht, den Erfolg Marcel Aymés zu schmälern. Statt einer Unterstützung durch das Ministerium oder der aggregierten Professoren wird ihm die aktive Sympathie des durchschnittlichen französischen Lesers zuteil, des Mannes von der Straße, der sich in seinem Werk wiedererkennt. Für den Autor von *Travelingue* gab es kein großes Darben, er bleibt, was er immer war, ein großer populärer Schriftsteller.

UNTERSCHEIDUNG NACH GATTUNGEN

Ich werde hier vom Phantastischen in Marcel Aymés Werk sprechen. Daß man mich recht versteht: Dieser Begriff umfaßt für mich all das, was dem Realismus fernsteht, sei es romantischer, wunderbarer, traumhafter oder utopischer Natur.

Es gibt zwei Arten, das Phantastische in eine Erzählung

einzuführen. Das erste Umwege einschlagende, zuspitzende, schrittweise Verfahren, besteht darin, uns zuerst eine wahrscheinliche, alltägliche, plausible Welt vorzugaukeln und uns nach und nach mit dem Bizarren, Ungewöhnlichen und Unmöglichen zu konfrontieren, ohne daß man sagen könnte, in welchem Moment der Umschlag eigentlich stattgefunden hat. So verfahren Puschkin in *Pique-Dame*, Mérimée in *La venus d'Ille*, Jules Verne in *Capitaine Hattaras* oder in *Le Voyage au centre de la terre*. Die zweite Methode dagegen führt uns bereits in den ersten Zeilen in die Gegenwart des Phantoms, des Teufels oder des Marsianers ein. Hoffmann, Gogol, die amerikanischen Science-Fiction-Autoren und Marcel Aymé bedienen sich dieses Verfahrens. Selbst wenn ein großer Teil ihres Werks einwandfrei realistisch ist, verspüren diese Autoren gar nicht die Notwendigkeit, den gelegentlichen Rückgriff auf das Ungewöhnliche zu rechtfertigen.

Für sie gibt es keine imprägnierte Trennwand zwischen dem Realen und dem Imaginären. Sie leben – wie übrigens jeder von uns – im einen so wie im anderen.

Betrachten wir nun, in welchem Ausmaß und in welcher Häufigkeit wir dem Element des Phantastischen im Werk von Marcel Aymé begegnen.

Als erstes kann man feststellen, daß es in den Geschichten und Novellen häufiger als in den Romanen zu finden ist. Daran ist nichts Überraschendes, es ist ein Grundsatz: Die ›Phantasten‹ fassen sich kurz, weil es einfacher ist, ein imaginäres Universum in einer begrenzten Geschichte zu verteidigen, als es in einer Schilderung von 200 oder 300 Seiten aufrechtzuerhalten.

Von den 17 Romanen, die unser Autor zu Lebzeiten veröffentlicht hat, beruht die übergroße Mehrzahl auf einer realistischen, wenn nicht gar naturalistischen Inspiration. Dennoch machen sich phantastische Motive sehr früh bemerkbar. Sogleich nach *Brûlebois* erscheint *Aller-retour* (1927), und dort findet sich bereits die ganze Motivik von *La belle image*. Unmittelbar darauf: *Les jumeaux du diable* (1928), ein Roman, den der Autor später verleugnet hat, und gegen dessen Neuauflage er sich sträubte, der aber, soviel wissen wir, auf das Thema der Verdoppelung anspielt, welches in der Folgezeit immer wieder auftauchen sollte.

Danach, bis zum Krieg, nichts mehr, abgesehen von kurzen Ausflügen in das Bizarre, dieser milderen Form des Phantastischen. In *La rue sans nom* (1930) wird jene ganz eigenartige Szene eines kollektiven, traumhaften Deliriums geschildert, worin ein Arbeiter unter seinen bloßen Händen das Phantom einer nackten Frau erstehen läßt. In *Le vaurien* (1931), einem wahrlichen Meisterwerk, offenbart sich die Verrücktheit des Helden mittels einer Unregelmäßigkeit auf der Tapete seines Zimmers: Das Muster wiederholt sich regelmäßig ein ums andere Mal, nur eine einzige Blume ist von den anderen unterschieden ... und schließlich, in *La jument verte* (1933) entsteht der Hauch des Bizarren durch das Sprechen des abgebildeten Tieres.

Dann plötzlich, während des Krieges und fast Schlag auf Schlag, erscheinen die beiden großen phantastischen Romane, die zweifellos zu den bemerkenswertesten seines Werks zu rechnen sind: *La belle image* (1941) und *La vouivre* (1943). Der erste ist eine Studie zum Ich, zur menschlichen Person, und der zweite stellt uns eine Gestalt aus der jurassischen Überlieferung dar: Das Schlangenmädchen. Was das Theater betrifft, ist Marcel Aymé ein Spätzünder und hängt dort gerne seinen allegorischen und symbolischen Neigungen nach. Sein erstes Stück *Vogue la galère* (1944) ist eine Parabel, die nur wenig überzeugt. Wenn man sich auf die wirklich geglückten Stücke beschränkt, so stößt man auf zwei, die man als schwarz realistisch beschreiben könnte: *Lucienne et le boucher* (1947) und *La tête des autres* (1952) und auf zwei weitere: *Clérambard* (1950), ein ›Mirakel‹ und *Les oiseaux de lune* (1956), ein regelrechtes Märchenspiel, ebenso köstlich wie unverschämt. Kommen wir nun zu den Geschichten. Sieht man von einigen Texten ab, die in keine Sammlung aufgenommen wurden, wie z. B. *Héloise*, so umfaßt das Werk des Erzählers Marcel Aymé sieben Bände.

Sehen wir uns einmal die *Contes du chat perché* an, die Kindergeschichten, die zwischen 1934 und 1956 erschienen sind. Anders als man vielleicht annehmen wird, entbehren diese Geschichten fast jeder Phantastik: Unter den siebzehn Geschichten, die in der endgültigen Ausgabe enthalten sind, sehe ich nur zwei, nämlich *L'éléphant* und *La boite à peinture*, die in unseren Zusammenhang gehören. Die restlichen sind Fabeln, Tiergeschichten der traditionellen Art, denen nichts wirklich Phantastisches innewohnt, wenn man davon absieht, daß dort Tiere und Menschen die gleiche Sprache sprechen und einander verstehen. *Le chien*, *La patte du chat*, *Le mauvais jars*, um einige herauszugreifen, gehören der gleichen Welt an, wie *Le roman du renard* oder *Le fables* von La Fontaine, was nicht ausschließt, daß es kleine Wunderwerke sind.

Die erste Sammlung für Erwachsene *Le puits aux images* (1931) enthält zehn Novellen, die zum überwiegenden Teil realistischer Art sind. Die gelungenste, *Les mauvaises fièvres*, erinnert sehr stark an Maupassants Erzählungen aus der Normandie, beispielsweise an *Une vente* oder an *Le petit fût*. Lediglich drei sind phantastischer Art: *Pastorale*, eine Zukunftsgeschichte, die für die Poesie und gegen die

Mechanisierung der modernen Welt plädiert; *Au clair de la lune*, wo eine gute Fee zwei Liebende miteinander versöhnt, indem sie ihnen die Gabe der Rechtschreibung schenkt; und schließlich *Enfants perdus*, wo in einer leider allzu platten Fabel die eigenartige, altem Brauchtum entstammende Figur des Magiers ersteht, der ›das Übel des Erhängens aus der Welt schafft‹.

Mit *Le nain* (1934) bestätigt sich die Qualität Marcel Aymés. Von den dreizehn Geschichten dieses Bandes sind vier phantastischer Art, und alle vier sind exzellent. *La liste* erzählt von dem Oberhaupt einer sehr kinderreichen Familie, der sich zu helfen sucht, indem er die Namen seiner Töchter auf einer Liste festhält. Doch die Liste in seiner Tasche zerfleddert und die Schnipsel gehen verloren, zerstreuen sich ... Immer wenn ein Name verschwunden ist, wird auch das entsprechende Mädchen unsichtbar. In *L'affaire Touffard*, einer Parodie auf Kriminalgeschichten, ist der Staat der Mörder und wird zu einer Art Fantômas. *La clé sous la paillasson* ist ein funkelndes Phantasiestück à la Pirandello, dessen Held genau weiß, daß er ein fiktives Wesen ist. Und, nicht zu vergessen, die fabelhafte *Rue St. Sulpice*, jene eher ›bizarr‹ denn ›phantastisch‹ zu nennende Erzählung, die direkt die großen ›phantastischen Novellen christlicher Inspiration‹ ankündigt, die sich in den nachfolgenden Sammlungen finden.

Mit *Derrière chez Martin* bricht die Zeit der entfalteten Meisterschaft des Erzählers an: Neun Erzählungen, darunter vier phantastische und alle von erstem Rang: *Le romancier Martin*, *Le temps mort*, *Le cocu ombreux* und *L'âme de Martin*, wobei man die letztgenannte eine düstere Vorwegnahme von *Dermuche* nennen könnte. Eine fünfte, weniger geglückte Geschichte mit dem Titel *Conte de Noël*, ist der Gattung des Wunderbaren zuzurechnen.

Auf diesem Weg geht es weiter. In *Le passe-muraille* (1943) ist die Mehrzahl der Geschichten – sieben von zehn – phantastischer Art, und fast alle sind Klassiker: die Titelgeschichte *Le passe-muraille*, *Les Sabines*, *La carte*, *Le décret*, *Légende poldève*, *Les bottes de sept lieues* und *L'huissier*.

Nach dieser relativ heiteren Sammlung über die Okkupation erscheint *Le vin de Paris* (1947), das düstere Gegenstück über dieselbe Epoche, mit vier realistischen und vier phantastischen Erzählungen. Unter den realistischen befinden sich *L'indifférent* und *Traversée de Paris*. Diese beiden Erzählungen sind zurecht am bekanntesten geworden, und letztere wurde gar verfilmt, was ihr zu großer Popularität verhalf. Nur, unglücklicherweise war die Adaption sehr matt, da Bourvil ziemlich unfähig war, der Hauptfigur Kontur zu verleihen. Unter den vier phantastischen Texten begegnen wir gleich zwei Meisterwerken: *La grâce* und *Dermuche*. Dann gibt es die mittelmäßige Parabel *La fosse aux péchés* und schließlich eine sehr, sehr schöne Novelle und ein großer zeitgenössischer Mythos: *La bonne peinture*.

En arrière (1950), die letzte Sammlung mit Erzählungen, die der Autor veröffentlicht hat, besteht auch wieder zur Hälfte aus phantastischen Geschichten: fünf von zehn. Da ist die Maler-Novelle *Oscar et Erick*, dann *Fiancailles*, worin die sehr vergängliche Liebe zwischen einer jungen Frau und einem Zentauren erzählt wird. *Rechute* behandelt das gleiche Motiv wie *Décret*, nur schwärzer und bitterer; dann die brillante *Conte du milieu* und, um zu schließen, eine Parodie à l' américaine auf die Geburt Christi: *Le mendiant*. Zu den realistischen Geschichten ist anzumerken, daß *Le vamp et le normalien* das Motiv von *Les Sabines* wieder aufnimmt.

Die Erzählbände für Erwachsene enthalten also insgesamt sechzig Novellen, wovon siebenundzwanzig – knapp die Hälfte – als phantastisch gelten können.

DIE THEMEN

Im folgenden die Umrisse einer thematischen Studie: Sie wird uns einige Überraschungen liefern. Bei diesem Autor, der als zu französisch, zu hausbacken gilt, wird einem, wenn man genau hinschaut, sehr schnell auffallen, daß seine phantastische Ader modern ist, unglaublich modern, und zumeist weit entfernt von der traditionellen Bilderwelt folkloristischer oder romantischer Prägung. Keine Phantome, keine Vampire, fast keine Hexenmeister ...

Nicht, daß das Wunderbare alten Stils in diesem Werk fehlte. Es kommt darin vor, aber in Arbeiten von sehr unterschiedlichem Rang, manchmal geglückt, manchmal nicht. Man mag sich nun fragen, wenn dem so ist, wovon denn das Gelingen oder das Scheitern abhängt.

Meiner Meinung nach sind die mißratenen Novellen diejenigen, in denen sich der Autor darauf beschränkt, das Motiv der Feerie oder der Verzauberung vordergründig auszubeuten, als Sehnsucht oder als Wahrhaftiges. Wie auch immer, Marcel Aymé ist nicht der Vergangenheit zugewandt. Die reine und einfache Aufnahme von Altüberliefertem vermag seine Inspiration nur mittelmäßig zu beflügeln.

Das wird deutlich an den zwei bereits von mir erwähnten Novellen, die dem Band *Puits aux images* entnommen sind: *Au clair de la lune* und *Enfants perdus*; ebenso an *Conte de noël* aus *Derrière chez Martin* und an *Bottes de sept lieues* aus *Le passe-muraille* sowie an *Financailles* aus *En arrière*.

Wenn dagegen das Motiv des Wunderbaren nur der Ausgangspunkt ist, wenn es übertragen und für die moderne Welt umgedacht wird, erlebt es einen Aufschwung, weil es erneut zu einem Analyseinstrument des gegenwärtigen Universums wird.

So in *La vouivre*. Dieser große Roman ist nicht bloß die Erweckung einer sehr alten ländlichen Gottheit, er ist auch ein Protest gegen den verdummenden Mythos vom ›natürlichen‹ Menschen, vom Erdenbewohner mit dem reinen Herzen. Verleitet von einem Mannsbild aus dem Dorf, macht sich die jurassische Nymphe auf den Weg in die Stadt. In ihrem Beutel nimmt sie mehrere Vipern mit, die ihr Gesellschaft leisten sollen... Das Ergebnis ihrer Erkundung: Die wirkliche Natur, das ist das städtische Milieu. Das Land, so wie es heute ist, ist nur degeneriertes Land, das mit dem Ur-Wald nichts mehr gemein hat. Die wirkliche Natur findet man heute einzig in den städtischen Ballungsräumen, hier entfaltet sich noch vitale Konkurrenz, die der gefahrvollen Existenz des Dschungels und der Taiga entspricht.

Ebenso gelungen ist die Übertragung in *Le passe-muraille*. Der Held, eine merkwürdige Mischung aus Arsène Lupin, Dracula und den auferstandenen Jesus, behält trotz allem die Züge eines aufsässigen Studenten, eines kleinbürgerlichen Anarchisten, der den Einsatz seiner außergewöhnlichen Gaben darauf beschränkt, mit seinem Vorgesetzten abzurechnen.

Aber ohne Zweifel stellt die *Conte du milieu* aus der Sammlung *En arrière* das Meisterwerk der Gattung dar. Diese kleine Abenteuer- und Liebesnovelle hat gleichzeitig etwas von *Petit poucet* und von der Lancelot Sage, ebensoviel von gehobener Literatur wie von Räuberpistolen in Fortsetzungen oder von Comics á la *Mandrake* und *Tarzan*; doch von diesen Ähnlichkeiten abgesehen führt uns dieser Roman – entgegen den Gesetzen der Ritterromane und der kommerziellen Literatur – die Mentalität des Helden mit unnachgiebigem Realismus vor, ohne Idealisierung oder Beschönigung. Hieraus entsteht ein heftiger und unterhaltsamer Kontrast zwischen der Einbeziehung von Magischem einerseits und den niederen Beweggründen, dem rücksichtslosen Egoismus, dem gemeinen Zynismus und der bodenlosen Rüpelhaftigkeit der Hauptfigur andererseits.

Zu dieser Gruppe zählt auch ein Theaterstück: *Les oiseaux de lune*, worin man durch die magischen Kräfte des Aufsehers einer Privatschule Aufschluß über ganz konkrete Personen unserer Welt und unserer Zeit erhält.

Marcel Aymé ist kein wirklicher Verfechter einer neuen heidnischen Religiosität; er weiß, daß die alten Gottheiten tot sind, und er verspricht sich nicht viel davon, sie erneut anzurufen, es sei denn aus kultureller Neugier. Nur in einem Punkt stellt er sich offen gegen den Puritanismus und die Bigotterie der monotheistischen Religionen wie der sozialpolitischen Ideologien des 20. Jahrhunderts: Er lehnt jegliche Prüderie entschieden ab, hegt eine rückhaltlose Sympathie für das Faktum der Sexualität und verachtet die Entrüstung, die sich am Sexuellen entzündet. Ob Mann oder Frau, jung oder alt, schön oder häßlich, klug oder weniger klug, wer Lust an der Freude hat, der ist für Aymé eine aufregende Persönlichkeit, der er mit ebensoviel Verständnis, wie mit liebevoller Anteilnahme begegnet, wobei ihm die blasierte Nachsicht der Gläubigen so fremd ist, wie die gehässige Mißbilligung der kämpferischen Marxisten.

Diese Tendenz bleibt bestehen und verstärkt sich gar noch in den ›christlichen‹ Novellen. Auch wenn das Evangelium nur eine Mythe wie alle anderen ist, so kann man dennoch eine ganze Reihe von Geschichten aus dem Werk des Erzählers herauskristallisieren, die sich vom Neuen Testament haben inspirieren lassen. Sie sind in einem ganz eigenen Stil verfaßt und bestechen durch ihre Menschlichkeit und tiefe Zärtlichkeit.

Es handelt sich hierbei um *L'âme de Martin* aus *Derrière chez Martin*, sowie um *Légende poldève* und *L'huissier* aus *Le passe-muraille* und um *La grâce* und *Dermuche* aus *Le vin de Paris*. Dies sind die fünf wesentlichen Texte, denen man noch zwei unbedeutendere Arbeiten hinzufügen könnte: *La fosse aux péchés* aus *Le vin de Paris* und *Le mendiant* aus *En arrière*, und schließlich noch das Theaterstück *Clérambard*, sein bestes, das man in diesem Zusammenhang nicht vergessen sollte.

Das Christentum Marcel Aymés ist nicht sehr orthodox: Da es, wie ich schon erwähnte, stark von der individualistischen und antiklerikalen Weltanschauung der Freimaurer beeinflußt ist, jener Ideologie der Radikalen der dritten Republik, ist es mit leicht anarchistischen Tendenzen durchsetzt. Der Heilige Vater erscheint hier als der natürliche Beschützer der zum Tode Verurteilten, der zahlungsunfähigen Mieter, der Clochards, der Beschränkten und der körpertollen Mädchen. Eben dieser Gott zögert auch nicht, seine Gnade in reichem Maße den Gewalttätern, den Schandmäulern und manchmal sogar den Tyrannen zukommen zu lassen, oder anderen Individuen, die er trotz ihres fragwürdigen und zweifelhaften Lebenswandels nach dunklen Kriterien herauspickt. Dies geschieht in *La grâce*, einer faszinierenden, mysteriösen, tiefgründig schönen Geschichte, worin Anspielungen auf die Gnadenwahl des Protestantismus oder der jansenistischen Lehre ebenso vorhanden sind wie Bezüge zum muselmanischen Fatalismus.

Dieser Gott erinnert stark an den des tschechischen

Schriftstellers Karel Čapek, wie er in dessen Novelle *Das jüngste Gericht* in Erscheinung tritt. Diesem Text zufolge sind es die Menschen, immer die Menschen, die im Jenseits ihre toten Artgenossen ins Paradies oder in die Hölle befördern. Gott tritt nur als Zeuge auf, er fällt keine Urteile. Gott sein heißt, alles wissen, und er ist wohl schon zu lange ein Wissender, um zu verurteilen oder strafen zu können.

Wenden wir uns nun den modernen phantastischen Themen zu.

Da stoßen wir zuerst auf eine ganze Reihe von Geschichten, die sich damit beschäftigen, was ich die Problematisierung des ›Ich‹, der menschlichen Persönlichkeit nennen möchte: So die Romane *Aller-retour*, *Les jumeaux du diable* und vor allem *La belle image*, sowie die Erzählungen *Le cocu nombreux* aus *Derrière chez Martin* und in gewisser Weise auch *Le vamp et le normalien* aus *En arrière*.

In unterschiedlichen Erzählbögen kommt immer das gleiche Schema zur Anwendung: Ein Mensch schlüpft aus seiner Haut, wird schön, wird ein anderer oder verdoppelt, verdreifacht sich gar, wird ein Vielfaches. So erhält er die Chance, sein ihm zugewiesenes Schicksal abzustreifen, bestimmte Anlagen zu entfalten, die sonst nicht zur Geltun gekommen wären. Aber jedes Mal scheitert das Experiment: Der auf diese Weise begünstigte Mensch vermag sein unverhofftes Glück nicht zu fassen. Er ist in sein Milieu verstrickt und bestimmte charakterliche Konstanten haften an ihm. Das Individuum kann sich verhundert- oder vertausendfachen: Nimmt man seine unterschiedlichen potentiellen Schicksale zusammen, so haben wir hier nur in größerer Deutlichkeit und in dramatischerer und spektakulärerer Form den Widerstreit der Neigungen, die es sowieso in sich trägt, ohne daß sich deren Richtung oder Ziel ändern würde. Diese Folgerung wird in *Les Sabines* von Gott selbst gezogen ...

Was ist aus alldem zu folgern? Zum einen, daß die Buddhisten Recht haben, insofern, als das menschliche Ich nicht eins und ganz ist, sondern vielfältig und widersprüchlich. Aber auch, dem entgegengesetzt, daß die Charakterzüge eines jeden von uns konstant bleiben bis zu seinem Tod, welchen Lebensweg er auch eingeschlagen hatte. Bis zur Unkenntlichkeit verwandelt, fällt dem Helden von *La belle image* nichts weiter ein, als sein altes Viertel zu durchstreifen und incognito seine eigene Frau zu verführen, bis eines Tages der liebe Gott, den dieses Tun anwidert, ihm sein altes Gesicht zurückgibt ...

Das zweite, Marcel Aymés Modernität bezeugende, Thema: Das Spiel mit der Zeit.

Vergegenwärtigen wir uns, daß dieses Motiv erst sehr spät Einzug in die Literatur gehalten hat. Es taucht meines Wissens erst mit *Faust II* auf: Dort bekommt Faust, anstatt, daß ihm Helena als Schatten erscheint, wie es bei Marlowe geschieht und was nichts weiter ist als banale Geisterbeschwörung, von Mephistopheles die Gabe verliehen, durch die Zeit zu reisen, woraufhin er nach Sparta gelangt, um dort am ersten Tag nach dem Ende des trojanischen Krieges Helena ein zweites Mal zu entführen. Später kam der Roman von H. G. Wells *The time machine* (1895), und danach sollte sich dieses Thema in der Science-Fiction-Literatur ausbreiten, obwohl es doch von sehr geringem ›szientifischen‹ Gehalt ist.

Hier offenbart sich die Originalität von Marcel Aymé, denn er greift nie auf das gängige Fabulieren zurück, welches die Personen durch die historische Vergangenheit oder in die ferne Zukunft schickt, sondern er bringt das berühmte ›Paradox mit der Zeit‹ ins Spiel. Hierfür bedient er sich zweier origineller Schemen:

Das erste ist das diskontinuierliche Leben. In *Le temps mort* aus *Derrière chez Martin* gibt es einen Mann, der nur jeden zweiten Tag lebt. Diese Idee wird wieder aufgenommen vor dem Hintergrund der deutschen Okkupation und ihrer Versorgungsengpässe und ergibt diesen kleinen erzählerischen Leckerbissen mit dem Titel *La carte* in *Le passe muraille*. Aber das System der Zeitbillets stellt sich als verhängnisvoll heraus, ebensosehr für das private Leben der Franzosen, wie für das ökonomische Leben des besetzten Frankreich.

Das zweite Schema: Man versucht – über Verordnungen – die Gegenwart aufzuheben, indem man entweder die als besser angenommene Zukunft deklariert, weil dort die Entbehrungen des gegenwärtigen Krieges bereits vergangen sind, oder die Vergangenheit, was einigen das Privileg einer zweiten Jugend beschert, da Alter und Tod hinausgeschoben werden. Dies geschieht in *Le décret* aus *Le passe-muraille* und in *La chute* aus *En arrière*.

Aber die Flucht in der Zeit stellt keine Lösung dar, sie kann es gar nicht. Sie ist nichts als das Eingeständnis einer biologischen Schwäche, einer Erschöpfung der Lebensenergie. Die Verächter der Gegenwart, ob sie sich auf die Zukunft orientieren wie die Utopisten oder sich der Vergangenheit zuwenden wie die Nostalgiker, sind gescheiterte Menschen, verknöchert und vorzeitig vergreist. Lebewesen sind von Natur aus anpassungsfähig. Wenn sie es nicht mehr sind, hier und jetzt, so gibt es keine Veranlassung anzunehmen, sie seien es andernorts, oder früher oder zukünftig. Außerdem, wie es in *Rechute* der Fall ist, geschieht die Verjüngung, von der die Alten profitieren auf Kosten der Jungen, die in die Infantilität zurückversetzt werden. Daher der besonders ungestüme Tonfall in dieser Novelle: Die familiären Beziehungen erweisen sich als ein Miteinander, das auf Gewalt, Eifersucht und Haß gründet. Dies ist das einzige Werk Marcel Aymés, in der die Person des Vaters rundheraus widerwärtig ist. Man weiß, daß der Autor von *Le vaurien* und *Le proverbe*, dieser wunderbaren Geschichte aus *Le passe-muraille*, ohne Vater aufgewachsen ist, was dazu geführt hat, daß in seinem Werk das Bild des Vaters, auch wenn es mitunter brutale Züge trägt, fast immer ergreifend oder gar erschütternd ist.

Und schließlich noch das letzte phantastische Thema, das der Konfrontation zwischen Natur und Kunst, zwischen Fiktion und Realität. Dieses Thema, das der Autor wie auch das vorangehende mit großer Könnerschaft auszudrücken vermag, kann nun zweierlei Form annehmen: Sei es, daß die Natur die Kunst imitiert, entsprechend der These von Oscar Wilde in *Intentions*, sei es, daß die reale Welt von fiktiven Kreaturen heimgesucht wird, wie es in *Sechs Personen suchen einen Autor* von Pirandello geschieht.

Von den *Contes du chat perché* sind, wie ich es bereits angedeutet habe, lediglich zwei oder drei Geschichten wirklich phantastischer Art, aber in ihnen taucht genau dieses Thema auf. In *L'éléphant* wird das Huhn, das den Elefanten mimt, wirklich zum Elefanten. In *La boîte de peinture* werden die Tiere, die von kleinen Mädchen unbeholfen porträtiert wurden, ihrem Abbild auf dem Papier immer ähnlicher, ohne daß sich sagen ließe, ob das aus Rache geschieht, oder als Geste der Unterwerfung, der tiefen Ergebenheit in irgendeine magische Macht des Malers. In die gleiche Kategorie fällt auch die Katze, die sich, wenn sie sich putzt, mit der Pfote hinterm Ohr kratzt, was als Ankündigung von Regen verstanden wird, bis sie sich eines Tages nicht mehr auf die Vorhersage beschränkt, sondern es regnen läßt, wie ein indianischer Medizinmann. Solches geschieht in *La patte du chat*.

In der Sammlung *Le nain* hatten wir die Mädchen, die nach und nach verschwanden, als die Liste mit ihren Namen in des Vaters Tasche nach und nach in Schnipsel ging. Die sehr schöne Geschichte *Rue St. Sulpice* aus dem gleichen Band führt einen Clochard vor, der Jesus ähnelt. Als ihn ein Hersteller von Heiligenbildern als Modell anwirbt, endet das für ihn damit, daß er sich seinem Vorbild tatsächlich gleich dünkt und eines Tages beim Versuch auf den Wassern zu wandeln, in der Seine ertrinkt.

In *Oscar et Erick* aus *En arrière* wird die Malerei zum prophetischen Medium. Ein junger skandinavischer Künstler beginnt eines Tages Palmen, Kakteen und ungeheure Vegetabilien zu malen, die seine Landsleute noch nie gesehen haben. Man zeigt mit dem Finger auf ihn, man verstößt ihn, bis eines Tages sein Bruder aus einem fernen Land zurückkehrt und von dort wirkliche Kakteen, wirkliche Palmen mitbringt . . . Dem jungen Genie wird vergeben, es nimmt seine Arbeit wieder auf und erfindet fortan unglaubliche Pflanzen, denen aber niemand wirklich begegnen wird.

Offensichtlich ist die Literatur in höherem Maße am Vorkommen des Imaginären im wirklichen Leben interessiert.

Heinz Abosch

Krieger im Schatten

Wahrheit und Legende der Résistance

Über die Bedeutung des Untergrunds im besetzten Frankreich herrscht bis heute Unklarheit. Die *Urteile* schwanken zwischen *Extremen.* Die Untergrundkämpfer sind entweder nichts oder alles, ihr Gewicht ist entweder unbeachtlich oder der Ausdruck Frankreichs. Jede dieser Meinungen ist ideologisch motiviert; es geht weniger darum, Tatsachen zu sichten, als bestimmte Ziele zu erreichen. Der Untergrund stand von Anfang an – dies entsprach seinem Charakter – inmitten des politischen Kreuzfeuers, als Bürgerkriegstruppe konnte er nur Liebe oder Haß hervorrufen, keine halben Gefühle. Das *Vichy-Regime*, gegen das er aufbegehrte, nahm ihn zunächst gar nicht zur Kenntnis, später, als die »Krieger im Schatten« nicht mehr verschwiegen werden konnten, wurden sie als Agenten der Angelsachsen oder des Sowjetkommunismus diffamiert. Die Verleumdeten dagegen verstanden sich als das »wahre Frankreich« und sahen in der Vichy-Diktatur ein Instrument der deutschen Herrschaft. Beide

Verkürzungen erklären die weit kompliziertere Wirklichkeit nicht.

Die Kontroverse um das »wahre Frankreich« wird bis heute fortgeführt. Stand die *Mehrheit* des französischen Volkes im Lager Vichys oder in dem der *Résistance?* Oder hielt sie sich abwartend irgendwo in der Mitte, bis die kritische Stunde eine Entscheidung nahelegte? Anläßlich des Prozesses gegen den Lyoner Gestapo-Chef *Klaus Barbie* kam es noch einmal zu einer Auseinandersetzung über das Verhalten der Franzosen während des Krieges. Der Verteidiger des SS-Offiziers, Jacques Vergès, erklärte, »den Spieß umdrehen« und den Prozeß in eine Anklage gegen Frankreich verwandeln zu wollen. Barbie selbst hatte angekündigt, sein Prozeß werde »für Frankreich eine sehr schlechte Sache« sein. In einigen bundesdeutschen Zeitungen fand man ein Echo solcher Sprüche, als würde der Lyoner Prozeß dazu dienen, französische Untaten bloßzulegen, und als wären die Akten der Gestapo bereits geschlossen. Die beabsichtigte »Umfunktionierung« des Prozesses mißlang. Aber weil man damit rechnen muß, daß solche Versuche immer wieder unternommen werden, ist es notwendig, die Rolle von Résistance und *Collaboration* klarzustellen.

Zwischen 1940 und 1944 wirkten beide Bewegungen, während sich ihr jeweiliges Gewicht veränderte. Am Anfang beherrschten die Prediger einer Zusammenarbeit mit der siegreichen Macht die Bühne vollständig und fast unwidersprochen. Als die deutschen Truppen vorrückten und die Fronten zusammenbrachen, dachten die politischen Kreise immer mehr an einen Waffenstillstand und die Beendigung des Kriegs. Das Kabinett, das Marschall *Pétain* am 17. Juni in Bordeaux bildete, drückte diesen Willen aus. Fünf Tage später wurde im Wald von Compiègne der Waffenstillstand unterzeichnet. Am 10. Juli übertrugen die in Vichy versammelten Parlamentarier der Dritten Republik mit großer Mehrheit Philippe Pétain Vollmachten, die ihm die Errichtung eines diktatorischen Regimes erlaubten. 468 Abgeordnete sprachen sich für den Marschall aus, 80 dagegen, 20 enthielten sich der Stimme. In der Mehrheit fanden sich *alle Richtungen* zusammen, von der Rechten bis zu den Sozialisten (die Kommunisten, deren Partei verboten war, konnten an der Abstimmung nicht teilnehmen); ebenso buntgescheckt war die Minderheit, die auch alle Tendenzen umfaßte. Ungefähr widerspiegelte dies den Zustand der Nation, sie hatte einen Schock erlitten, war vom Kriegsverlauf überrascht, verwirrt, verängstigt.

Das war die Stunde des greisen Marschalls. Der *»Sieger von Verdun«* bot sich als Schutzschild an, schien ein Garant in höchster Not zu sein; die deutschen Sieger würden ihm mehr Achtung entgegenbringen als anderen, so könnte Frankreich mit einigem Glück relativ glimpflich davonkommen. Das Beste aus der Notlage machen: daran dachten Millionen von Flüchtlingen auf den Landstraßen, die gefangenen Soldaten – fast die ganze Armee. An ein Übergangsregime dachten auch manche Verantwortliche in Vichy. Aber andere nahmen ihre Revanche gegen die gestürzte Republik, wollten die klerikal-monarchische Tradition mit neuem Leben erfüllen. Noch andere erstrebten eine Anpassung an die Ideologie des Nazi-Reichs. Hinter der hehren Gestalt des Marschalls lieferten sich Cliquen erbitterte *Machtkämpfe*, die den Einheitsanspruch des Regimes zur leeren Floskel entwerteten. Pétains Chance sollte bald zerrinnen.

Als *de Gaulle* am 18. Juni im Londoner Radio seine Landsleute zum Widerstand gegen die deutsche Besetzung aufrief, hörten ihn nur wenige. Er war nahezu unbekannt, auch war das Chaos zu groß, um mit Muße Radionachrichten anzuhören. »Was auch kommen mag«, so hatte de Gaulle seine Ansprache geschlossen, »die Flamme des französischen Widerstands darf und wird nicht erlöschen.« Diese Ansicht war damals isoliert, Pétains Popularität stand im Zenit. Die meisten Franzosen hielten einen deutschen Sieg für wahrscheinlich und suchten sich darauf einzustellen. Das war Pétains Absicht, doch wollte er zugleich eine möglichst große französische Autonomie sichern. Ihm halfen die staatlichen Institutionen, ideologisch wirksam war die Unterstützung der *katholischen Kirche*, die den Untergang der antiklerikalen Republik begrüßte. »Pétain ist Frankreich, Frankreich ist Pétain«, hatte das Oberhaupt der Kirche, Kardinal *Gerlier*, erklärt. So hatte das Regime bei seiner Geburt eine breite Basis, sie beschränkte sich keineswegs auf die kleine Gruppe derer, die Hitler-Deutschland vertrauten. Die große Masse der Abwartenden stand der Organisation eines aktiven Widerstands im Wege.

Dieser entsprang der Initiative von einzelnen. Am Tage der Bildung der Regierung Pétains verteilte der Christlichdemokrat Edmond Michelet – später Häftling in Dachau, nach dem Krieg mehrmals Minister – in Brive Flugblätter gegen den beabsichtigten Waffenstillstand. *Jean Moulin*, Präfekt in Chartres, später von de Gaulle beauftragter Chef der Résistance und von Barbie zu Tode gefoltert, versuchte Selbstmord, um einen unehrenhaften Text, den die Wehrmacht vorgelegt hatte, nicht unterzeichnen zu müssen. Der Bürgermeister von La Rochelle weigerte sich, die französische Fahne einzuziehen; bei Rouen wurde die Telefonverbindung der deutschen Truppen durch Sabotage unterbrochen. Das sind Aktionen von einzelnen, von der allgemeinen Stimmung abgehobene Signale. Häufig greifen Unbekannte ein, um die Kapitulation der politischen und geistigen Wortführer zu kompensieren. Schon im August jenes katastrophalen Jahres sandte de Gaulle erste Agenten nach Frankreich, um einen Nachrichtendienst zu organisieren. Und der Armeehauptmann *Henri Frenay* entwirft den Plan einer *Armée secrète*.

Während de Gaulle in Zentralafrika und in der fernöstlichen Inselgruppe Neukaledonien Fuß faßt, nimmt der Widerstand in der Metropole organisatorische Formen an. Am 11. November 1940, dem Jahrestag des Waffenstillstands von 1918, demonstrierten Studenten vor dem Grabmal des Unbekannten Soldaten am Arc de Triomphe, entsprechend einer im Londoner Rundfunk verbreiteten Direktive de Gaulles. Der General war nicht mehr allein, seine Stimme wurde bereits gehört. Im Pariser ethnologischen *Musée de l'homme* entstand eine Widerstandsgruppe, die von der Polizei bald entdeckt wurde.

Nach Jean-Pierre Azémas Darstellung in »De Munich à la libération« (Seuil) entstanden bis Ende 1940 folgende Organisationen, die den Widerstandskampf bis zum Ende prägen werden: France-Liberté, später Franc-Tireur; Libération Nord; Ceux de la libération; Organisation civile et militaire (OCM); Comité d'action socialiste. Politisch sind alle Richtungen vertreten; die OCM repräsentiert die Rechte, die anderen Gruppen sind demokratisch, bisweilen sozialistisch, mit den *»Cahiers du témoignage chrétien«* werden die oppositionellen Katholiken bald ihr Sprachrohr bekommen. Das gemeinsame Bekenntnis ist, ungeachtet der ideologischen Differenzen, Patriotismus, der Wille, Frankreich aus den Klauen der Kollaboration zu befreien.

Der aus der Kriegsgefangenschaft geflohene Frenay arbeitete in der Nachrichtenabteilung der Armee in Vichy, wo der Kurs der Kollaboration abgelehnt wurde. Nach seinem Rücktritt erhielt er weiterhin kostbare Informationen, die er in illegalen Blättern verbreitete. Frenay schuf die Bewegung *Combat*, er propagierte einen Patriotismus, der die Kollaboration als »unvereinbar mit der Ehre und dem Interesse Frankreichs« verwarf. Während illegale Zeitungen erscheinen, entsteht die für militärische Operationen bestimmte *Armée secrète* unter der Führung von Offizieren. Ideologisch vollzieht sich der Bruch mit Pétain in Etappen, begünstigt durch die Einstellung neu rekrutierter Widerständler und durch die enger werdende Verbindung mit de Gaulle.

Am 1. Januar 1942 landet *Jean Moulin*, von London kommend, auf provenzalischem Boden; sein Auftrag ist es, die Widerstandsorganisationen unter de Gaulles Kontrolle zu vereinen. Er hat Erfolge, aber Differenzen werden fortbestehen. De Gaulle betrachtet den Widerstand als *militärische Kraft*, die hierarchisch aufgebaut und geführt werden muß. Zahlreiche Träger der Bewegung haben eine andere, weniger militärische Konzeption. Sie wollen sich der äußeren Führung nicht vollständig unterwerfen, bestehen auf *politischer Selbständigkeit*. Frenay betont dies Moulin gegenüber: »Diese Männer möchten Soldaten sein und zugleich Bürger bleiben.« Azéma schreibt: »Die Verantwortlichen der Résistance-Organisationen wollten vom Freien Frankreich (de Gaulles) zwar dringend benötigte Mittel wie Geld und Waffen erlangen, doch war es ihr Ziel, aus der Résistance eine politische Kraft zu machen, mit der man immer mehr rechnen mußte.«

Da standen sich kontroverse Ansichten gegenüber, die bereits künftige Konflikte des Nachkriegsfrankreich andeuteten. Doch vorerst kam es zu Kompromissen: die Résistance-Organisationen erkannten de Gaulle als oberste Autorität an, während dieser sich zur Zusammenarbeit mit den Widerstandsorganisationen und -parteien bereitfand. Das war der Entwurf einer parlamentarischen Demokratie, die de Gaulle – nach dem Krieg wird es sehr deutlich sein – skeptisch beurteilte. Als Resultat gegenseitiger Zugeständnisse entstand im Mai 1943 in Paris der *Conseil national de la résistance*, das von Jean Moulin geleitete höchste Führungsgremium. Kurz darauf bildete sich die *Provisorische Regierung* unter de Gaulle in Algier. Die Umrisse des neuen Frankreich zeichneten sich ab.

Ein ernstes Problem wurde die Zusammenarbeit mit den *Kommunisten*, die den Kampf gegen die deutsche Besetzung erst im Sommer 1941 eröffneten, nachdem die Wehrmacht Sowjetrußland angegriffen hatte. Die KP hatte viel Zeit verloren, mit um so größerer Entschlossenheit trat sie nun in den Kampf. Sichtbare Einzelaktionen sollen Symbole sein. Am 22. August erschießt Pierre Georges – künftiger Colonel Fabien – in einer Pariser Metrostation einen Marineaspiranten, in Nantes wird der Feldkommandant getötet, in Bordeaux ein Mitglied der Militärbehörde. Als Antwort werden Hunderte von Geiseln erschossen. Die meisten Widerstandsverbände mißbilligen die kommunistische Taktik der individuellen Attentate, de Gaulle verurteilt sie als verlustreich und wirkungslos. Die Kommunisten rufen dazu auf, den bewaffneten Kampf sofort zu beginnen; jede andere Form des Widerstands sei Feigheit und Verrat. Sie beziehen sich auf das Beispiel des revolutionären Kriegs der Jakobiner 1793.

Die von ihnen im Frühjahr 1942 gegründeten *Francs-tireurs et partisans* (FTP) wurden eine vorzügliche Kampftruppe und erhielten am Jahresende, als der Widerstand zu einer Massenbewegung anschwoll, starken Zulauf. Als

Tarnorganisation entstand der *Front national*, dem namhafte Nichtkommunisten angehörten; die Unterwanderung der Résistance wurde systematisch und recht erfolgreich betrieben. Die KP will Positionen ausbauen, um den angelsächsischen Truppen nach der Landung Paroli bieten zu können. Obwohl diese Pläne nicht immer durchschaut werden, verbreitet sich ein Malaise. De Gaulle ist sich der Gefahr bewußt, in seinen »Mémoires de guerre« schreibt er, daß die FTP »fast einen Drittel der Maquis« bildeten: »Hielte de Gaulle nicht alle unter seiner Kontrolle, würde diese Gruppierung eine abgesonderte Kraft darstellen, über die nicht der Staat verfügte, sondern jenes Unternehmen, das ihn zu ergreifen bestrebt ist.«

Wichtiger Ausdruck der Résistance war ihre *Presse*, die zunächst aus bescheidenen Handzetteln bestand, bevor sie einen großen Umfang annahm: Insgesamt zählt man etwa tausend Organe. »Défense de la France«, »Combat«, »Libération« und »Franc-Tireur« erreichten im letzten Kriegsjahr eine Auflage von mehr als hunderttausend. Illegale Verlage wie die heute noch existierenden Editions de Minuit veröffentlichten literarische Werke, so die damals erregendste Erzählung, Vercors' *»Le silence de la mer«.* Zu den Untergrund-Autoren gehörten Mauriac, Aragon, Eluard, Francis Ponge; der von den Kommunisten beherrschte Front national des écrivains gab die Zeitschrift »Les lettres françaises« heraus. Dies waren Merkmale des wachsenden politischen Engagements der Intellektuellen.

Um die Jahreswende 1942/43 gewinnt der Widerstand eine neue Qualität, indem er Massen zu beeinflussen beginnt. Die beruhigende Propaganda des Pétain-Regimes erweist sich als trügerisch, immer mehr muß es sich als Erfüllungsgehilfe der Besetzungsmacht betätigen. Die *Ju-*

dendeportationen lösen einen weitverbreiteten Protest aus, in den Kirchen werden anklagende Hirtenbriefe verlesen. Der in Riom gegen Léon Blum, Daladier und General Gamelin veranstaltete Prozeß verwandelt sich in eine Anklage gegen das Regime und muß abgebrochen werden. Später liefert Pétain die Angeklagten an die Deutschen aus und bezeugt, wie sehr er auf seine Unabhängigkeit bereits verzichtet hat und willens ist, Hitlers Forderungen nachzugeben.

Der Hunger verschärft sich, die Tagesration sinkt auf 25 g Brot und 20 g Fleisch. Die im Januar 1943 dekretierte Zwangsarbeit junger Franzosen in Deutschland treibt Tausende in den Untergrund; in den Alpen, im Jura, im Massif central entstehen die *Maquis.* Die Verhaftung der Résistance-Führung am 21. Juni 1943 in Lyon kann die Bewegung nicht mehr aufhalten, Verluste werden ersetzt, die Résistance hat den Wind in den Segeln und wird nach vorn getragen. In seinen Memoiren nennt de Gaulle die Zahl von 40 000 Mitgliedern der Geheimen Armee und von 30 000 Mitgliedern der sechzig Untergrundverbände. Ein Jahr später hielten hunderttausend die *Maquis.* Als die alliierten Truppen vordrangen, griff die Résistance ein, befreite manche Gebiete selbständig. General Eisenhower schätzte, daß diese Tätigkeit dem Einsatz von fünfzehn Divisionen entsprochen habe.

Es gab Rückschläge wie im Vercors im Sommer 1944; die deutsche Repression, ganze Dörfer auslöschend, war grausam. Es gab Verrat und Denunziationen – wie hätte es anders sein können? Die systematische Folter, der verhaftete Widerstandskämpfer unterworfen wurden, konnten viele nicht auf sich nehmen; manche wählten den Freitod, wie *Pierre Brossolette*, um der Erpressung zu entgehen. Imposant war der stille Opfergeist der vielen, denn in jenem

»Krieg im Schatten« war kein Platz für lautstarken Heroismus. Es war die Zeit der anonymen Taten, von denen nur wenige wußten und die keine sichtbare Spur hinterließen. Gewiß umfaßte die aktive Résistance nur eine Minderheit, doch fand sie immer mehr die Sympathie breiter Kreise. Als die Entscheidung gefallen war, berief sich freilich die »schweigende Mehrheit« auf einen Heldenmut, den nicht sie vollbracht hatte – ein triviales Geschehen, das sich in der Geschichte immer wieder vorfindet.

Literatur

Henri Amouroux: La vie des Français sous l'Occupation. Livre de poche, Paris 1971.

Henri Michel: Histoire de la Résistance en France. PUF, Paris 1972.

Henri Noguères: Histoire de la Résistance en France. Laffont, Paris 1967.

Pascal Ory: Les Collaborateurs. Seuil, Paris 1976.

David Pryce-Jones

Besatzung und danach

Der Dokumentarfilm von Marcel Ophüls, *Le Chagrin et la pitié*, dessen Schauplatz Clermont-Ferrand ist, stellte Okkupation und Résistance im besetzten Frankreich einander in Schwarz-Weiß-Malerei gegenüber. Die Debatte über die Rolle der Vichy-Regierung war damit wieder eröffnet. Historiker wie Robert Paxton, Michael Marrus und Pascal Ory konnten bis dahin unzugängliche Archive benützen und zogen einen Schlußstrich unter den Anspruch, Vichy hätte Frankreich vor Schlimmerem bewahrt. »Polonisierung«, das Gespenst, das Laval an die Wand malte, war nicht wirklich eine realistische Möglichkeit der Deutschen. Vichy schwächte aber die Position Frankreichs und der Franzosen, materiell wie moralisch, durch bereitwillige Komplizenschaft bei Deportation und Massenmord und durch die brutale Ausbeutung der französischen Landwirtschaft und Industrie.

Weder John F. Sweets noch Herbert R. Lottman würden diese Schlußfolgerung in Frage stellen. Sweets erklärt ausdrücklich: »Die Franzosen stimmten zu, den Deutschen ihre Arbeit zu machen«. Aber beide Autoren finden, daß zu viel übertrieben und dramatisiert worden sei. Sie treten für den gesunden Menschenverstand ein und gegen die Mythenbildung, die in einer politischen Situation, die zu solch tragischen Leiden führte, entstehen mußte. Schlichte Fakten und Zahlen, in Ruhe vorgetragen, werden die Meinungen schließlich mäßigen. Nach der Ansicht von Sweets war nur eine kleine Minderheit rivalisierender Franzosen in Besatzung oder Résistance aktiv; für Lottman waren die Säuberungsaktionen in ihrem Zugriff relativ beschränkt, da die Franzosen lobenswerterweise schnell zu Recht und Ordnung zurückkehren wollten.

Auch die Studie von Sweets hat Clermont-Ferrand zum Schauplatz, und *Choices in Vichy France* ist ein detailliertes und eindrucksvolles Stück Lokalgeschichte. Es konfrontiert die Simplifizierungen von Ophuls (manchmal ausdrücklich) mit dem, was der Autor aus Polizeiakten und Berichten von Präfekten erfahren konnte und in zahlreichen Interviews aus heutiger Zeit erfragte. »Alles war kompliziert«, wird er nicht müde zu unterstreichen.

Die Entscheidungen, die jedes Individuum für sich selbst treffen mußte, waren durch alle Arten privater und öffentlicher Erwägungen bestimmt, und es lag in der Natur der Dinge, daß sie miteinander nicht vereinbar waren, manchmal nicht einmal klar definiert werden konnten.

Clermont-Ferrand war ein Industriezentrum in bequemer Reichweite von Vichy und hatte ungefähr 100 000 Einwohner. Firmen wie Ducellier und Michelin wurden in die deutschen Kriegsanstrengungen integriert. Sollten Arbeiter oder Management ihren Lebensunterhalt gefährden? Produktionsniveau und Qualitätskontrolle waren niedriger als sie hätten sein können. Hat die Verantwortung für die Abhängigen nicht Vorrang vor der Verantwortung solchen abstrakten Werten wie Nation oder Patriotismus gegenüber? Als Michelin mit einigen seiner Söhne selbst nach Deutschland deportiert wurde, mußte seine Fabrik weiterhin Reifen für die Wehrmacht herstellen und einen gewissen Anteil auch an französische Zivilisten liefern. Monsignor Piguet, der Bischof von Clermont-Ferrand, ein entschiedener Fürsprecher der Neuen Ordnung, wurde im Mai 1944 unter der Anklage festgenommen, einem flüchtigen Priester geholfen zu haben. Wäre er nicht in Dachau umgekommen, hätte es sehr wohl sein können, daß er sich nach der Befreiung für seinen Pétainismus hätte verantworten müssen.

Nach dem Zusammenbruch von 1940 waren Pétain und Vichy immens populär. Wo die Deutschen betroffen waren, glaubten die Franzosen nicht viel ausrichten zu können, weder durch Hilfe noch durch Behinderung. Die faschistischen Parteien mit Sitz in Paris konnten in der Vichy-Zone kaum Wurzeln schlagen, und Sweets gibt die erstaunlich niedrige Zahl von nur 100 Anhängern unter der halben Million Einwohner des Departements Puy-de-Dôme an. Kaum tausend Namen erschienen auf den verschiedenen Listen, die nach dem Krieg aufgestellt wurden, um verdächtige Milizen zu Arrest oder Gerichtsverfahren zu überführen.

Entsprechend gering in ihrem Umfang war auch die Résistance. Im Departement wurden 238 Personen von den Deutschen ermordet oder exekutiert und 2000 arrestiert oder deportiert, 86 davon im November 1943 in einem Angriff auf die Universität Straßburg, die nach Clermont-Ferrand verlegt worden war. In den Worten von Sweets war es eine »zeitweise Katastrophe« für die Résistance, als sie den Deutschen im Sommer 1944 offene Gefechte lieferte und 200 ihrer Mitglieder getötet wurden.

Auf lange Sicht konstruktiver war die Arbeit solcher Männer wie Alexandre Varenne, des schon älteren und höchst unabhängigen Besitzers der Lokalzeitung *La Montagne*, der ständig persönlich gegen Pétain auftrat, und Alexandre Rozier, der bereit war, mit den Kommunisten zusammenzuarbeiten, um ein öffentliches Vertrauen in einen möglichen Sieg herzustellen. Vichys Ungeschicklichkeit in solch wichtigen Fragen wie der Zwangsarbeit für Deutschland wog natürlich schwer. Die wahre Geschichte der Besatzung ist für Sweets der allmähliche Vertrauensverlust der Franzosen in ihre Regierung, der zur Apathie und schließlich zum Groll gegen sie führte.

Lottman vermittelt einen wertvollen Überblick über die verwirrende Vielfalt von Gerichten, Tribunalen und Prozessen, regulären und irregulären, die nach der Befreiung eingerichtet wurden, um mit den Kollaborateuren abzurechnen. Wer deutsche Uniform getragen, die eigenen Landsleute betrogen und mit den Deutschen Kriegsgewinne gemacht hatte, konnte über sein Schicksal nicht im Unklaren sein. Harte Urteile waren wahrscheinlich unvermeidlich, nach Lottmans Ansicht, und sie hätten noch härter sein können. Vor dem D-Day waren geschätzte 2500 Franzosen bereits von anderen Franzosen ermordet worden, danach war es noch eine Anzahl mehr, als die Dinge außer Kontrolle gerieten, wie viele es waren, ist schwer zu sagen, aber entsprechend der Nachforschung, die M. Baudot, der frühere Generalinspektor der Französischen Archive, durchgeführt hat, waren es bis zu 9000. Lottman wiederholt die Zahl, die das Justizministerium 1951 veröffentlicht hat, daß von den Kriegsgerichten nach der Befreiung 767 Todesurteile gefordert und ausgeführt worden seien, eine Zahl, die immer gering erschienen war. Eine andere Quelle des Unbehagens war, daß Kollaborateure all zu oft unter die, rückblickend gesehen, erfundene Anklage der »indignitè nationale« gestellt werden mußten, was alles oder nichts bedeuten kann. Justizverbrechen waren gleichfalls nicht unbekannt, wie die Exekution des unglücklichen Pierre Pucheu in Algier beweist, der 1943 als EX-Vichy-Minister seine Dienste De Gaulle angeboten hatte.

Die Anschauungen von Robert Brasillach, Georges Suarez und anderer ausgeprochener Nazi-Apologeten waren abscheulich genug, aber diese Männer wurden hauptsächlich erschossen, um ein Exempel an ihnen zu statuieren, wenn gleichermaßen schlimme oder schlimmere ›Monster‹ wie Céline es geschafft hatten, sich dem Zugriff des Rechts zu entziehen. Auch hier war es schwierig, die notwendig gewissenhaften Unterscheidungen zu treffen zwischen dem, was gesagt und was getan worden war oder die Beziehung zwischen Wort und Tat treffend zu entscheiden. Schauspieler, Journalisten und einige Geschäftsleute wurden verfolgt oder ungeschoren davongelassen, aus keinem anderen Grund als aus Zufall, aufgrund ihrer Reputation oder der Bosheit und Eitelkeit anderer. War es richtig von Picasso, um ein berühmtes Beispiel zu nennen, Listen aufzustellen mit den Namen von Künstlerkollegen, die geächtet werden sollten, während er selbst deutsche Offiziere in seinem Atelier empfing und ihnen Bilder verkauft hatte?

11 343 Staatsbeamte wurden entlassen. 126 020 Menschen wurden nach der Befreiung interniert. 108 388 Fälle wurden vor den neuen Gerichten verhandelt, und in dem Augenblick, als diese Gerichte geschlossen wurden, hatten sie 57 954 Fälle abgeschlossen, während weitere 69 797 vor Zivilkammern verhandelt worden waren. Der Wunsch nach Rache, schlicht und einfach, war im Som-

mer des Jahres 1944 lebhaft, und auch dann wieder, als die deportierten Franzosen im Sommer 1945 zurückkehrten. Je länger Kollaborateure diese beiden Perioden überlebten, desto besser waren ihre Aussichten auf einen immer milderen Urteilsspruch, bis es schließlich 1953 zur Generalamnestie kam.

Die Rolle der Kommunisten ist in Lottmans Buch nicht analysiert; das ist bedauerlich, denn die Partei aktivierte die Säuberungsaktionen so gut sie konnte, und erregte damit die gegenteilige Wirkung, die Menschen mit der ganzen Angelegenheit anzuwidern. Maurice Thorez, der Generalsekretär der Partei, war 1940 nach Moskau geflohen, und es war Humbug von Seiten seines Stellvertreters, Jacques Duclos, im Jahr 1944 über jeden anderen zu schwafeln, der Frankreich verraten hatte. *L'Humanité* war die allererste Organisation irgendwelcher Art, die im Juni 1940 mit den Deutschen Vereinbarungen getroffen hatte, und ihre Proteste waren also nicht sehr überzeugend als Schild für den Klassenkampf. Der offenkundige Blutdurst der Kommunistischen Partei mag beigetragen haben, die Franzosen zu überzeugen, daß Gnade die beste Form der Gerechtigkeit ist.

Literatur

John F. Sweets: Choices in Vichy France. The French under Nazi occupation. Oxford University Press.

Herbert R. Lottman: The People's Anger: Justice and revenge in post-liberation France. Hutchinson.